林汶奎◎编著

巴菲特
写给子女的10个投资忠告

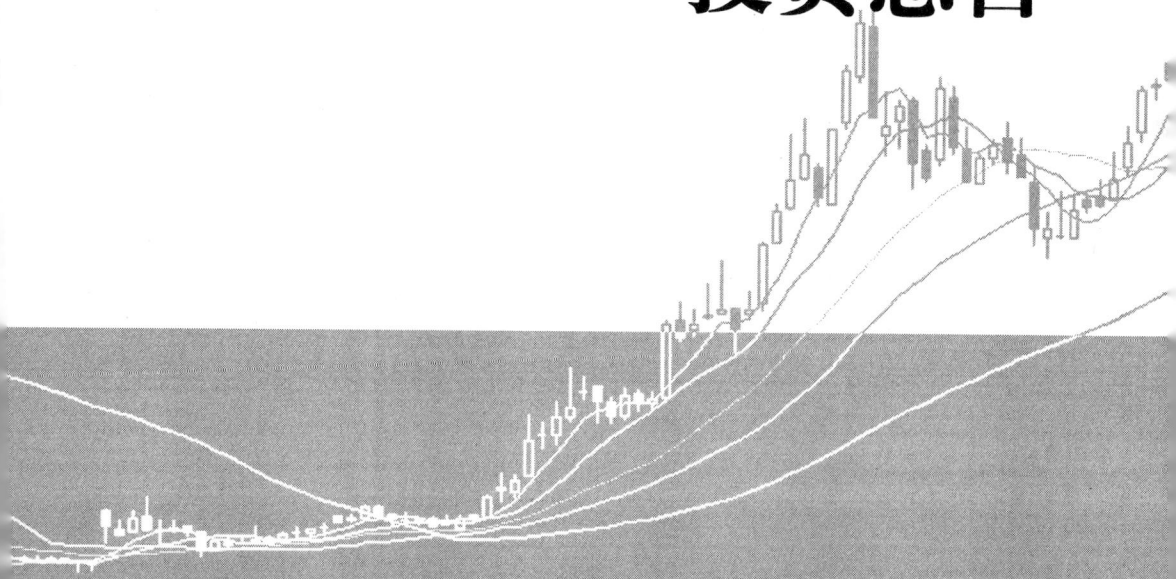

百花洲文艺出版社
BAIHUAZHOU LITERATURE AND ART PRESS

图书在版编目（CIP）数据

巴菲特写给子女的10个投资忠告 / 林汶奎编著. -- 南昌：
百花洲文艺出版社, 2013.10（2015.6重印）
ISBN 978-7-5500-0755-0

I.①巴… II.①林… III.①巴菲特，W.—投资—经
验 IV.①F837.124.8

中国版本图书馆CIP数据核字（2013）第239998号

巴菲特写给子女的10个投资忠告

林汶奎　编著

出 版 人	姚雪雪
责任编辑	余　茫
封面设计	阿　正
出版发行	百花洲文艺出版社
社　　址	南昌市红谷滩新区世贸路898号博能中心A座9楼
邮　　编	330038
经　　销	全国新华书店
印　　刷	江西千叶彩印有限公司
开　　本	170mm×240mm　　1/16
印　　张	18
字　　数	274千字
版　　次	2014年5月第1版　　2015年6月第2次印刷
书　　号	ISBN 978-7-5500-0755-0
定　　价	30.60元

赣版权登字：05-2013-310
版权所有，侵权必究

邮购联系　　0791-86895108
网　　址　　http://www.bhzwy.com
图书若有印装错误，影响阅读，可向承印厂联系调换。

前　言
PREFACE

巴菲特作为一名投资人无疑是非常成功的，而鲜为人知的是，作为父亲，他也是非常成功的。巴菲特的三个孩子虽然没有取得像他一样耀眼的光环以及傲人的财富，但他们却生活得非常幸福，且事业很成功。这对于父亲而言无疑是值得骄傲的事情。

现实生活中，很多人都渴望自己的子女能获得成功，而由于成功的标准大多是以其地位以及财富来衡量的，因此对孩子在财富意识以及积极心态方面的培养是家长所重视的。

不得不说的是，现实投资中充满机遇的同时也暗藏着陷阱，所以家长要教会孩子如何牢牢把握住投资的良机。在巴菲特看来，只有告诉孩子有关财富投资的技巧和忠告，才能让孩子们在日后的投资中如鱼得水。

有人说巴菲特就是神，其实他也只是一个普通人而已。与普通人不同的是，他懂得一些投资规律。人们都清楚商场就好比战场，巴菲特对于投资的态度，是非常谨慎的。然而，即使投资这种没有硝烟的战争再激烈，巴菲特在孩子们面前也是以一副胜利者的姿态出现——

他给孩子们的永远是一个积极乐观的父亲形象，而不是郁郁寡欢的"颓废"父亲。这一点对于很多父母来说，起的是个榜样的作用——即使你不能像巴菲特那样给孩子们创造出傲人的财富，也一定要给孩子积极乐观、不畏艰险的生活态度以及投资态度。

在投资中，总有人会被加冕称王，也总有人深陷其中，难以自拔，甚至一败涂地。而怎样才能在投资中以一个胜利者的姿态笑到最后？什么才是这场金钱游戏的制胜法宝？就成了无数投资人士一直在苦苦思索的问题，但他们却一直没有提出答案。巴菲特经常对他的孩子们说："投资如同篮球场，在球场上，不管多么精妙的配合，多么出色的个人技术，都在为一件事服务，那就是将球投进；而在投资中，无论是投资理论还是投资技巧，也都只为了一件事——选择出正确的投资方式，然后耐心等待盈利。"

在实际投资过程中，尤其是在股市起落跌宕的时候，大多数投资者因为对利润无休止的贪婪而往往会失去理智，最明显的例子就是追涨杀跌。一旦投资者的贪婪心理占上风的时候，他们就不会考虑自己购买的股票的价格是高于股票的内在价值还是低于股票的内在价值了，更不会去分析上市公司的管理团队了。于是，许多投资者都以愚蠢的价格买入股票而最终被套牢。巴菲特将投资者的这种贪婪的心态喻为投资界传染性最强的流行病，而且巴菲特告诫他的子女们："当贪婪占据你的整个胸腔的时候，你离损失本金也就不远了。"

巴菲特之所以能够取得普通投资人难以取得的成功，主要得益于他的长期投资理念。他能够做到不在意股市一时的涨跌，从而避免了频繁操作带来的成本增加。同时，他选择股票的独特方法也令人称奇。所以，自他出资仅100美元创办投资公司起，他就能够不断地取得投资的成功。

巴菲特很注重对子女进行财富观和价值观的培养。因为他一直认为，父母对子女最大的教诲和帮助是"家有千金，不如授子一技"。为了让孩子们学会理财，他通过自身的投资经验，告诉孩子们投资的忠告和操作过程中的技巧。每当谈及到父亲对于自己的帮助时，巴菲特的三个孩子大多会自豪地这样表示："父亲给予我们最多的是独立思考的能力，这是人生中最实用且最有价值的忠告。"

本书的主旨讲的是巴菲特在日常生活中，传授给子女的投资经验和投资忠告。

巴菲特为其子女解答了许多在投资过程中出现的令他们迷惑的问题，而这些问题的答案即是巴菲特在日常投资中总结出的宝贵的投资技巧和投资经验，相信它们也能为更多的投资者指点迷津。

本书还通过巴菲特与子女们的对话，将巴菲特在投资市场上的所思、所为，淋漓尽致地展现在读者们的眼前，以使读者读完本书后，有所收获。

目 录

CONTENTS

● **忠告一　记住！理性压倒感性才能屹立股市不倒**

● **忠告四**　　**投资不是闪电战，而是持久战**

● **忠告五**　　**如果你走在错误的路上，奔跑也没有用**

Warren Buffett
巴菲特写给子女的 ❿ 个投资忠告

● 忠告八　　我的投资中"明星股"总是获利最多的股票

● 忠告九　　不要让不良的投资习惯毁了到手的投资回报

● 忠告十 认识自己的愚蠢才能利用市场的愚蠢

Warren Buffett

To the children
10 Investment Advice

记住！理性压倒感性才能屹立股市不倒

1
要学会以 40 美分买 1 美元的东西

投资人最重要的特质不是智力而是性格。

——巴菲特

　　巴菲特的小儿子皮特虽然热爱音乐事业，但他对投资同样抱有很高的热情，在一次郊游中他问父亲："为什么您总是可以寻找到一些'超级明星股'呢？"巴菲特微微一笑，回答道："作为一名出色的投资者，应该要学会以 40 美分买 1 美元的东西。"

　　巴菲特认为，当投资者在决定购买一只股票之前，应仔细地对该股票背后的上市公司进行分析和研究。他忠告投资者：价值投资并不能完全保证投资获利，因为不仅要以合理的价格买进，而且还要保证所选择股票的上市公司未来的业绩与预期的估计相符。因此，投资者在入市之前应该将自己看成企业分析家，只有这样才能够寻找到一些不容易被发现的盈利机会。

　　除此之外，巴菲特还提醒投资者，一定要重视投资企业的管理层品质。巴菲特说很多投资者在投资的时候都有一个通病，那就是在买股票的时候只关心公司的财务报表和公司当前盈利情况以及未来的预期收益，因而他们都只是将钱投入某个企业，而不知道这个企业的管理者是谁。在巴菲特看来这是对自己极不负责的做法。巴菲特每次在投资之前除了关注企业的经营状况、资金状况以及销售状况之外，还会特别关注企业领导层的能力。因为巴菲特认为一家企业创造利润的能力有 90% 都取决于管理层的决策，只有 10% 是受软件、硬件设备的影响。但是公司盈利状况良好并不一定是管理层能力强的表现，因为也许换做别的管理者还能够创造出更多的利润，所以公司经营良好只能说明管理层的能力没有很差，仅此而已。总之，巴菲特在投资之前，一定会对被投资企业的管理层进行深入地了解。通常，巴菲特对自己准备投资公司管理层的考察主要体现在以下几个方面：

第一，管理者能否很好地运用资金。这个运用资金指的是管理者用钱进行再投资。企业管理者能否很好地利用资金进行再投资，或者说再投资能否取得好的效果，是巴菲特对管理者进行能力衡量的一个很重要的方面，而且这也是投资者能否取得高回报的关键性因素。

第二，管理者是否足够理智。巴菲特认为公司赚到的钱是有数的，但投资的方向却是无数的，这个时候管理者是否足够理智，能否将钱用在最需要的地方就十分关键了。而这点也是巴菲特十分关注的，美国《财富》杂志曾评论巴菲特说："理性是巴菲特管理的贝克希尔·哈撒韦公司最大的特点，这也正是其他很多企业管理者所缺少的。"每个公司的发展都会经历不同的阶段，从起步到发展再到成熟，巴菲特最看重的只是公司成熟阶段管理者的做法。

当公司发展到成熟阶段的时候发展速度开始减慢，由于扩大企业规模和维护企业日常经营的花销逐步加大，以往的分配方式已经不起作用，这时候管理者是将利润用于再投资公司现有业务、购买成长型企业还是分配给股东就成了巴菲特考察管理者是否理智的重要依据，而在巴菲特看来在公司已经发展成熟的情况下，只有将利润分配给股东，然后让股东自行选择再投资项目才是最明智的，因为当公司已经发展成熟的时候再投入资金发展现有业务显然是多此一举，而刚刚进入成熟阶段的企业去购买其他企业显然也是不自量力的举动，所以巴菲特认为将利润下放给股东才是最合适的。而能够这样做的管理者自然也会得到巴菲特的赞赏，进而得到巴菲特的投资。

第三，管理者对股东是否足够坦诚。虽然巴菲特没有很多时间和旗下的公司管理人员交流，但是他总能最先掌握公司的第一手资料，因为在巴菲特的公司有一条硬性规定，那就是公司管理者必须定时向股东发布消息，而巴菲特从这些消息中就能够得到足够的信息。虽然有些公司也会向股东发布一些信息，但往往都是只发布对公司有利的信息，完全封锁对公司不利的消息。这样的公司会被巴菲特第一个淘汰掉，因为巴菲特认为，只有公司管理者敢于真实、全面地向股东公布公司的经营情况，公司才能得到长足的发展。对于隐瞒公司真实业绩，篡改资料报表的企业完全没有投资价值可言，况且自己也不会放心将钱投在这样的企业上。在巴菲特公司的年报中，不仅有一整年的经营业绩，还有目前公司面临的问题，有时候还会有巴菲特的检讨——检讨自己投资的失误。有人认为巴菲特之所以敢将自己的错误公之于众，是因为他有足够的信心控制局面，但其实巴菲特的出发点是，他认为在公司内部公开这样的信息有利于各个股东及时地掌握公司的发展现状，这不仅能够得到股东的信任，还有利于公司管理人员根据出现的问题及时地调整经营、管理策略，是一个一举两得的措施。

第四，企业管理者能否抵制"行业潮流驱使"。所谓的"行业潮流驱使"，就是指管理人员盲目的跟风行为。巴菲特对行业潮流驱使的看法是：当惯例驱使发生作用时，理性是脆弱无力的。他将惯例驱使的力量归纳为以下几点：公司拒绝改变经营方向；总是用光所有可支配的资金；在开展业务时，无论管理人员制定的计划有多少漏洞，工作人员都能很快地做出内容详实的关于利润率、策略等方面的支持报告；盲目模仿、复制同行业其他公司的运行模式。这些被惯例驱使的行为很容易使公司管理人员失去判断力，从而导致公司发展停滞、产品失去竞争力，严重的甚至会导致公司破产。所以，巴菲特考察管理者是否称职的重要标准之一就是他们能否克服惯例力量的驱使。

巴菲特相信只有那些拥有理智、坦诚、独立思考能力管理者的公司，才会有好的发展前景，才能为股东带来稳定且较高的投资回报率。所以，每次在投资前，巴菲特都会仔细考察公司管理者的能力和品质。

巴菲特一向反对高成本的投资方式，他建议投资者坚持做价格合理的交易，节省一美分等于赚一美元。为了降低投资成本，巴菲特总是等到股票价格低于其内在价值的时候才开始买进，然后耐心等待股价上涨。他认为自己购买的并不是股票本身，而是持有了该股票上市公司的一部分资产。因而巴菲特认为，投资者获得最大盈利的基本前提是坚持以 40 美分买 1 美元的东西，即坚持低成本投资的原则。此外，他还提醒投资者，所谓的选上市公司就是指选择超级明星经理人。

尽管巴菲特在股市中被赋予了"股神"的称号，但这并不代表他在股市中永远都是以胜利者的姿态出现的，在瞬息万变的投资市场上，巴菲特也犯过不少错误。但和其他投资者不同的是，巴菲特在犯错之后不会浪费时间自怨自艾，而是会在第一时间总结经验，力争使自己的投资策略越来越成熟。在巴菲特总结的经验中"与自己信任且敬佩的人合作"是非常重要的一条。

虽然巴菲特并不认为与优秀的经理人合作就能确保成功，但他明白，只有投资那些由优秀经理人管理的企业，才可能获得良好的投资回报。而他的这个认知也为他带来了持久且丰厚的回报。很多巴菲特投资的企业都拥有非常优秀的"明星"经理人，这些经理人共同的特点就是能力出众、诚实守信，还能始终为股东着想。在巴菲特看来，自己投资那些公司所获得的丰厚回报，和这些公司优秀的经理人是分不开。

巴菲特之所以如此肯定优秀经理人在公司中的重要作用，是因为他在数十年的投资生涯中总结出了一个非常重要的理论，那就是公司的竞争优势能否长期保持，并不取决于公司的产品，而是取决于经理人的品德和能力。巴菲特还发现与债券等其他有价证券比起来，经理人的素质对股票的票息及价格的影响要大得多，这主要是因为债券有一个确定的利息率和到期日，而股票则完全没有期限，票息的多少也完全取决于公司利润的高低，而公司利润的高低又很大程度上取决于经理人的能力，所以是否能够选择一个拥有优秀经理人的企业是投资者能否获利的关键。而巴菲特"经理人影响公司发展"的论点也在随后被证实。著名管理学家吉姆·柯林斯经过 14 年的研究后得出结论："企业领导人最重大的难题不是解决'什么'，而是解决'谁'。企业能否长期、持续、稳定的发展下去，最关键的不是战略，而是管理者。"

在巴菲特接触过的所有优秀经理人中，大都会公司的汤姆·墨菲给他留下的印象最为深刻。汤姆·墨菲是第一位令巴菲特感到敬佩的经理人。巴菲特称汤姆·墨菲是自己在投资生涯中遇到的最好的 CEO。其实，巴菲特对汤姆·墨菲的敬佩来源于他出众的管理能力和人格魅力。在巴菲特看来，汤姆·墨菲不仅是一个负责的丈夫、父亲、朋友，而且他还是一个优秀的管理者——当个人利益和股东利益发生冲突时，他总是会毫不犹豫地牺牲自己。巴菲特十分赞赏汤姆·墨菲的这种优秀品质，甚至他还公开宣称：自己将永远保持对大都会的投资仓位，而且在选公司接班人的时候也会将汤姆·墨菲考虑进去。巴菲特对优秀经理人的重视程度可见一斑。

巴菲特的忠告

　　我对经理人的重视不单是因为优秀的经理人会给自己带来丰厚的回报，还因为一个没有能力的经理人会给自己带来很大的损失，最糟糕的是这些经理人不容易被炒掉，而这也就是说，投资这样的企业会有无止尽的损失等着自己。

2

投资不败的金律：安全第一，赚钱第二

> 投资规则第一条：永远不要损失；第二条：永远不要忘记第一条。
>
> ——巴菲特

在一次和家人外出的聚会上，苏茜问父亲巴菲特："人们都知道投资就会有风险。但是在面对风险和利润时，人们却往往难以衡量，那投资究竟是安全更重要，还是获利更重要呢？"

巴菲特回答说："孩子，当然是安全第一，赚钱第二。"巴菲特认为，不能保证投资的安全性，获利就无从谈起。因此，投资时把握好安全线尤为重要。

事实上，巴菲特对市场投机持惯有的否定态度，而且即使是在计划长期投资那些信誉良好、发展潜力巨大的公司时，巴菲特也会设立一个安全线。因为他深知股票价格与公司运营状况之间的关系非常复杂，即使是自己的预测也一定有失误的时候。

安全线是价值投资的核心理念，是投资者针对股票市场波动、公司发展前景以及投资者自身能力局限采取的投资风险防护措施。只要在安全线以内的空间里，即使在投资者对投资对象的评估出现一定的偏差或市场形势出现了出乎投资者意料的发展的情况下，投资者的资本都不会受到致命的伤害。由此可见，投资时在安全线内保留出充足的空间能有效地降低投资者评估失误带来的风险，使投资者在基本能确保其本金安全性的前提下最大限度地赚取利润。

那么，投资者要如何才能做到在安全线内进行投资呢？巴菲特认为，投资者在安全线内进行投资的关键在于坚持低价买入的原则，因为购入价格越低投资的利润空间越大，同时面临的风险也越小。事实上，巴菲特在投资中非常关注报社、家具店、饮料公司等低成本运作的公司。因为在日益开放的国际金融环境下，低成本运作的公司往往具有更大的发展潜力。诚然，花费巨资对一个行业的龙头企业进行高成本投资，带来的利润远非投资普通企业的回报可以相提并论的，然而高额投资成本也意味着投资者必须承担起巨大的投资风险。因此，买入行业中那些低成本运作的公司的股票，投资的风险相对较小而利润空间则相对巨大——只要其运作良好，极具发展潜力，最终肯定能给投资者带来巨额的回报。而且，即使投资这样的公司失败，由于投入的成本是很有限的，因此并不能给投资者带来毁灭性的经济损害。除此以外，在全球经济一体化的趋势中，信息的快速流通和消费者意识的增强，也为低成本运作的企业发展提供了良好的环境。再者，成本越低的公司其产品价格也越便宜，在市场同类产品竞争中其产品就越占据价格优势，而良好的销售业绩也会为公司的发展积累起更多的资金。在这样的良性循环下，低成本运作的公司必然会有一个巨大的发展空间。因此，投资低成本公司是确保投资在安全线内操作的最重要的方法。

不过，在实际投资中，投资者对于公司股票何时会处于最低价位往往难以把握，此时往往只能凭借自己的直觉和判断，在理想的价位买进。

1988年，巴菲特购买了可口可乐公司的股票。当时，很多人不明白他为什么要以高出账面价格5倍的价钱投资一家净盈余报酬不到7%的企业。巴菲特认为，可口可乐公司产品的品牌商业信誉就是其赢利的保障。根据经济学法则，一家企业的真实价值是其市场盈余的15倍，同时是其现金流量的12倍。由此看来，股票的价格和价值之间并非单纯的直接联系，一家企业的股票价值主要由其存续期间的现金流量以当前贴现率折算而来。可口可乐公司在1988年的现金流量约为8亿美元，贴现折算后的公司价值是92亿美元，而巴菲特在购买可口可乐公司股票时却付出了超过其市场价值148亿美元的资金。这在很多人看来都是无法理解的行为，这件事本质上是巴菲特将可口可乐公司的未来发展前景也折算成公司价值的一部分，因而不惜以巨额资金对其进行投资。从 1981 年到 1988 年，可口可乐公司的股东盈余年增长率一直保持在 18% 左右，到 1988 年的时候，其股东盈余已超过 8 亿美元。因此，巴菲特看到，如果可口可乐公司在未来十年内保持年盈余 15% 的增长率，那么十年后的 1998 年，其公司股东盈余将高达 33 亿美元，再加上贴现折算，可口可乐公司的价值实际上超过了 484 亿美元。

1988 年 6 月，可口可乐公司的股价约为每股 10 美元。1989 年 4 月，巴菲特以每股 10.96 美元的平均价格购入了 9340 万股可口可乐的股票，总投资额高达 10.23 亿美元，在伯克希尔公司的持股中占据了 35% 的份额。这一举动无疑是很有魄力的。而事实上，从 1980 年开始，可口可乐公司的股票价格就一直处于上升阶段，尤其在 1983 年以后，更是保持着每年 18% 的高增长率。巴菲特早已对这支股票非常看好，不过却一直没有遇到适当的购买时机。直到 1988 年，可口可乐公司的股票价格终于出现下滑，市场价格在 150 亿美元左右，基本上接近了巴菲特心中的理想价位，于是他毅然出手大量购入可口可乐的股票。这就是巴菲特投资经历中在理想价位买进、安全线内操作的经典案例。

由此可见，巴菲特将恪守安全线作为成功投资的要诀是具有很强的现实意义的。他清楚地知道，如果不给自己设定一个安全的投资界限，划定一个足够的盈利空间，即使买入了业绩优秀的股票，也会由于购入价格过高而导致盈利空间被压缩得太小，而且同时还会承受巨大的风险。因此，像巴菲特这样的投资大师往往将投资目光专注于那些被市场低估价值的企业的股票上，因为股票被低估的价值越多，其盈利的空间也就越大，同时它使投资者面临的失败的风险也会被大大降低。

对于那些苦苦等待安全线以内的投资机会的投资者们，巴菲特鼓励他们要耐心等待："投资成功的前提是不要冒巨大的风险。如果你心中的安全线以内的投资机会迟迟没有出现，那么就更应该耐心等候。因为任何一个成功的投资者所做的也仅仅只是持有大量现金，然后耐心等待而已。"

股票市场的价格波动往往具有周期性，因此在一个较长的周期内必然会有安全性很高的投资对象出现。而这正是投资者出手投资的最佳时机。因为安全线内投资的核心就是掌握风险与收益之间的关系，所以这样的长期投资策略必定会得到高额的回报。同时，能否运用好这一投资策略也是投资者是否能在股市中立足的关键所在。因为投资就如同战争，生存才是胜利的保障。

巴菲特的投资思想很大程度上源于他的老师格雷厄姆。格雷厄姆曾经告诫过巴菲特："无论将来你的事业发展得多么巨大，永远也不要忘记'安全第一，赚钱第二'的投资原则。"巴菲特在多年的投资实践中一直坚持贯彻了这个原则，而且这也是他长期以来成功投资的重要保障之一。

股市风云变幻莫测，处处潜藏着令人防不胜防的风险，投资者往往一不小心就会掉入陷阱。对于这样的情况，巴菲特有自己独特的投资理念和方法。他认为投资股票和投资实业有相同的原理，只要建立在对自己的投资对象全面了解的基础上，理性看待股票投资，就不必害怕落入市场的陷阱。

事实上，很多投资者往往只在股票市场的低迷时期才表现出安全意识——出手谨慎，甚至过于保守，即使看到股票价格的最低点也不敢出手购买；而在股市一路飚涨的时候却往往被眼前的巨大利益所迷惑，疯狂追求利润，完全失去了对风险的警惕。

巴菲特对此不以为然。在他看来，在股市价格下跌时投资风险最低，往往隐藏着众多投资机会，正好符合了"安全第一，赚钱第二"的投资原则。因此，巴菲特对于下跌股市中的投资机会往往能毫不犹豫地出手。相反地，在市场中的股票价格普遍呈现上升趋势时，巴菲特反而保持着高度的警觉性，采取更为谨慎而保守的投资策略。由于股市的这种繁荣背后往往就跟随着巨大的风险，因此他宁可失去一些赚钱的机会，也绝不轻易以身试险。而且，他还常常提醒投资者在投资时首先必须考虑到可能遭遇的风险与自身的承受能力，其次才是投资的盈利。不过，同时他也指出，过度谨慎和过度激进的投资都是不可取的极端行为。

在投资时，巴菲特总能很好地把握住风险和利润的平衡点。

美国于 1973 年到 1974 年爆发了金融灾难，崩溃中的美国股市将投资者们纷纷推入了绝望的深渊。然而，这一切在巴菲特眼中却是另一番景象——一个蕴含着无数投资机遇的绝佳时刻来临。因此，他果断地以低价购入大量优质企业的股票，甚至花费4000万美元购买了《华盛顿邮报》的股份。尽管此举在当时曾遭受到业内人士的普遍质疑，但巴菲特还是坚持了自己的投资。因为他对《华盛顿邮报》关注已久，了解到其资产总值实际上超过4亿美元并诚信良好，员工素质也很高。因此，可以说是突如其来的金融危机给巴菲特带来了这个绝佳的投资机会，使得他能够以较低的价格收购这家优秀企业的股票，在安全线内进行投资，从而避免了高价位投资的风险，同时也获得了巨大的利润空间。

在投资安全性这一点上，巴菲特总是反复告诫伯克希尔公司的员工："一定要根据自己的风险承受能力来制定投资策略。"因为安全是投资赢利的前提和基础。对于市场上的投资机会，不管其可能带来如何巨大的利润收益，一旦风险超出了自身的承受能力，那么也就意味着投资同时也具有带来毁灭性打击的可能性。因此，投资者必须遵循安全第一的原则。事实上，巴菲特在进行投资前不仅会对股票可能出现的波动作出预测，而且他还会考察该行业的发展前景和企业的实际运营情况等众多因素，综合考虑之后再作出决策。在选择股票时，巴菲特总是青睐那些低于实际价值的优质股，而绝不购买被市场追捧哄抬起来的高价股。也正是由于这个原因，他才能在长年的投资生涯中数次躲过了股市崩盘的灾难，并且一直保持着较高的收益。

巴菲特的忠告

出于安全考虑，投资者要避免短线投机行为。企图依靠频繁的短线交易来谋取暴利的行为面临的风险无疑是最大的，一旦失败往往就会使得投资者血本无归。

3

学会数字运营：时时刻刻计算损益比率

我的致富经验中重要的东西是理性。我总是把智商和天资看做发动机的马力，但产量（发动机的工作效率）则取决于理性。许多人拥有一台枷马力的发动机，但只获得 100 马力的产出。如果拥有一台 200 马力的发动机，并使它开足马力，这是更好的途径。

——巴菲特

巴菲特在一次家庭聚会上语重心长地说："孩子们，你们必须要牢记，在投资时你们要时时刻刻计算损益比率。因为这一点对投资成败起至关重要的作用。"

事实上，巴菲特所有的时间几乎都用在了工作上。他每天至少工作 18 个小时，分析各家上市企业的情况——在巴菲特看来，时间是金钱，而每一分每一秒都意味着赢利的可能。他自然不会让那些没有价值的事情浪费掉自己的时间，甚至有时一天 24 小时他都在思考着如何投资。正因为如此专注地投入精力，巴菲特的财产才一直持续稳定地迅速增长，并最终让他成为全球最富有的人之一。

巴菲特说："一个成功的投资者必须对自己的时间和精力有一个合理的规划。"很多投资大师都会投入大量的时间，密切关注上市公司的情况、行业的发展情况以及宏观经济政策的调控等信息，并且及时地从中捕捉到有价值的投资机会。更为重要的是，这种行为已经作为他们生活习惯的一部分被长期保持着。

而对那些初涉股市的普通投资者来说，不应该只看到成功者的收获，更应该看到他们的努力和付出，并且衡量自己是否能合理地规划好自己的时间和精力来坚持做好这件事，培养良好的投资习惯。

除了对时间和精力的规划，投资者还要对自己持有的资金进行规划，拟定出一个全面详尽的投资计划。很多投资者进行投资完全是一种随意行为，对市场风险的认识极为肤浅，因而过于乐观地轻易将自己的所有积蓄都投入其中，甚至不惜贷款进行投资。这样的做法无疑会让投资者承担巨大的投资风险。虽然股票投资在家庭理财中所占的份额越来越大，但是投资者应当考虑到高风险性，坚持只用富余的资金进行投资，避免投资失败的损失对自己的家庭生活造成不可挽回的影响。

巴菲特提出："投资者应该时时刻刻计算损益比率。"事实上，他几十年来一直都坚持着这一原则。在旁人看来，巴菲特对每一笔投资的成败几率总是有一个准确的判断，可谓料事如神，他把这一切都归功于自己平时喜爱的游戏之——桥牌。他花费在桥牌上的时间每周大概有 12 个小时。他甚至还开玩笑说："如果一间牢房里住着三个很会打桥牌的高手，那么我很乐意被判无期徒刑。"他精湛的牌艺也备受牌友的称赞，大家甚至认为：如果巴菲特能够有足够的时间打桥牌的话，他一定会成为美国顶尖的桥牌选手之一。

巴菲特之所以如此钟爱桥牌，是因为在他看来，打桥牌和股票投资有太多相似之处——首先是海量的信息收集；然后随着事态的发展逐渐得到新的信息；最后通过对其进行全面整合，作出正确的判断。他说："在投资前，我们都应当根据自己手中掌握的各种情报，通过分析计算出投资成功的几率，再作出决策。而且，在每一次获取到新的信息之后，我们都要对自己的具体投资方案进行适当的调整，并且重新计算出调整后的成功几率。"

如果对巴菲特打桥牌的风格稍作研究，人们就能发现其中有他投资股票的风格。敏锐的直觉和准确的判断力正是桥牌高手与投资大师的共同特点，而且他们最大的共同点就是无时无刻不在计算着胜出的几率。谈到对桥牌的看法，巴菲特说："桥牌是提高大脑思维能力的最佳训练方式。在这个游戏中，基本上每 10 分钟我就需要重新审视局势。打桥牌时每一次审时度势就如同股票投资时衡量成功与失败的几率，它们两者都要求选手或投资者时刻保持分析计算状态。"投资者作出的投资决策并非基于市场变化，而是基于投资者对市场变化的理性判断。事实上，很多投资专家在作出决定之前，都会将自己的时间用在对投资分析与决策最有价值的事情上。在华尔街素有"时间管理大师"称号的巴菲特时常挂在嘴边的一句话是："如果某一件事情不值得去做，那么就无须为它花费时间。"

巴菲特深知时间的宝贵，他对待工作的热情不亚于其他很多领域的杰出人物，甚至还可能更狂热。他坚信时间能创造出巨大的财富，而且他坚信时间是他获得成功的关键。自从 1965 年巴菲特开始掌管伯克希尔公司迄今的四十多年里，他从不在开会上浪费时间。虽然伯克希尔公司旗下拥有 63 家企业，但是巴菲特却从来不召开任何会议。他只在每年年初以公开信的方式向这 63 家企业的高层管理人员下达工作目标等指示，并且一再叮嘱他们不要让股东们亏损。

除了必要的生活之外，巴菲特将所有的精力都倾注在了工作上（他常常为了收集更多信息而通宵达旦地工作），以致他手下的员工曾这样评价过他："巴菲特似乎每天都要花费 24 小时研究各种上市公司。"

由于大量的时间都倾注在了工作上，所以巴菲特对家庭和日常生活的关注非常少。因为他认为，与其将宝贵的时间浪费在自己没有兴趣的活动上，不如专注于进行企业和投资的研究。对于日常生活中的琐碎事务，巴菲特毫不关心。他几乎从不去商店购物，或者花大量时间去享用丰盛的晚餐，而是用最简单的方式解决生活上那些必须解决的问题。在他的观念里，时间的流逝就如同财富的流失，会让他心痛不已。因此，他从不在自己认为不值得关注的事情上浪费一分一秒。巴菲特的女儿对此深有感触，她曾经说："我爸爸到现在也不懂怎样使用铲草机来整理门前的草坪。"

巴菲特的朋友几乎都知道他拥有不喜欢应酬交际的个性。因为在他看来，投资和社交应酬之间根本没有任何实际联系。曾有一次，巴菲特和妻子苏茜应邀到一个刚从埃及旅游归来的朋友家参加宴会。在享用过丰盛的午餐之后，主人兴致勃勃地拿出幻灯机向来客们展示自己拍摄的金字塔照片，这时巴菲特却提出让妻子陪同主人观赏照片，自己却躲到另一个房间去读某家上市公司的年报去了。

甚至连克林顿总统的邀请，都被巴菲特以"没有时间"为理由推辞了。

除了社交应酬，巴菲特对旅游也同样不感兴趣。除了工作或者学习研究的需要，巴菲特几乎不曾离开位于奥马哈市的家。甚至早在年轻的时候，巴菲特就开始在家工作——在家中分析各个企业的情况和拟定投资策略。而且他很少搬家，因为他认为那样会花掉自己大量的时间。直到多年以后，他才将自己的工作地迁到离家仅几分钟脚程的写字楼里，一来可以节省上下班途中耗费的时间，二来能避免家人对他工作的干扰。

正是因为巴菲特对时间的珍惜甚至达到了吝啬的程度，将大量的时间都倾注在对投资的研究上，他才能够更及时更有效地调整自己的投资组合，时刻对投资损益比率作出判断，从而在股票投资领域取得了辉煌的成就。

1985 年 9 月，《广场协议》签订，美元兑日元大幅贬值。当巴菲特得知这一消息的时候，他果断迅速地抛出了手中的大量美元，从而成功地避免了这场意外的风险本应带来的损失。当时，美元兑日元汇率持续在 1 美元兑 250 日元的水平线上波动，然而在《广场协议》签订后，短短三个月内就跌到 1 美元兑 200 日元，跌幅达到 20%；到 1986 年底，汇率更是跌至 1 美元兑 152 日元；1987 年跌到 1 美元兑 120 日元的谷底。不到三年的时间，美元兑日元贬值 50%。对此，巴菲特万分庆幸自己将绝大部分时间用于各种投资信息的收集和分析上，时刻计算投资损益比率，及时调整投资计划，从而成功地避免了巨额亏损的后果。

巴菲特的忠告

时刻计算投资损益比率，及时调整投资计划，这不仅是成功避免巨额亏损的关键，还是投资者获取利润最不可或缺的要素。

4

最聪明的投资者总是会让自己的投资"密不透风"

> 既然交易活跃的市场周期性地在我们面前展现出少之又少的机会，我们的投资方法就在于把握和利用这种机会。
>
> ——巴菲特

　　股票投资是一场博弈。投资策略在股票投资中占有至关重要的地位，能直接影响到投资的成败。与此同时，投资策略的独立性也在很大程度上决定了投资者获取利润的多少。试想，如果投资者广泛搜集大量信息、花费诸多心血经过长时间的分析研究，最终制定出来的投资策略不小心泄露出去，被人捷足先登，那么就必然会对自己的投资带来非常不利的影响——不仅可能徒劳无功，甚至还很可能因为信息的泄漏引起投资环境的改变使得自己的投资失败。因此，投资者必须认识到投资策略保密的重要性，在任何情况下都不要将自己的投资策略透露给任何人。对于这一点，巴菲特有极其深刻的认识。他经常会对经营农场的大儿子霍华德说："真正的投资者是绝对不会透露出自己的投资策略的。"

　　巴菲特是一个精于股票分析、制定投资策略的人，他常常能先于他人制定出正确的投资策略，并果断地采取行动，从而赢取丰厚的利润回报。毫无疑问，这一切都要归功于他坚持每天花费大量时间阅读各种资料、广泛收集信息，并且对华尔街的股票、证券作深入细致的研究。然而，尽管巴菲特对自己的股票分析研究能力相当自信，但他却依然会小心翼翼地保守着自己的研究结果，决不让其他人察觉到蛛丝马迹，甚至连自己的亲友也不例外。因此，尽管投资者对巴菲特取得的辉煌成就艳羡不已，然而他们却丝毫不能抓住他成功的秘密。事实上巴菲特从股票分析、确立投资目标到制定投资策略，再到实施投资的整个过程都格外谨慎，绝不会将这些相关信息泄漏丝毫。在旁人看来，巴菲特是一个神秘的人，常常做出一些让人难以理解的投资行为，但事实却总是一次次印证了他投资策略的正确性。他的投资策略之所以能取得成功，其中一个很重要的原因就是能坚持对自己的投资策略严格保密。

也许有人会想，巴菲特的这种做法是不是太"自私"了呢？事实并非如此。巴菲特之所以将自己的投资策略绝对保密，主要是因为他曾经亲身经历过将投资策略透露给他人而造成自己错失投资良机的失败。无疑，这场失败的经历让巴菲特得到了极其深刻的教训。

早在巴菲特创业之初，有一次，一位在邮局工作的朋友到他家做客。闲谈中，这位朋友无意中说起美国邮政有一种面值仅为 4 美分的蓝鹰印花即将退出流通领域。当然，这样的内幕信息只有在邮政系统工作的人才能掌握。这一消息立即触动了巴菲特敏锐的投资神经，他立刻意识到这种印花将在未来具有很大的升值空间。然而，巴菲特的这位朋友却对此不能理解，他认为这种印花很不起眼，并没有太大的投资价值。当时，巴菲特年轻气盛，看到朋友不认同自己的看法，就把自己的分析过程和投资策略告诉了自己的朋友。那位朋友听了巴菲特的话之后，对他的独到见解和正确判断十分佩服。

由于这位朋友的来访，巴菲特不能在当时就立即购买这种蓝鹰印花，于是他决定第二天一早就赶去购买。然而，当他一大早就去附近的邮局购买这种蓝鹰印花时，赫然发现这种印花早已被抢购一空，几经周折他才购买到很少的一部分。后来，巴菲特才知道，正是由于自己把这个投资机会透露给自己的那位在邮局工作的朋友才导致消息泄漏，被人抢先一步，从而使得自己丧失了投资机会。

经历这次教训之后，不管是多么亲近的人，巴菲特都不会向其透露他投资分析与策略的丝毫信息，甚至是自己的妻子、儿女也不例外。随着多次成功投资赚取到了越来越多的利益，巴菲特的名气也越来越大。因此，向他打探消息、询问投资策略的人也络绎不绝。人们对巴菲特的股票分析秘诀很有兴趣，甚至连一些股票分析专家也想聆听他的超凡见解。尤其是一些急切渴望通过股票投资迅速暴富的人，往往会在投资前千方百计地打探巴菲特的口风，或者将自己的投资计划告诉巴菲特以征询他的意见和看法。虽然由于此前的深刻教训，巴菲特始终坚持绝不将自己的投资策略泄漏出一丝一毫，但他却很乐于将自己分析股票的方法传授给大家。

由此可见，这并非巴菲特为人"小气"，而是由于投资策略不仅凝聚了投资者的大量心血，而且关系到投资是否能够取得成功。在利益的驱使下，投资者竞相争夺市场中投资收益这块巨大的蛋糕。而对一个投资机会而言，发现这块蛋糕的人越多，与自己争抢这块蛋糕的人也就越多，这也就意味着自己所能得到的利润会减少，甚至稍不留神还可能被人抢先把蛋糕分光。事实上，巴菲特对那些总是在公开场合大谈股票分析的所谓专家颇为不屑，因为他根本不相信以获取自身利益为目的的投资者会将自己的盈利机会拱手让给他人。

巴菲特的忠告

在投资时千万不要被他人的言论所左右，也不要把自己的想法告诉别人。因为，投资者只有在自己的投资策略不被泄漏出去的情况下，才能确保自己的投资计划的实施万无一失。而只有这样才可以让自身的投资获得丰厚的利润。

5

淡定从容、胆大心细是成功者必备的心理素质

从容淡定的心态是投资者在投资中必备的素质。

——巴菲特

市场上股票的价格总是处于波动状态，让投资者捉摸不透。由于这个原因，很多投资者出于投机或恐惧心理而频繁地进行交易，总是战战兢兢，摇摆不定。和大多数投资者一样，巴菲特的女儿苏茜在投资中也有很多类似的经历，尤其是在股市动荡的时期，苏茜几乎和所有投资者一样都争相抛空股票逃离市场，导致股市崩溃得更快。对此，巴菲特告诉她："孩子，越是在这种时候，投资者保持淡定从容的心态就越重要。"

在处于下跌趋势的股市中，往往弥漫着投资者悲观的情绪，而此时淡定从容的心态对投资者而言可以说是一种奢求，真正能从思想上达到这种至高境界的人可谓少之又少。大多数投资者总是市场上一有风吹草动就躁动不安，从而失去冷静的判断，致使自己做出错误的决策，进而导致投资的失败。在这种时候，少数保持淡定心态的投资者却往往能取得很大的成功。

1976 年，巴菲特花费 410 万美元收购了政府雇员保险公司 130 万股股票。由于当时该公司已濒临破产，因此人们对巴菲特的举动普遍表现出了质疑。然而，巴菲特却始终坚持自己的看法，认为该公司在保险行业拥有经济特权，这使得它在未来具有很强的发展潜力。他深信该公司一旦成功克服经济上的困难，一定会迅速发展起来。而事实也证明了巴菲特的这一判断是无比正确的。在巴菲特看来，投资者只有抱着一种从容淡定的心态，才能冷静理性地分析问

题，从而抓住被其他人忽略的投资机会。而且，胆大心细也是投资者所应当具备的素质之一，只要这样才能让投资者在赢利机会面前思维缜密，判断正确，并且果断出击。

在股票投资中，人性的弱点往往会暴露无遗——当股市处于强劲势态时，投资者往往会被巨大的利润收益蒙蔽了双眼，甚至奋不顾身地追捧抢购那些价格早已虚高的股票；当股市处于低迷状态时，投资者又会对手中资产的日益缩水而惶恐不安，迫不及待地竞相抛出股票。事实上，失去理性判断的投资者更容易陷入市场的陷阱和危机之中。而只有保持从容的心态，投资者才能对市场情况有一个理性、正确的认识，从而避免股市动荡所带来的风险。尽管股票市场上风险无处不在，然而这些风险却并不是最危险的，只要经过理性的分析和判断，投资者就能够在一定程度上去规避这些风险。真正难以规避的实际上是投资者自身的人性弱点——恐惧与贪婪所制造出来的风险。其实，投资亏损在很多时候，往往是由于投资者没有保持住良好的投资心态，导致判断失误而造成的。

在巴菲特看来，从容淡定与胆大心细是成功投资的保障。事实上他认为不管做任何事情，人都应该具有这样的心态和素质。在投资过程中，良好的投资心态决定了投资成功的几率。而人性的贪婪、恐惧和愚蠢是可以通过心态的调整和理智的思考来加以控制的。因此，培养良好的心态和素质是投资者成功投资的重要前提。

在巴菲特漫长的投资生涯中，他不仅掌握了精湛的投资技巧，而且还培养起了自身良好的心理素质。从容淡定、胆大心细正是巴菲特身上所表现出的一个杰出投资者所必须具备的优秀品质。正是由于对股票市场的多变性和风险性有了一个深刻的认识，巴菲特才始终清楚地明白这样一点：只有远离市场，投资者才能避免受到市场表象的各种干扰而保持着自己冷静的分析和独立的判断，从而作出正确的投资决策。

在投资股票时，很多投资者倾向于追随市场主流趋势，认为只要跟随潮流选择股票就可以从中捞到一笔利润，丝毫没有意识到这种"跟风"行为实际上是极其危险的，因为它将导致投资者失去自己理性的判断。他们总是乐此不疲地追捧着市场上的"热门"股，甚至抱着近乎疯狂的投机心理大肆买进，而对于那些价值被低估的"冷门"行业的股票则缺乏正确的认识和投资信心。与此不同，巴菲特往往能在股市狂热时越发保持着极度的冷静。他始终坚持自己的投资原则和标准，不管市场状况如何，他都只对符合自己投资标准的股票进行投资，甚至大胆投入巨资。如果找不到好的投资机会，他就会静静地等待着，绝不会为了放出手中的资金而盲目地买进那些自己并不了解的行业的"热门"股票。不论股市整体价格是攀高还是回落，巴菲特始终保持着淡定从容的心态，坚守自己的投资原则，丝毫不为市场变化和他人的看法所动摇。正是这种超乎常人的良好心态使得巴菲特多次成功规避风险，并赚取到巨额的回报。

事实上，也有一部分投资者出于对风险的畏惧，在投资交易时表现得过于谨慎而错失了很多获利的机会。巴菲特认为，尽管这种做法的出发点是正确的，但是缺乏自信、过分犹豫不决则会让好的投资机会白白溜走。因此，他提醒投资者面对投资时机时一定要果断地加以把握。在巴菲特看来，如果投资者在购买股票之前已经对上市公司作了大量深入的研究与分析，而且对自己的投资选择有很大的把握，那么一旦投资时机到来就应当毫不犹豫地大胆出击。

1994年，美国股市突然开始走低，投资者们惶恐不安，纷纷抛售手中持有的股票。但是，此时巴菲特却趁机低价收购那些早已被自己看中的优秀企业的股票，忙得不亦乐乎。事实上，每当股市走弱的时候，巴菲特都会大胆地出手收购那些优质股票。由此可见，胆大心细也是成功投资对投资者自身素质的要求之一。巴菲特常常这样告诉伯克希尔公司的员工："想要从市场中寻找到一家真正具有价值的上市公司，必须经过我们长时间的研究与分析。"这也就是说，价值投资的研究和分析工作不能局限于企业和市场的现状，而应当是一个长期深入的过程。而克服贪婪、恐惧等自身的人性弱点，是投资者在股市中正确判断市场形势，进行成功投资的先决条件。

巴菲特的忠告

从容淡定的心态能够帮助投资者成功地回避股票市场上的诸多风险，而在变化莫测的股市中，淡定从容的良好心态和胆大心细的优秀素质，则是投资者取得投资成功的重要保障。

6

价值评估的数据越保守越可靠

> 尽可能更全面、更准确地掌握信息，是投资者作出正确决策的重要前提。
>
> ——巴菲特

在进行股票投资时，投资者往往需要对股票的增值空间（也就是上市公司的未来盈利状况）作出评估。这一点对于像巴菲特那样的价值投资者尤为重要。因为，如果投资者过于乐观地沉浸在对未来的美好憧憬中而失去了对客观情况的正确认识和理性判断，对企业的价值估计过高，那么就很容易由于错误的决策而导致投资失败。

巴菲特认为，为了顺利应对投资过程中出现的各种情况，投资者在对公司未来价值进行评估时，越保守就越可靠。其实，也只有这样才能更好地避免亏损，从而获得较大的收益。

巴菲特会向他的孩子们特别强调公司业务的长期稳定性。他认为企业运营的长期历史纪录越稳定，根据这些数据所作出的分析与预测就越准确。他说："企业价值评估的准确性取决于投资者对企业未来长期现金流量的评估，而企业未来现金流量的估值又由企业运营的稳定性直接决定。"他喜欢那些具有"经证实"的持续盈利能力的企业，并且对它们予以了很高的评价。而对于那些不确定的未来收益，巴菲特表示自己毫无兴趣，他说："那些具有巨大的盈利增长能力的企业无疑是伟大的。但是，只有在对此非常确定的情况下我才会行动。因此，巴菲特告诫投资者：在对企业未来价值进行评估时，要在尽可能长的时间段里，根据公司真实的历史收益记录，用合理的方法计算出长期平均收益率，并在此基础上对未来可持续盈利能力作出评估。

巴菲特会花大量时间来阅读目标企业的财务报告，他认为只有尽可能更全面、更准确地掌握信息，投资者才能作出正确的决策。同时，他指出，投资者在阅读财务报告时必须注意辨识其信息的真伪。"对那些会计财务明显有问题的公司，我们要特别警惕。复杂难懂的分析与附注披露往往暗示着其管理层不值得信任，而夸大的收益预测和成长期则是赤裸裸的欺诈。"

除此之外，巴菲特还特别指出：在对企业未来长期现金流量的预测上，数据越保守越可靠，而根据这些数据所作出的各种决策也就越安全。这是由于未来长期现金流量的数值与时间都很难预测，因此，投资者只能尽可能地进行最保守的评估。只有这样，才能降低投资策略的风险。巴菲特说："明智的投资者绝不会通过从价值未经证实的企业中挑选自己的投资对象来测试自己的运气。"他总是在权衡自己所掌握的各种信息是否真实可靠，并且挑选出那些可靠的信息进行分析，然后得出最保守的估计值。他认为只有这样，投资者才能避免投机行为。因为即使在宽松的假设条件下投资者依然难以对不确定性因素进行考察，若贸然投入资金则无异于投机行为，其危险性和失败的后果都是非常严重的。而这一点在那些变化频繁的行业或者创立初期的企业身上，表现得尤为明显。总之，投资者只有在对企业未来长期现金流尽可能进行保守估计的基础上，才能获得可靠的评估价值。

巴菲特的忠告

投资者在对企业未来可持续盈利能力的评估上，应当尽量保守地对其未来长期现金流作出价值评估。而且，投资者应尽量挑选那些长期运营稳定、财务状况明晰、容易预测未来状况的企业进行投资。

7

在上市公司处于困境的时候发现商机

> 巨大的投资机会来自优秀的公司被不寻常的环境所困，这时会导致这些公司的股票被错误地低估。
>
> ——巴菲特

　　找准时机投资著名的公司是巴菲特最重要的投资理念，也是巴菲特告诉子女们最多的忠告之一。尤其是在经济发展呈现出下滑趋势的时候，最适合投资那些信誉度高、有长期投资价值的公司，就像巴菲特投资可口可乐一样。在 20 世纪 80 年代后期，巴菲特又一次把目光投向了名牌企业，而吉列就是其中一家。

　　按照投资可口可乐的理念和思路，巴菲特敏捷地将目标定位于这家以生产刮胡刀为主的大型企业，并且果断地采取了行动。尽管吉列始终都在市场中有较高的占有率，但是，自从进入 20 世纪 80 年代以来，它的产品受到了市场上新型产品的冲击，因此，吉列的市场占有率逐步缩小，企业经济效益也出现了大幅滑坡。巴菲特认为，若想收购名牌企业，那么当它的经济效益不好的时候正是向其出手的最佳机会。因为这种企业实力和生命力较强，抗风险能力也很强，所以它在很短的时间内就能够扭亏为盈。而在这种关键时刻，由于很多投机商已经看好了这块肥肉，因此巴菲特决定必须快进快出，与吉列有关方面展开谈判。

　　1988 年，吉列公司有 55% 的股权掌握在投资商手中，后来经过多方面的努力，吉列公司花费 1900 万美元重新买回 19% 的股权，从而将流动在外的股份减少到 36%。由此，吉列取得了绝对的控制权。而此时的巴菲特正在分析调查这家公司，并准备将其部分股权买下。

在吉列不景气的时候，很多投机商想并购吉列公司，比如 1986 年露华浓总裁皮尔曼的三次试探、1988 年康尼斯顿合伙公司的接手意图等，但吉列公司都抵挡住了这些不良的诱惑。在一连串的考验之后，吉列开始重组，裁掉不合格员工、精简部门、减低成本、回购股票，这些措施使得吉列公司的状况有所好转。

实际上，当吉列在 1980 年市场上失去绝对优势之后，巴菲特就特别关注吉列公司，他在伯克希尔·哈撒韦公司董事会议上说："吉列的生意的确讨我们的欢心……我认为我们了解吉列公司的经营状况，因此我相信我们能对它的未来有合理而聪明的猜测。"

巴菲特在产生了收购吉列的意向后，就开始非常理性地关注它的每一个细节。一次，他在分析吉列公司 1988 年年报的时候，看到吉列正在花巨资回购股票，巴菲特据此断定它急需一笔资金。于是，他立即给吉列公司的一个名叫 Sisco 的股东打电话。当确定了自己的判断后，巴菲特让 Sisco 向吉列董事会传达他想投资的意愿。此事进展非常顺利——当吉列董事长得知此事之后，在墨西哥出差的他立即赶往奥马哈，仅仅在几个小时之后他们已经就投资的相关事宜达成了一致。

在此后的一段时间内，每当巴菲特在入睡之前，就会想到：明天将会有 25 亿男士不得不剃胡须，全世界每年要用掉 200-210 亿片刀片。而每当想到这么大的市场前景时，巴菲特的脸上都会涌出一丝笑意。吉列刀片在 100 多年的发展历程当中，已经建立了相当牢固的消费基础：全世界 30% 的刀片来自吉列，在有些国家还达到了 90% 的市场份额。巴菲特在对吉列市场进行了分析之后，认为吉列股票的长期价值高于低迷的市场价格，吉列公司在日后的发展过程中有强劲的获利能力，因此巴菲特决定投资吉列的优先股。于是，巴菲特以"英雄救美"的姿态，投资 6 亿美元买下 9900 万股吉列优先股。巴菲特此举不但实现了自己的愿望，而且成功地抵挡了投机者对吉列的恶意收购。

随后，巴菲特购买的优先股可以转换成 11% 的普通股，每股的股价是 50

美元，而当时该股在市场上的交易价格是每股 41 美元，同时吉列将会在 10 年之内赎回这些优先股。根据业内人士的估算，巴菲特的投资价值要比实际成本大，但巴菲特并不这样认为，因为其中有很多潜在的利益将会弥补他在这方面的损失。巴菲特说："吉列就是成功与国际行销的同义字，也是我们喜欢的、值得长期投资的跨国公司。"

1989 年，吉列研制出一种紧贴面部且平滑舒适的刮胡刀，这种高质量、高效率的感应式刮胡刀很快赢得了市场。在此后的几年里，吉列公司的发展攀登上了新高度：2005 年，吉列与美国保洁公司合并，成为世界上最大的日用消费品企业，整个交易金额预计高达 570 亿美元。同时，吉列股票以 33% 的平均速度增加，股价上涨了 15 倍，巴菲特也从中获益丰厚。

8

一鸟在手胜于二鸟在林

> 你所找寻的出路就是，想出一个好方法，然后持之以恒，尽最大的能力，直到把梦想变成现实。但是，在华尔街每五分钟就互相叫价一次，人们在你的鼻子底下买进卖出，想做到不为所动是很难的。
>
> ——巴菲特

"一鸟在手胜于二鸟在林。"巴菲特借用这句古希腊名言向他的孩子们阐述了他的投资观念：将一只能够带来巨大收益的优质股紧紧地握在手中，远胜于把资金投入在目前备受市场期待的概念股上。他认为投资最重要的步骤就是选择，而如何选择则取决于投资者的心态和观念。

在巴菲特看来，市场上有很多优质股，也有很多被大众看好的潜力股，然而这些股票未必都是自己理想的投资对象。踏踏实实地长期持有一只优秀的股票，比投资那些虽被看好却虚无缥缈的概念股要明智得多。

巴菲特投资股票所选择的却并非股票，而是发行股票的企业本身。他一向看重那些发展前景良好的优秀企业，通过尽可能多地收购其股票来对其进行收购。不过，他却从不会在概念股上对一家企业进行投资。由此可见，巴菲特投资股票是非常理性的。

20 世纪末，网络股作为一种新兴的股票种类，受到投资者的普遍追捧。人们对这一新兴行业都抱有极大的期待，再加上股票投资专家的肯定和鼓动，越来越多的投资者将资金投向了网络股，并且深信不疑地认为其未来的发展会给他们带来巨大的收益。由于这些原因，网络股在短短的几年时间里就飞速地发展起来，其价格疯狂地膨胀着，进而又吸引了更多原本理性谨慎的投资者也加入其中。

就在几乎所有人都对网络股前景看好的时候，巴菲特却始终保持着远距离审视的态度。尽管网络公司的股价一路上扬，但巴菲特认为它们的财务报表上并没有反映出与之相应的利润收入。因此巴菲特并不认为网络股具有长远的发展前景，而且他认为其泡沫最终必将破灭，他不仅自己不触碰这类股票，还极力劝告自己的股东和朋友，不要对这类没有实际收益的企业投入太多的资金。然而，财富的炫目光芒完全迷惑了人们的眼睛，使他们对巴菲特的劝告充耳不闻。从 1999 年到 2000 年的两年时间里，网络股迅速膨胀，而由于始终坚持不投资网络股，巴菲特遭受了严重的损失——他所控股的伯克希尔公司 1998 年股价为每股 80000 美元，每股收益 2000 美元，一年后每股收益急剧下降为 1000 美元。

如此巨大的损失让伯克希尔公司的股东们非常不满。尽管巴菲特在股东大会上向他们表示了真诚的歉意，但是他依然坚持着自己的投资理念，并且更加努力地去市场中寻找那些符合他的投资价值取向的企业，自始至终都没有考虑过对网络股进行投资。

21 世纪初，网络股迎来了历史上最强劲的上涨，随后则引发了一场巨大的下跌潮流。随着网络泡沫的破灭，市场上近 5 万亿美元的投资在顷刻间消失得无影无踪。这个数字相当于美国国内的半年生产总值，股票市场很快就陷入了低迷状态，追捧网络股的众多投资者都遭受了近乎毁灭性的打击。就在这时，巴菲特坚持持有的保险行业股票却大幅上涨，仅一年内就为他带来了 30 多亿美元的巨大收益。

在经历了这场网络股风暴的洗礼之后，巴菲特再次成为股票投资市场的神话。人们纷纷询问他投资成功的秘诀，巴菲特则以"一鸟在手胜于二鸟在林"为例，告诫投资者不要被市场中的那些华而不实的股票所蒙蔽，迷失了自己的投资方向，而只有牢牢地抓住最能给自己带来可靠的利益回报的股票，才能取得投资成功。

巴菲特眼中的股票投资，并不是简单的"低买高卖"。他始终认定投资的

Warren Buffett

对象应当是发行股票的上市公司，而不是股票本身。单纯地对股票进行"低买高卖"的投机操作，表面看来是最迅速、最简单的牟利方式，然而其中却隐藏着巨大的危险。巴菲特始终坚持认同他的老师格雷厄姆对投资的定义：投资是经过全面彻底的研究与分析，在确保本金安全的情况下谋取充分回报的行为。并且，他从三个方面详细阐述了他对投资定义的理解：

（1）任何能被称为投资的行为，都必须建立在投资者全面理性的分析的基础上。

市场中往往充斥着各种信息，"内部消息"、"专家意见"等小道消息也极为泛滥，而且很大一部分投资者购买股票的依据就是这些传言。可以说，在这信息泛滥的年代，股票市场要杜绝流言的存在是极为困难的。这些流言的产生本身就有很复杂的背景，有些是一部分投机者出于自身目的而炮制的，有些则是毫无疑义的信口开河，但是其中又有一些可能真的是内部消息外泄。对普通投资者而言，这些信息的真实性和准确性是很难判断的。因此，在以这些流言作为基础进行分析、判断和预测并购买股票的行为，都是投机而并非投资。

（2）任何投资行为都是建立在投资者判断能够确保本金安全的基础上的。

众所周知，股票投资市场具有很高的风险，投资者往往会因为自己的判断错误而投资失败，从而遭受资金的损失。在这种时候，许多投资者并不正视自己的错误和失败，没有从失败中总结出经验和教训，只是一味地希望自己能交上好运气，仍然不切实际地期待着股票一买入手中就价格暴涨。显然，这种心态就是纯粹的投机心态。巴菲特认为，投资者入市的首要目标是保障资金的安全，其次才是赢利。其实，他提出的投资安全线也正是这样一个概念。

（3）任何投资行为都要保证有充分的利益回报。

与近乎赌博的投机行为不同，投资行为要求的结果并非是有可能性，而是要具有确定性。巴菲特认为，对一只股票的内在真实价值进行全面深入的分析之后，投资者只有在认为投资该股票不仅能够保障本金的安全，还能带来充分的利益回报时，才能做出投资决策。因为只有这样的投资行为才是真正的投资。

巴菲特的忠告

在股票市场中，很容易感受到投资者热切渴望财富的激情，然而却很少发现有人去真正关心利益回报的确定性。事实上，他们总是倾向于在一个假设的前提下来思考自己的投资策略，而这个前提并没有经过全面深入的分析或者切实的实践证明。无疑，这对于投资股票是非常危险的。

Warren Buffett

忠告二

To the children

10 Investment Advice

不要害怕危机，要做一个善于战胜危机的大赢家

1

是危机也是商机

> 你要发现你生活与投资的优势所在。每当偶尔的机会降临，即你对你的这种优势有充分的把握，你就要全力以赴，孤注一掷。
>
> ——巴菲特

面对子女们就投资方面提出的疑问，巴菲特给予他们的忠告是：用积极的心态应对。他还告诉子女在遇到危机的时候关键在于你自己是怎么看：如果你认为这是一个十分糟糕的事情的话，那么它就是一件不幸的事情；如果你是以一种积极的心态去面对的话，你或许还可以从中看到商机。"危机"，从某种角度来讲，它或许有着两个截然不同的方面——危险和机会。巴菲特之所以能够成为一个优秀的投资者，拥有很多的财富，很大程度上是因为在他的意识中危机都是机会的所在，利用危机能够创造更大的财富和价值。把危机看做是发展机会的做法，巴菲特不仅在亲自实践着，其他的企业也在模仿着，因为这样的处理危机的方法的确能够给企业带来更多的发展机会。

美国的强生公司是世界上最大的综合性保健产品制造商，他在 1982 年处理泰诺药片中毒事件中赢得了广大消费者的好评，以致危机成为了强生的发展机会。

当时，有人在用了泰诺药后不幸中毒身亡，这是强生公司发生的最大的危机事件之一。在发生事故之前，强生出品的这一药物在同类药物中占有了将近 35% 的市场，而这次危机事件给强生带来的利润则占到了强生总利润的十五个百分点。在事故开始发生的时候只有几个人知晓中毒事件，但是随着消息的慢慢扩散知晓此事的人变成了上百人，而最后这样的消息立刻传遍了整个美国，几乎所有的人都知道了强生的中毒事件。

在获悉这样的消息后，强生公司立刻对所有的泰诺药片进行检测，结果发现有问题的药片只有70多片，并且还都投放在了一个地区，最终的死亡人数不超过十人。然后强生公司立刻通过媒体将此消息向全国发出，所有的医院、销售商都接到了这样的消息，而强生公司为此付出了好几十万美元的代价。

在遇到危机时，强生公司把消费者的利益放在了首位，在很短的时间里召回了所有的药品。可以说他们就是按照巴菲特所赞成的危机就是商机的观点来处理问题的。危机就这样被强生慢慢解除，然后强生给那些没有问题的药片换上了新包装，即无污染包装。

虽然在事件发生不久后，泰诺的销售量受到了严重的打击，但是它改进的无污染包装又成为了击败自己竞争对手的有力武器，在几个月的时间里就又迅速地占领了原来的市场份额。由于强生面对危机时对公众的负责，使得强生在消费者心中的信誉大大增加，所以这样的一次危机不仅没有打垮强生，反而给它带来了意想不到的发展机遇。

值得注意的是在别人遭遇危机的时候，自己也不能够以一种幸灾乐祸的态度去对待别人，而是应该主动地伸出援手，这样不仅能够得到他们的感激，还能给自己带来很大的利益。巴菲特在市场中进行投资的时候，不只选择一些好的企业，也会选择那些有发展前景但目前有困难的企业，而在他的投资下这样的企业又好了起来，而他自己也从中得到了很大的利润。

在这里，巴菲特告诉子女们要把危机转变成自己发展的机遇，就要及时地、主动地采取行动来面对危机。比如，从管理上、运营上、生产上同时采取有效地措施来应对危机，从而将危机转化为企业发展的一次机会。

在谈到如何能够把危机变成发展途中的一次机会的时候，巴菲特给出了具体的方法：首先是要正确地面对危机，在危机出现的时候，管理层一定要冷静地思考，找到一个有效的办法来解决危机；其次要在危机还没有完全爆发之前就把它化解掉，这要求企业一定要有完善的工作监督和回馈体制。当产品的质量出现问题的时候，能够在日常生产的检验中和客户回馈的信息中找到突破是很重要的。

巴菲特的忠告

在危机不可避免的情况下，一味的恐惧不如积极地面对，因为危机的背后很可能还蕴藏着商机。

2

危机管理，以机制为本

> 如果你是一个银行家，不必要求在你的行业里数一数二。你要做的事是：管理你的资产、负债和成本。银行就像保险家，是一个商品企业。正如我们所知，在商品企业里，经营者的一举一动往往是企业最引人注意的一个特色。
>
> ——巴菲特

"我们正在寻找机会建立一个良好的机制，让我们的管理者能够更好地操作，如果稍微不慎的话，竞争对手就会超过我们。"一位著名的企业管理者这样说道。这同时也是巴菲特告诉大儿子霍华德·巴菲特管理危机的又一个十分重要的原则，因为一个好的机制更能够有效地帮助企业在投资中或者管理中渡过危机。

其实，现在不仅有很多企业已经处在了危机的边缘，而且在世界经济一体化不断加强的趋势下，将会有更多的企业面临着危机困扰。在这种情况下，只有企业重视危机，并且建立和危机有关的机制，才能够使企业有效地防范危机，在危机来临的时候转危为安。

制定一套可以及时应对危机的管理机制，对现在的每个企业来讲都十分的重要。可以说，现代企业在发展的过程中所受到的压力要比以前多很多，尤其是在金融危机不断深化的大环境下，想要安全地渡过金融危机，一套行之有效的管理机制必然不可缺少。同行业的竞争，企业内部和外部所存在的各种不利因素在金融危机的大环境中随时都可能使企业面临严重的危机，给企业的发展带来极大的影响，有的企业甚至在危机中不得不走向破产。所以，现在的企业管理者也越来越重视建立一套可以解决危机的管理机制。因为这样才能够提高企业中的每个人对危机的高度警惕，能够预先防范危机发生，而且在危机真正来临的时候也能够及时地解决掉，不至于使企业的利益受到严重的损害。

在企业不断地发展中形成一套独特的行之有效的管理危机的机制，可以给企业带来意想不到的收获。肯德基在遭遇禽流感以及苏丹红事件后能够很快地解决，没有给企业带来太大的影响，正是因为其企业内部有成熟的应对危机的管理机制。

在解决禽流感这一事件上，人们就能明显地看到在肯德基中存在着一种有利的管理机制在应对着突如其来的危机。当时，在媒体记者刚把有关的采访材料传到他们总部的时候，很快就得到了回复。他们在回复中给记者提供了解决问题的相关措施，并且他们能够保证为消费者负责，使消费者的利益得到保障。

在遇到危机的时候，他们也能够在第一时间里成立应对危机的专业小组，从各个方面为解决危机打好基础，甚至在危机还没有全面展开的时候，就已经把危机消灭在了萌芽的状态。

在危机发生的时候，必须要把所有的信息都公开化、透明化。肯德基在遭遇危机的时候就迅速地召开了记者招待会，通过这一途径让消费者了解他们的所有产品都是经过严格高温消毒的，从而使消费者放心食用。当消费者从心理上对他们的产品打消疑虑后，其企业的营业额当然就不会受到太大的影响。

能够及时全面地掌握所有的材料，正确地预计危机发展的方向，迅速地着手处理危机是企业解决危机的有效途径。而最好的解决危机的方法便是把危机当成企业发展的一次良机，否则的话就会使危机越来越严重，最后让企业承受莫大的损失。

在巴菲特看来，预防危机一定要从企业刚一开始创立的时候就开始准备，在企业的发展过程中要长期坚持着这样的应对危机的管理机制。如果只是在危机出现的时候才匆匆忙忙地筹划解决措施，危机是不能够被解决好的，企业的运营肯定会受到严重的影响。解决危机的管理机制一定要提前就开始慢慢积累。

企业发生危机其实是一件十分正常的事情，但是同样的危机发生在不同的企业中将会得到不同的结果，原因就在于一个企业是不是有着完备的危机管理体制。在巴菲特所管理的所有的公司中，他们都有着完善成熟的管理危机的体制，因而在危机来临的时候他们都能够在第一时间里做出反应，能够很好地躲过危机所带来的破坏力。在一项专业的调查数据中显示，有提前应对危机体制的公司受危机影响的程度要比那些没有提前应对机制的企业轻得多，他们的发展状况相比之下也更好。

巴菲特不管是在管理自己的企业还是进行投资的时候，都很重视企业完善健全的危机管理机制，可以说，这也是他选择优秀企业的重要因素之一。其实，也只有这样的企业才能够给他带来利润。

巴菲特的忠告

对一个企业来讲，最为理想的情况是，在遇到危机的时候能够有全面的危机解决体制发挥作用，迅速地解决企业在危机中所暴露出来的问题，把危机扼杀在萌芽状态，或者把危机所造成的影响降到最低。

3

从细节中看危机

> 在价值的计算过程中，增长一直是不可忽略的组成部分，它构成了一个变量，这个变量的重要性是很微妙的，它介于微不足道到不容忽视之间。
>
> ——巴菲特

很多时候一家运营得很好的企业往往因为一个小小失误而遭受惨败（很小的一个细节没有处理到位最后酿成了公司的一个惨剧）。这就是巴菲特危机意识的又一个独到之处——从细节处看到危机的所在。巴菲特也经常对他的女儿说道："孩子，不要忽视细节，细节中可以清楚地反映出危机情况。"

著名的蝴蝶效应理论绝大多数人都知道，但是却没有多少人在企业的日常管理上或者投资上运用它，所以有很多的企业或者投资者因为一个十分细小的问题而遭遇失败。蝴蝶效应告诉我们的道理是即使是一个很小的偏差也会引起很大的连锁反应。尤其是在金融危机不断深化的时候，企业更应该在管理中注重一些细节，这样才能在恶劣的大环境中不断成长，才不会让投资者投入的巨额资金付之东流。其实，也只有关注每一个细节才会使得自己的事业更强大，使得企业发展得更好。

巴菲特针对细节问题说过这样一段值得所有的投资人和企业管理人深思的话："每个公司在自己的服务以及产品等方面哪怕有一点点的小改进，消费者哪怕从中只得到了一点点的利益，但是企业的产品在市场上的竞争力将会得到很大的改变，所占市场份额会大幅度地提高。这就是注重细节的魅力。"在一个企业的危机意识中，细节是绝对不容许忽视的——即使是只有一个细节没有注意到，它也可能会给企业和投资人带来毁灭性的打击。

在细节方面做得最到位的典范应该是沃尔玛。它是从20世纪60年代开始运营的一个小零售商店，经过了几十年的努力，经营它的主人最终成为了一个举世瞩目的零售商，在世界范围内拥有连锁店达到了四千多家。沃尔玛每年总收入达到了将近两千四百亿美元，成功跻身于世界500强行列。即使是在金融危机深化，世界经济普遍不景气的时候，它仍然能够保持快速的增长。它之所以能够成功最大的原因就在于像巴菲特所说的那样——注重细节，从细节处预防危机的发生，从细节上来取得更大的成功。

所有的零售商几乎都会十分在意企业的经营成本，但是没有哪一家零售商能够像沃尔玛那样真正地从细节处降低成本来优化经营的，这也是沃尔玛能够从众多的零售商中脱颖而出的重要原因之一。比如，沃尔玛的内部员工要是想喝咖啡的话还得在咖啡机旁边的盒子里自觉放上钱。而它降低成本最值得人们注意的还有其员工对纸的重视——在沃尔玛中用来复印的纸张从来没有新的，员工所用的都是废报告纸，不是十分重要的公文他们都是采用这样的纸，即使是领导开会时所用的笔记本大部分也都是用这样的纸制作的。此外，不管是在什么时候他们都没有做过什么大的广告，他们在广告上所花的费用要远远地低于其他的竞争者，这样又会节省一大部分的广告费，沃尔玛真正做到了为顾客省钱的宗旨。

在商场的服务上，沃尔玛做得也是十分地出色，对每一个细小的问题都有十分严格的规定，这样在使顾客满意的同时又在很大的程度上避免了危机的发生。它要求所有的员工遵循最起码的三条工作原则：要尊重个人原则，尽最大的努力把事情做到最好；一定要亲切地问候每一个近距离的顾客；要尽快地使顾客的提问得到满意的答复。

正是因为沃尔玛从种种的细节处着手处理企业发展的问题，所以最终它才打败了所有的对手，成为了一家世界500强的大企业。从某种角度来讲沃尔玛的成功正是它的一整套完善的操作体制的成功，即由无数的细节经过协调以后所组成的系统成就了伟大的沃尔玛。巴菲特认为，一家企业能够有完善的管理机制并不难，难就难在能够从每一个细节出发进行管理。总之，小小的一个细节能够成就一个企业，同时也能够毁灭一个企业。

巴菲特的忠告

在现在的经济环境中，企业之间的竞争更加激烈，消费者也更加挑剔，要想在激烈的竞争中争取到消费者，就更应该从细节处着手解决企业中的问题，而只有真正地从细节出发，杜绝危机的出现，企业才能不断地发展。

4

把握理想的退出时机

只有在退潮的时候，你才知道谁一直在光着身子游泳！

——巴菲特

在投资方面的危机意识中巴菲特表现得尤其突出，在把握退出时机上他也十分敏感，同时有着十分丰富的经验。他也经常会给儿女们这样的忠告："孩子们，适时选择退出时机关乎到投资是否获利，这一点你们一定要牢记。"什么时候该进什么时候该退，巴菲特把握得相当准确，这对于一个投资者或者企业来讲是相当重要的一个原则——只有在危机来临之前把握那个最好的退出机会才能够赚取到更多的利润，否则等着你的将会是失败。

20 世纪 60 年代，是巴菲特的合伙人公司开始迅速发展的时候，这时美国的股票市场也达到了迅速高涨时期，纽约的三大股指中的道·琼斯指数第一次上涨到了一千多点的水平。到了 20 世纪 60 年代末期的时候，股票市场的发展态势更加地狂热。1968 年在美国平均每个月的股市成交量达到了将近 1300 万股。股票市场每天都有好几种新的股票在市场上发放，很多人在这样的情况下认为美国的股市就是一个聚宝盆，不管怎样投资都会得到一大笔的利润。即使是当股票市场因为种种原因开始出现下跌的时候，仍然有很多人认为股票市场将会持续走高，而且他们认为美国的股市仍然是一个可以让人轻松地赚取到利润的地方。巴菲特合伙公司的管理者也都加入到这样的行列中，但是巴菲特并没有被这样的假象撞昏头脑，他依然保持着清醒的判断，他感觉美国的股票市场将会发生一次大的变故，他甚至已经预感到美国股票市场将会迎来熊市，而

1929 年的股灾说不定也会再次袭来（这是巴菲特当时真实的想法）。

这一时期，巴菲特的合伙公司的规模在不断地扩大，它将会随着自身的不断壮大而不得不成为一个投资公司。但是，在巴菲特的眼中，当时的美国股票市场已经没有太大的利润可以赚取了，他想要寻找的低价格、高价值股票也已经不复存在了，换句话来说此时已经不是最好的投资时期了。并且，这时候美国又陷入了一次巨大的政治事件中，但是美国的股票市场却没有遭受太大的打击，而是出现了进一步地上涨。巴菲特认为美国的股票市场已经脱离了理性的轨道，正在上演着一场危机来临前的序幕。这样的情况在华尔街上一连持续了很多天，并且仍有很多的新股票在不断地上市，以致股票市场变得更加的混乱不堪，而在巴菲特看来当时的市场上充斥着很多的垃圾股票。

到 1969 年，巴菲特给他的合伙人写了一封信，在信上巴菲特表示："现在美国股票市场上的投资环境已经不是十分的令人乐观了，我想将来我不会用全部的时间来和股票投资进行赛跑了，我会适时选择停止。在一年多前的信中我就明确地告诉过大家，不管是外界的投资环境还是我个人的情况都在发生着深刻的变化，现在我们必须要修正一下我们的发展方向了。"在这之后，巴菲特思考了很久，然后做出了让很多人都为之惊讶的决定，即他决定解散他的合伙人公司。

当时，巴菲特这样的举动在所有的合伙人看来都不可思议，就像大多数的人所说的那样，美国的股票市场还是一片大好的形势，现在解散公司是一种很愚蠢的决定。在他们接到这样的消息时很多人都感到无法接受，有的股东找到巴菲特问他："现在的市场仍然是一片大好，我们现在加大投资，尤其是投资科技类的股票，仍然能够赚取到很大的利润，我们为什么要解散公司呢？"

在面对这样的提问后，他笑了笑，然后慢慢地给他的合伙人说："我相信自己的判断，对于那些高科技类的股票我认识得并不是很多。作为投资人，那些我们不了解的股票将会给我们带来怎样的后果我依然不能够预测，所以我们最好不要涉足其中。我的风格大家都清楚，我一向是不会卖空的，我决定解散我们的公司是因为市场上的确已经没有可以投资的股票了。"他尽力地奉告他的所有的合伙人，要他们能够保持理性，清楚地看待市场的情况，而且他告诉所有的合伙人熊市即将到来。

　　但是，当他解散了自己的合伙公司后，依然有很多的合伙人转向了其他的公司继续他们的投资活动，因为他们还没有预感到灾难的来临，只是被当时虚假的市场迷惑了。而美国的股票市场在历经了很长一段时间的混乱后，终于在1973年崩溃，致使很多的投资者因此损失了很大的一部分资产。但是，股票市场的危机对巴菲特却没有造成任何的影响。

巴 菲 特 的 忠 告

　　把握正确的退出时机对每一个投资者来讲都十分重要——只有在危机来临前退出投资市场才能够保住自己的资产不受损失。同样，在现在的金融危机中，把握好退出时机也是一件十分重要的事情，盲目地跟随别人进入或退出并不能赢得真正的利益。

5

坐以待毙，不如积极应对

> 假如投资者支付 800 万美元给一家开 1000 万美元的公司，而投资者又能适当地卖掉这笔投资，那么他将会有一笔可观的收入。然而，此时公司潜在的营运状况不佳，而须耗费 10 年的时间来销售该公司，那么投资者的总利润有可能低于平均水准。
>
> ——巴菲特

    任何投资者都不可能把所有的事情做到最好，也不可能在行动之前考虑到所有会出现的问题和潜在的危机。一个企业也一样，它是由人来组成的，所以也必然地会出现一些问题，而对于投资者和企业的管理者来讲最大的打击莫过于在自己的投资中和管理中出现了危机。当感觉到危机将要来临的时候千万不可坐以待毙，这样不仅不能够安全地躲避危机，反而会遭受更大程度的打击。虽然人们通常会建立一整套的危机管理机制，但是最好的应对方法是要先发制敌。巴菲特告诉子女们，在预感到危机将要来临的时候一定要迅速地采取措施，积极应对，这样才能够把危机扼制在萌芽状态。

    巴菲特在买进中国石油的股票四年后，于 2008 年 7 月做出了出售的惊人举动，他前后出售了将近 1700 万股的中国石油 H 股，每股的价格为 12.5 美元。但是从当时中国的股票市场现状来看，股票的市值仍然处在一个快速增长的时期，曾经一度创下了 6200 点，以致很多的专业人士认为中国的牛市已经出现，并且将会长时期地持续下去。巴菲特在那个时候不断地出手中国石油的股票，直至清仓，这让很多的中国投资者迷惑。

后来的事实证明巴菲特并没有错，在中国石油的 A 股发行不久之后，H 股不但没有出现人们预想当中的上涨，反而双双下跌，在 2008 年 1 月的时候中国石油的 H 股已经下跌到了将近 14 港元。市场又一次验证了巴菲特的投资理论，同时也验证了巴菲特独特的危机意识。当人们所投资的股票价格开始慢慢的高于股票的价值的时候，股票市场上就开始出现泡沫，危机即将来临，这个时候就应该坚决的出售股票。

在接受记者的采访时，巴菲特这样解释道："众所周知，像中国石油这样的优秀的企业还有很多，我也很希望我能够购买更多这样的股票，并且能够长期持有它。但是，石油行业的利润主要是来自于石油，假如石油价格是在 30 美元每桶，我当然会很乐观。而价格一旦到了 70 多美元，虽不能说它会下降，但至少我们不应该过于地乐观。在油价是 30 美元的时候它还是很具有诱惑力的，不过根据国际油价的走势，石油企业能不能更大的赢利取决于未来石油的价格。所以，现在的情况我不是很清楚，只不过在它还是 30 美元的时候我一定会买进，在它达到 70 多美元的时候我会持一个中立的态度。"

巴菲特之所以在人们都还认为形势一片大好的时候抛售中国石油的股票，是因为在他的认识分析中，看到了即将到来的危机。在危机即将到来的时候投资者或者企业的管理者一定不能够坐视不管，认为危机会自动地解除或者依靠别人来解决，那样只能是坐以待毙，损失将会很大。在巴菲特通过分析看到了危机的时候立刻做出决策，抛售中国石油的股票，因为这才能够完全地躲避危机，不至于让自己遭受太大的损失。

往往在危机真正来临后，情况会变得更加糟糕，很多人也就因此失去了理性的判断，一时之间难以做出决策。这样的时刻便要求投资者或者管理者有一定的应对危机的能力，千万不可在危机来临的时候坐以待毙，要积极应对，毕竟坐以待毙只有死路一条。

巴菲特的忠告

　　有很多人在面临危机的时候更多的是一种恐惧，就像处在金融危急中的投资者一样失去了判断的能力，不知道要怎样面对。但千万不可坐以待毙，虽然解决危机或许会付出很大的代价，但是它能够保证投资者和企业免受更大的破坏。

6

在危机的背后寻找机会

> 很多时候，人们宁愿得到一张下周可能会赢得大奖的抽奖券，也不愿抓住一个可以慢慢致富的机会。
>
> ——巴菲特

在人人都看到危机开始恐慌的时候，作为一个优秀的投资者，一定不会跟随众人盲目地乐观或者悲观，有的时候良机就在危机的背后，只不过要人们擦亮眼睛来发现它而已，而如果自己没能把握住机会只是随着众人盲目地行动，最终在股票市场上是不会得到太大的回报的。在子女们眼中，巴菲特就是那种善于在危机中寻找到机遇的投资者，他能看到看似繁华的市场背后的危机，同样也能看到隐藏在危机背后的机会，巴菲特经常会对他的子女说："孩子们，记住，危机并不可怕，因为它的背后可能蕴藏着新的机会。"

美国的股票市场在经历了一段时间的非理性膨胀之后，迎来了一次危机——1987年10月19日华尔街的股票市场经历了一次严重的股市危机，很多股票大幅度地下跌，以致很多公司在危机中倒下。大部分的投资者在这次股灾中遭受了巨大的损失，开始对市场变得谨慎起来，任何的风吹草动都会使得他们无比的担忧，很多人甚至开始对市场绝望纷纷地撤出资金。但是，巴菲特却在这时看好了几只股票，并开始大量地买进。

可口可乐在1987年的股市灾难中也受到了严重的打击，它的股票随后不久便下跌了25个百分点左右，以致很多持有可口可乐股票的投资者纷纷地出售可口可乐的股票。而在这时候巴菲特却看准了投资可口可乐的机遇，即他在危机中看到了投资机会，开始大量地买进可口可乐的股权。当时，他就一次性地购买了可口可乐 7 个百分点的股票，价格只有每股不到 11 美元。对于可口可乐来讲还是第一次有人这样大规模地购买他们的股票。后来，一次偶然的机会，可口可乐公司的管理层知道了巴菲特投资可口可乐的消息，这样的消息公开后不久，可口可乐的股票便开始大幅度上涨，扭转了当时不断下跌的情况。后来巴菲特还不断地增加对可口可乐的投资，接着又购买了可口可乐将近 10 亿美元的股票。一年之内，他动用了旗下的伯克希尔公司将近 25 个百分点的资金用来购买可口可乐的股票，这样，可口可乐公司的股票在伯克希尔的投资中占了将近 35 个百分点。在 20 世纪 80 年代末期，巴菲特一度成为了可口可乐公司的最大股东。可口可乐公司因为巴菲特的加入而得以快速发展，而巴菲特由于对可口可乐公司投资使得自己得到了很大一部分的利益。

在股市危机之中，虽然可口可乐公司的股票在持续下跌，但是巴菲特却认准了藏在其危机背后的机遇。之所以巴菲特能够抓住这样的机会，是因为巴菲特在之前就已经对可口可乐公司有了充分的了解，看准了它的发展前景，而且他小的时候还曾经在街上靠卖可口可乐赚了一些钱。虽然巴菲特对可口可乐公司有着说不清楚的喜爱，但是他一直都没有下手购买可口可乐公司的股票，因为他认为时机还没有到。而当 1987 年的股市危机来临的时候，他认为是机会来了，便开始大量地买进可口可乐公司的股票。

在巴菲特向外界透露将会动用十亿美元的资金来投资可口可乐的时候，可口可乐的股票开始大幅上涨，所以有很多的投资者认为巴菲特是由于得到了某些消息而做出的决策。对于这样的猜测，巴菲特只是向外界说明自己并没有得到什么消息，他所作的只不过是仔细地分析可口可乐公司的年度报表，认真地分析他们的信息，所以在危机来临的时候他已经做好了充足的准备，发现了其中所蕴含的良机。

事实也证明，这次投资对巴菲特来讲，的确是一次十分好的机会——他对可口可乐的投资让他得到了很高的利润回报。

　　危机来临的时候不应该慌张，而是应该认真地分析当下的情况，做出正确的选择。危机的背后总会有机会隐藏在里面，而隐藏在危机背后的机会并不是给任何人准备的，只有在危机还没有来临之前就做好所有准备的人，才能在危急中准确及时地把握住赢得更多利益的机会。

7

学会在"垃圾股"里寻找商机

> 头脑中的东西在未整理分类之前全叫"垃圾"！
>
> ——巴菲特

投资者对于垃圾股大多持"避而远之"的态度，但巴菲特却会对女儿苏茜这样说："孩子，千万不要以为垃圾股一文不值，要知道如果选择得当的话，垃圾股同样会变成绩优股。"

现实中当股票市场出现大跌的时候，几乎大部分投资者都不敢进行股票投资。他们之所以这样做，当然是出于投资的安全上的考虑，不过，这也是投资者的心理的正常反应。而在巴菲特看来，越是股票价格下跌的时候，越是投资股票的最有利时机。因为，一旦某家优秀公司的股票价格下跌到其应有的实际价值之下时，公司的管理层肯定会千方百计地改变这样的情况，假如投资者在这时候购入其公司的股票，很有可能获得一笔不小的收益。也就是说，在股票价格下跌时买入，远远要比在其价格上涨时靠短线投资来赚取差价安全得多。

在股票市场下跌的时候，买入优秀企业的股票，在巴菲特初步涉猎股票投资时就存在，他十分小心地选购那些在大部分投资者看来是"垃圾"的股票，同时又在密切关注着股市近期的动向，并且还认真地分析研究那些他已经选择好和正准备选择的投资对象。他就是凭借对股票投资的浓厚兴趣，用自己极其犀利的眼光捕获了一个又一个很好的投资对象的。

20 世纪 80 年代，美国的传播业正处在低谷期，几乎有一半以上的报刊和广播公司的赢利都是以负数增长的，而在很多的人看来，在短期内这样的经营情况是不会有很大的改变的，所以很多的投资者都认为，这一行业的股票价格在未来仍会持续低迷，或者是不断下跌。可是在巴菲特看来，这一行业却有很大的投资价值，因为报刊和广播属于成长性很快的企业，其股票当前的价值很明显地低于其应有的实际价值。正是这一原因，才使得巴菲特在别的投资者纷纷抛售这一行业的股票时，大量地买入这一行的股票。当时，他想尽一切办法并尽最大的力量多买入一些《华盛顿邮报》、美国广播公司等很多传媒巨头的股票。由于这些企业的业绩本来就不错，所以其股票价格很快就开始逐渐上涨。巴菲特在这些企业的股票价格涨到一定的程度之后，获得的利润收益无疑非常丰厚。

1995 年，巴菲特经过反复的调查分析，最终以合作的方式买下了因为经营不善而面临破产命运的伯克希尔·哈撒韦公司，并出任这一公司的董事长。其实，这家公司当时面临着生存危机，可是原本却是一家很好的纺织公司，其信誉也很不错。在当时购买这一公司时，巴菲特可谓是力排众议，而且他还把亲朋好友的劝告都抛在了脑后。从这一点就可以看出，巴菲特只要是认准了的投资是不会因为其他人的干预而有丝毫动摇的，这或许也是他取得投资成功的一个重要因素。

购买伯克希尔公司，可以说是巴菲特人生中一个很关键的转折点。至少这让他拥有了属于自己的独立投资公司。虽然当时伯克希尔公司的管理层有一定的问题，可是在巴菲特的带领之下，他们都干劲十足。此后，巴菲特带领着他的员工收购了多家纺织公司、百货公司、糖果公司、食品公司的股票，有的是全盘收购，有的则是部分收购。这样的举动引起了部分股票评论家的关注，在他们看来，巴菲特的做法是非常守旧的，他们对此表示十分地不理解。不过，巴菲特却认为投资股票的关键是企业的实际价值，至于别人的评价或者是嘲笑根本不会影响到他自己坚持投资的选择。可是，人们后来却看到了一个市值不断上涨的伯克希尔公司，其股票价格开始猛涨到 800 美元、2000 美元、4100 美元，最后，成了很多投资人热烈追捧的甚至是纽约证券交易所最贵的股票。其中有一点投资者要清楚，那就是这一股票在最初的阶段根本无人理睬。毫无疑问，巴菲特在投资上所获得的财富，把股票评论家们也给惊得直咋舌。

巴菲特投资濒临破产或者是危机重重的公司的例子，绝不是只有那么一两个而已。他以 20 亿美元的巨额资金收购大型地毯公司的举动，更是震惊了美国的投资界。

1967 年，地毯染织商的儿子罗伯特·肖与他的弟弟 J·C·肖一起创建了一家生产规模非常大的地毯公司，公司的名字为 Shaw。渐渐地，Shaw 公司成为了这一行业的领军企业，而且还是当时世界上最大的地毯制造商。可是到了20 世纪 90 年代末，Shaw 公司开始不景气，其股票价格由原来的 17 美元跌至了13 美元。无疑，这样的下跌使得罗伯特·肖急得如热锅上的蚂蚁，这时，他很希望巴菲特能注资 Shaw 公司，以便让其摆脱目前的困境。罗伯特·肖知道，一旦巴菲特注资自己的企业，这无疑是在向华尔街的投资者发出信号，这一公司的股票是值得投资的。理所当然，如果是这样，那么罗伯特·肖的公司基本上算是得救了。在罗伯特·肖看来，他与巴菲特的合作是水到渠成的事情，因为自己的地毯企业的生产成本是很低的，值得巴菲特前来注资。可是巴菲特却说，地毯行业过于普通，没有竞争的优势等等，很明显，他的弦外之音就是没有打算与罗伯特·肖合作。这一时之间，倒让罗伯特·肖有点不知所措了。

不久之后，罗伯特·肖就亲自来到巴菲特的公司所在地奥玛哈，在伯克希尔公司的总部与巴菲特面对面地洽谈。此时巴菲特却表现出一副不被所动的样子，罗伯特·肖则不厌其烦地在强调自己的公司是成长性企业，并且是世界上最大的地毯公司，目前只是在经济上有点困难，后来的发展必定是良好的。罗伯特·肖清楚地知道与巴菲特这样精明的投资大师交谈，要有足够的耐心，并且言词也要相当谨慎。可即便是这样，巴菲特还是表示无意投资罗伯特·肖的企业。然而正当罗伯特·肖无可奈何要离开之际，巴菲特却说出了这样的话："如果伯克希尔公司在市场上公开购买 Shaw 公司的股票，你们是不是愿意？"很显然，巴菲特是想压低收购的价格，而故意让罗伯特·肖作出让步。最后，伯克希尔公司以 13 美元左右每股的价格大量收购 Shaw 公司的股票。

这次洽谈之后不久，罗伯特·肖与其公司的副董事长诺里斯·利特尔又一次走进了伯克希尔公司。双方经过了唇枪舌剑的谈判之后，巴菲特决定以 19 美元每股的价格购买 Shaw 公司 80% 的股票，这一价格使得 Shaw 公司的股票价格在当时就上升了 55%。

接下来，巴菲特用 20 亿美元的巨额资金收购了罗伯特·肖与他弟弟所创建的公司，获得了非常丰厚的收益回报。

巴 菲 特 的 忠 告

分析研究能力在股票投资市场十分重要。投资者利用那些传统的投资理念进行投资，往往并不会获得很大的收益，与之相反的是，大部分的投资者过于迷信这些理论而使得自身本应有的判断能力不能正常发挥其作用。所以，要在"垃圾"股中寻找那些有投资价值的企业，因为这样的股票很有可能给你带来意想不到的惊喜。

8

一张信笺引发的危机

要赢得好声誉需要20年，而要毁掉它，5分钟足矣。明白这一点，做起事来就不一样了。

——巴菲特

在股票市场里，投资者往往会因为放松警惕而功败垂成。皮特喝了一口盘中的鸡汤，然后问道："爸爸，在实际的操作中，有时股市虽然很平静但也会使我亏损，你能告诉我这是为什么吗？"巴菲特放下餐巾，对皮特说："一张信笺也可能引发严重的危机。"

在伯克希尔公司的一次午餐会上，巴菲特向他的股东们讲述了这样一个故事：有一个年轻的企业家，正在寻找投资者为自己的企业注入资金，并在一段时间的努力下，他终于找到了愿意为他投资的人。这样一来，眼看自己亲手创建的企业将出现新的发展机会，他高兴得有些睡不着觉。第二天，他约了那位投资者在自己的办公室里商议合作的细节。一切都如他预料的那样顺利，但就在他等待与投资者签订合同的时候，让他没有想到的是，对方却拒绝了他的请求。于是，他非常生气地问对方原因，而对方给出的理由是因为他浪费了雪白而昂贵的信札。原来，在他们交谈的过程中，企业家竟然用一叠昂贵的信札作为草稿纸。投资者认为如果与他合作，他一定会肆意浪费自己的资金，所以最后投资者决定不再与企业家合作。当企业家听完投资者的话之后，他后悔不已。由于自己一时的大意，他的企业不但失去了扩张的机会，而且还面临着破产的危机。

当在场的投资者们听完这个故事后，都沉默了，巴菲特又说："投资者一定要时刻对股市保持高度的警觉性。在交易当中，如果放松了警惕，也许会错过一次难得的机会，失去盈利的时机。"

大部分的投资者以为追高风险比较大，但实际上在弱市抄底的风险更大。此外，有部分投资者总是害怕股市价格暴跌，但对阴跌却并不担心。他们认为后者的波动范围小，而前者的波动范围大。然而，后者的危机却远远大于前者，导致的损失也更为严重。因为长期的阴跌会渐渐动摇投资者的信心和耐心。如果股市长期保持这样的形势，那么结果会导致投资者在漫长的等待中被股市牢牢套死，当他们开始察觉时，止损也无济于事。投资者不明白股价的暴跌只不过是暂时的释放，这种现象预示着调整即将结束，股市将会迎来新的生机，股票的价格也会很快回升。

当股市处于弱市时，股价下跌的情况会降低投资者的资金市值。因此，投资风险表现得相对明显，投资者对风险也会更加注重。当市场形势开始回升时，投资风险也将不容易被察觉，这个时候投资者往往会受到市场的影响，从而对风险放松警惕。其实，投资者更加应该防范涨市中的投资风险。因为当投资者处于弱势时，资金市值会大幅地减少，所看到的风险是十分明显的，所以投资者能够意识到规避风险的重要性。而当市场开始回升时，投资者会因为股价的上升而逐渐放松紧绷的情绪，无法理性地看待问题，结果忽略了股市细微的变化，造成惨重的损失。实际上，股票价格的下跌现象是一种正常的释放过程。如果投资者只是关注风险而忽略了可能存在的盈利机会，那将会追悔莫及。然而，当股票价格突然上涨时也许正酝酿着巨大的风险，所以股价上升时投资者更加要提高警觉。在交易过程中，投资者应该克制贪婪的心理，在盈利以后要懂得适可而止。要知道，贪婪只能适得其反。当市场形势大好时，投资者也不能过于乐观，因为这个时候风险往往是最大的。无论股市正处于强市还是弱市，风险都永远存在，若投资者掉以轻心，放松警惕，只会害了自己。只有时刻对市场保持警觉，才能避免投资风险。

当市场由弱市转向强市时，投资者应该控制投入的资金数量。在这种情况下，为了降低投资风险投资者不应该采取重仓的操作手法，而满仓的手法更是需要谨慎。结合多方面的因素，投入少量的资金是最行之有效的操作手法，尽量以半仓为标准投入资金。与此同时，投资者应该存有一定的后备资金，以应对一些紧急的状况。当投资者被股市套牢时，应该将其投资组合进行优化；当股价处于上涨时，要不断根据市场的变化适当调整持有的股票数量，尤其是一些持股数比较大的投资者，应该抓住短期的上涨趋势，将手中少数上涨浮动较大的股票清仓出售，多换取一些现金，以保存战斗的实力和精力。通过调整仓位，不断优化投资组合，不但能够获得更大的收益机会，而且更能成功规避股市波动所带来的风险。

金融市场的变化之快，让许多投资者都摸不着头绪。也许在大片的感叹声中，股市已波动了好几次。在股票市场中大部分的机会都是隐性的，不容易被投资者察觉，因此需要投资者更用心地观察和判断市场的信息。毕竟只有努力勤奋的人更能寻找到盈利的机会。比较理性的投资者在面对市场时，总能聪明地嗅到一些新的信息，并且能够作出明智的判断。这样的投资者往往能够清醒地面对股市，也能够察觉一些细微的问题，在市场尚未有所表现时他们就看到了未来存在的危机，因此理性的投资者经常能成功地规避风险。

有时候股市正处于相对平稳的状况时，大多数投资者会被市场表面的平静所迷惑，因而对市场放松了警惕，对市场细枝末节的变化不再敏感。结果，当机会来临或者出现危机时，投资者也无法很快察觉到，因此经常会造成投资失利或机会流失的情况发生。巴菲特提醒投资者，不要因为一时的放松而白白错失机会，造成不可挽回的损失。另外，有一部分投资者在刚购买股票时，对市场的判断和操控水平都还不错，因此获利的机会也很多。不过，渐渐地他们开始变得麻木，开始对市场放松警惕，骄傲自大的心理占了上风，容易掉入市场的陷阱，被市场所迷惑。最后往往在市场突然大跌时，损失原本应该获得的收益。通常，在这时投资者才幡然领悟，抱怨自己当时为什么不提高警惕，否则就不会"赔了夫人又折兵"了。

股票投资本身就属于高风险投资，投资者都是自愿入市的，是输是赢只能看各自的本事，因此亏损后后悔也于事无补。这就要求投资者在准备涉足股票市场之前，应该考虑到股市的风险以及自己承受风险的能力。在没有充足的信心前盲目入市是投资的大忌。股票市场是开放式的交易场所，因为永远会有无数的投资者参与进来，所以永远会有无数的因素影响股市的动向，而且这些因素是无处不在的。比如：也许是一场战争的爆发、政治方面的重大改革、供求关系的转变，又或者是因为投资者频繁地交易等等，这些类似的问题随时可能动摇整个股票市场。尽管股市有时会出现暂时的平稳，但在看似风平浪静之下，也许正酝酿着更大的灾难。这种情况正如暴风雨来临前的平静，往往越平静就越可怕。

因此，每一个投资者都应该时刻保持警惕，要努力赶上市场的变化，不要被股市表面暂时的平静所蒙蔽，要擦亮眼睛集中注意力，因为一次小小的失误也会导致严重的损失。这也就是说投资者不仅仅要看到那些股市表面的动作，还应该注意那些不容易被察觉的变化，要针对细微的问题进行分析和研究。分析这些不容易被注意的变化，不但可以从中获得意外的投资信息，还能赶在其他投资者之前抓住盈利机会。所以，粗心大意是投资者一定要克服的心理障碍，只有克服了它才能获得更多的盈利机会。

在 1966 年的春天，美国的股市正处于大好局势，几乎所有的投资者都沉浸在牛市的喜悦之中，然而巴菲特的心里却感到一阵恐慌。虽然他手中所持有的股票都在不停地狂涨，可是他发现自己再也无法寻找到一只符合标准的廉价股。尽管股票价格的突然上涨为投资者带来了意想不到的收益，不过巴菲特却并不那么乐观。在巴菲特的投资理念里股票的价格波动应该建立在上市公司的盈利状况上，而不是这种投机的方式。巴菲特之所以被投资者追捧，不仅是因为他比别人赚得钱多，而是由于他每一次都能成功地规避风险。在投资者看来，巴菲特似乎对投资有着天生的警觉性，他总是时刻保持着备战状况，观察市场的明暗变化。由于巴菲特深知股票市场的高风险，即使在看似平稳的状态下，也可能隐藏着未知的风险，因此他从不会掉以轻心，放松警惕。在巴菲特看来，骄傲自大是作为投资者最要不得的心态。

巴菲特在分析股市变化时，不仅关注股市表面的变化，而且更加注重一些重要人士在平时中的言论和动向。他认为在这些重要人士的谈话背后可能掩盖着事实的真相，通过揣摩他们的谈话内容可以发掘一些股市变化的信息。另外，巴菲特往往能在投资中抓住市场的变化并加以分析和消化，而且还能沉着地应对股市的变化。这种与众不同的警觉性，是巴菲特成功规避风险的重要因素。许多投资者轻视的细微问题，在巴菲特眼中却是十分重要的信息，他会将这些信息放到股市的大背景中加以分析，研究这些变化是否会影响股市的走向。

为了不让自己赔钱，巴菲特总是竭尽可能地预防投资风险。尽管他也曾失败过，但是即使面对失败他也能将损失降到最低。在交易时，一旦发现手中的信息预示着风险的来临，那么巴菲特将会更加提高自己的警觉性。无论多么小的细节他都会进行分析，并会将投资组合的每一个层面重新审视。如果实在无法全身而退，那么他会尽量降低亏损。

巴菲特这样的警觉性为他的投资带了莫大的好处，这使他往往能比别人更早抓住盈利的机会，而当风险来临时也能成功规避。因此，投资者在投资时，一定要时刻保持警惕性，不能因为侥幸而放松自己的情绪，否则将一事无成。

巴 菲 特 的 忠 告

在投资市场里到处暗藏着陷阱，投资者往往一不留神就会掉入其中。无法理性对待投资，忽视细小的问题，可以说是投资者普遍存在的现象。当然，在股票市场里这种现象更是不足为奇。由于股票市场变幻莫测，股价忽高忽低，因此投资者是无法在短时间里掌握市场的脾性的。

Warren Buffett

忠告三

To the children

10 Investment Advice

正确处理股市投资的两大情绪：贪婪和恐惧

1. 在别人疯狂投资时要非常谨慎

2. 在别人投资谨慎时要更大胆一些

3. 认识自己的弱点才能利用市场的劣势

4. 耐心是投资获利的好习惯

5. 坚守原则，以不变应万变

1
在别人疯狂投资时要非常谨慎

> 投资中如果别人都变得贪婪，你就要采取不一样的行动，要变得恐惧与保守。
>
> ——巴菲特

"当别人恐惧时我就变得十分贪婪，而当人们狂热的时候，正是我感到恐惧之时。"这是巴菲特给予自己的孩子最重要的投资忠告之一，这个忠告真实地把握了股市中投资者的心态。股票市场是一个充满着高额利益和风险的领域，多少为了追逐高额利益的投资者投身股市忘却了风险，多少投资者在风险面前却步，为错过大好的盈利时机而扼腕叹息。虽然贪婪和恐惧永远是投资者的天性，但只有做一个理性的投资者，才能实现真正的盈利。

追涨杀跌是大多数投资者最常见的错误投资理念，这些投资者的交易行为只是由股价的起伏来决定，根本没有去把握股价波动背后的规律。巴菲特一直提倡的是价值投资，在他看来，决定股价上涨与下跌的唯一内在因素是价值，只有把握住这一条规律，才能购买到真正具有发展潜力的股票，而扑朔迷离的股市总是充斥着很多影响股价波动的外在因素，无论是客观的经济形势还是人为的恶意炒做都迷惑着投资者的决策。在股市狂热，一路飙涨的时候，正是广大普通投资者疯狂跟进买入的时候，其实这一时刻却是风险最大的时候，这只股票的真正大利润，已经在普通投资者毫无觉察的情况下被机构投资者或者大资金投资者买入。贪婪和恐惧永远是投资者的天性，在牛市中投资者容易变得贪婪，而在熊市中投资者则容易变得恐惧。

巴菲特曾语重心长地告诫自己的子女，牛市中不能让贪婪之心占据上风，否则在巨额利润面前将会失去理性，把握不好，不但不能够赚取利润还会赔上本金。其实，巴菲特之所以能够成为投资大师，之所以能够逃避每次股市的劫难，就在于他在适当的时候能够控制自己的情绪，不贪图股市中所有的利润，该撤离的时候毫不犹豫，甚至有时候令人不解。

20世纪的整个60年代，美国的股市都处在持续增长的阶段中，尤其是到60年代后期，美国股市达到了前所未有的高潮，道·琼斯指数首次突破了1000点大关，巨大的交易量是前所未有的，巴菲特的合伙公司在这一年是经营最好的一年，取得了业绩上的大幅度提升，即公司股票增长了59%，超过了道指的上涨幅度。1968年1月24日，他在信中这样写道："按照各项标准，1967年都算得上是生意红火的一年，公司业绩的增长幅度远远高于道琼斯工业指数19%的增长幅度。与之相比，合伙公司的总的业绩上升了35.9%，总的赢利为1938万美元。实现了超过道琼斯工业指数10个百分点的预定目标。即使在不断增长的通货膨胀下，公司的增长速度也没有停步。火爆的牛市将投资者带入了几乎疯狂的地步，人们都把股市当成了一个稳赚不赔的金矿，像走火入魔一样疯狂地抢购股票。"

有一次，巴菲特在准备买入自己精心研究的两只股票时，惊奇地发现，其中一只股票股价在短短的一两秒钟就被抬高了，而这个价格是他无法接受的，而另一只股票也步入了危险区域。在短时间内股价迅速上蹿明显地说明是市场上的投资行为在趁机敛财，等到大批的投资者纷纷杀入，股价会很快地回落，而这些投资者连撤退的机会都没有。在接下来的几天当中，类似的抢购股票的事件每天都在上演，股票价格被不断地抬高。

从1957年到1968年的十多年间，美国的股票市场逐年上涨，道琼斯指数年平均增长率为9.1%，尤其是电子股和科技股被称为是最有发展潜力的两个板块。股票成为一种促销活动，使得华尔街的公司的股票走出天价，一般股票的市盈率都达到了40倍到46倍，甚至100倍。在风行一时的一连串的投机行为中，无论是作为发起人还是高级雇员，职业顾问，股票投机者等等股市参与者都狠狠地赚了一大笔钱。股市的狂热必然会引起投机行为，巴菲特已经开始担忧股票市场因投机行为盛行而造成崩盘。1968 年 7 月 11 日巴菲特在给联合公司股东的信中明确提出，股市中存在的危险很大。难道普通投资者就没有一点点的恐惧感吗？在利益面前，很多人的贪婪之心早就忘记了股市中的风险，总感觉风险离他们太远，即使有也不会突然地出现。

然而美国股市仿佛还没有到头的意思，1968 年 7 月 20 日，美国人登上了月球，这一消息似乎也成了股市飞涨的原因，美国民众群情激昂，股价出奇地高涨，这一天，华尔街的股票出现了历史上破天荒的高涨，日交易量多达 1300 万股，比 1967 年增长 30%，整个华尔街进入了一段最为疯狂的投机时代。巴菲特看着乌烟瘴气的股市开始担忧，整个股市所有的股票都被投机分子高估了，他已经再也找不到适合他投资的股票了。当时这种现象已经蔓延至商业的各个领域，并发展到非常严重的地步，巴菲特对于投资管理领域中存在的这种严重的现象深恶痛绝。1968 年，一位投资管理者负责共有基金的资产总计达 100 多万美元，他在开办一种新型咨询服务项目时说：资金管理在国内和国际经济形势复杂化的今天，已经转变为一项全职工作，需要按照每一分钟股票行情对有价证券进行研究，而不能按照每星期或每天对有价证券进行研究。

巴菲特也在自己的经营过程中，感到了市场存在的危险。随着投资环境变得更加消极，他感到十分沮丧，于是在 1969 年解散了他的合伙公司。虽然很多人都不理解巴菲特这一决定，但是他心里却明白他这样做的原因。

1973 年美国股市开始下滑，并且是以人们难以想象的速度一路下挫——十多年涨起来的股市，在短短的三年就跌到原来的点。股市中有句谚语"辛辛苦苦大半年，一夜回到解放前"，2007 年 5 月 30 日一夜之间结束了中国两年多的大牛市，次日，大盘跌幅 50%，绝大部分股票跌停。"5·30 事件"是中国股市 20 年来最惨烈的一次下跌，但随后便拉开了中国股市前所未有的上升的序幕，5 个多月以后，中国股市终于到达了最高峰 6124 点。一年多的时间以来，中国股市惨不忍睹，到 2008 年 10 月，大盘跌破了 2000 点大关，下跌趋势能不能结束还要等待些日子。这再一次证明股市疯狂上涨之后必有大跌，而且是快速地下跌，而在上涨过程中又有多少人看到了潜在的风险。巴菲特合伙人有限公司解散三年后，美国股市也步入了一个长达三年的低迷时期，在这一时期巴菲特以超低的价格购买了媒体股和广告股。

面对巨额利益的诱惑，能够隐身而退，这不是每一个投资者所能做到的，巴菲特的急流勇退不但需要巨大的胆魄和勇气，更是他智慧的表现。价值投资是巴菲特一生信奉的投资理念，看不到投资价值时，他宁愿舍弃眼前的利益也不会改变自己的投资原则。正是他能够始终坚持自己的投资策略，才避免了一次次股市泡沫给他带来的巨额损失，而在他 40 多年的投资生涯中，牛市和熊市无论如何更迭不断，他都能够在其中游刃有余（1959 年，他开始投资的本金只有 40 万美元，2004 年它的财富增长到 429 亿美元）。

无独有偶，相同的事情在 1982 年又一次发生了。进入 80 年代后，美国经济开始复苏，至 1987 进入了一个持续发展的时期，美国以及整个西方国家的股市都走出了牛市行情，而这一轮大牛市是继 60 年代之后的又一个牛市。美国股市经济的持续增长使得股市开始回暖，再加上许多公司通过对手接收、杠杆收购及合并浪潮等手段大大推动了股市的高涨。此期间，巴菲特的伯克希尔·哈撒韦公司的股票价格最高的时候升到每股 3450 美元（这是个惊人的数字），面对史无前例的大牛市，巴菲特却已经感觉到了潜在的危机，并看到了危机一旦发生将造成的后果。在这次大牛市中，1982 年，道·琼斯平均指数仅有 884.4 点，1983 年则升至 1190.3 点，1985 以后随着股票市场日益兴旺，炒股之风日益盛行，从而使股票价格直线上升，到 1987 年 8 月 25 日则涨到了 2722. 42 点，即上涨了近 3 倍。

像 60 年代末期一样，股票价格的增长速度已经远远超过了经济的发展速度，从 1982 年到 1987 年的 5 年期间，美国的工业生产指数只增长了 30.5%，而股票价格则增长了 3 倍。这个时候投资者的贪婪之心又一次被激发出来了，认为炒股是致富的捷径，却忽略了股价一反常态骤然猛涨中隐藏的风险，而巴菲特凭着对市场的了解，则看到了 1982 年以来，国际金融市场上游资一直充斥着货币市场和股票市场，目前市场过热，股票市场上的投机活动也日益猖獗，买空卖空长期盛行，从而使得股价与经济发展出现了严重的脱节。股值高估、股价奇高、股市过热这些问题一旦有风吹草动，崩溃难以避免。这时，巴菲特坚定地开始实施他的黄金法则："当别人贪婪时，你要变得保守而恐惧。"于是，自从 1985 年开始，巴菲特就逐渐减仓，进入 1987 年以来就开始抛售手中的股票，而当 10 月份传来股市连续下滑的消息的时候，他已经于 11 日卖掉公司中一大批可以分红的股票，尽管当时他的股票正在不断地上涨过程中，但他还是很果断地让助手将公司持有的股票都卖掉。

到 1987 年 10 月份问题终于显露出来，10 月 2 日，长期债券的收益已经升到近 10%。10 月 6 日，道·琼斯指数跌了 91.55 点，10 月 19 日，股指从开盘时的 2247.06 点下跌至收盘的 1738.74 点，当天下跌 508.32 点，跌幅达 22.6%，仅这一天，美国全国损失股票市值 5000 亿美元，相当于美国全年 GNP 值的 1/8。从此市场已经变得模糊不清，人为难以控制，历史性的大变化随时可能发生。

巴菲特的忠告

当别人都贪婪之时，自己最好要保守一些，因为这在很大程度上决定着投资的获利情况。假如自己和别人一样的贪婪，或许在股市中很难赢得财富。

2

在别人投资谨慎时要更大胆一些

当别人对投资都处于恐惧状态时，你要变得贪婪一些。

——巴菲特

巴菲特经常会告诉子女的投资铁律就是："在别人保守的时候，你要变得贪婪。"巴菲特的这种反其道而行之的投资方法在股票投资中是非常实用的。虽然，巴菲特算不上一个抄底专家，但是他每一次的买入都是以超低价格取得主动权，再加上巴菲特的长线投资策略，该股票即使在短期内不涨，也不会出现大幅地下跌。要知道，在熊市中不赔钱也算是一种赚钱。

股市低迷，股价连续下挫，在这种情况下，投资者是很脆弱的，他们既希望股价早日见底，又害怕看到股价的下跌，可以说，这期间矛盾的心理始终困扰着投资者。一些投机分子和大资金的投资者在这时候会故意抛压手中的股票，制造市场的恐慌气氛，而其目的只有一个，就是想要市场上所有的中小投资者割肉出局。对于大部分普通投资者来说，眼看着本金不断地缩水，经不起恐吓就会动摇，而这时最聪明的做法就是所有中小投资者团结起来，坚持不抛售手中的股票，抵抗市场上的恐慌情绪，但是往往由于中小投资者资金分散而难以做到这一点。不过在巴菲特看来，这都是投资者自己在给自己制造恐慌的气氛，股价暴跌带来的恐慌情绪就是由绝大多数人对股市的悲观态度和观望情绪引起的，长此下去，股市中就会形成一种恶性的循环，没有政府的救市资金是无法恢复的，于是一旦股市处于低迷期，市场自身失去调节功能的时候，就有政府干预这一说。2008 年次贷危机引发了金融危机，股市一路下泻，情况已经到了政府不得不出面的地步，而发放巨额救市资金，银行联合降息都是政府的宏观调控职能的体现，这主要还是提振股市投资者的信心，因为有资金没有信心股市照样难以彻底改变形势。

投资者的恐惧心理就表现为对市场失去信心，而按照巴菲特的投资理论，大家一片恐慌之时正是最好的介入时机。其实，股票投资之所以具有风险，就是因为有很多不确定的人为因素，而投资分子的炒作是造成股市大起大落的主要原因，如果要想在股市中获得收益，投资者首先就得看清这些投机分子的行踪和轨迹，投机分子的行为往往是在股价下跌的时候抛压股票，在股市上涨的时候，推风助浪，哄抬股价。无疑，他们的目的是想干扰普通投资者，让普通投资者在该进的时候变得犹豫，该撤的时候变得奋勇直追。巴菲特则告诉你，当股价徘徊在低价位的时候就要大胆介入。股市中的二八想象说明，在股市中永远是 20% 的人赚 80% 的钱，这就是因为大众投资者的思维正好与股市的运行规律背离。股市的表现形式就是股价的上下波动，一个真正的投资者就应该能够透过这种现象看到本质，而绝非是在上涨时拼命地追，在下跌的时候拼命地逃。如果在股市的下跌阶段你看到所有的人都在观望，这说明市场上真正的时机来临，市场在这种情况下很快就接近底部，而物极必反，否极泰来，下跌到一定的程度股市就会上升。巴菲特就善于把握这个关键的时刻，他的买入时机就是别人不敢想的时候，所有的人都说股市将要崩盘的时候，大多数投资者可能在想要是股价继续下跌怎么办？要是股市真的崩盘该怎么办？这就是一种投资理念的差别，而大部分投资者始终都沉浸在"追涨杀跌"的俗套当中。

低价入市，在股票价格相对较低的点位买入就是巴菲特"在别人保守时变得贪婪"这一投资理念的精髓。

1987 年的股灾在全世界范围内造成了股市动荡，美国股市暴跌之后的几天里，即在 10 月 26 日，日本日经指数下跌 4. 75%，法国股市下跌 7.0%，瑞士股市下跌 10. 0%，英国、德国股市跌幅也都超过 10%，香港恒生指数暴跌 1120.7 点，日跌幅高达 33.33%。之后，被迫停市。仅仅 10 月份一个月，造成全世界股票市值损失 17920 亿美元，受影响最大的美国损失高达 8000 亿美元，相当于第一次世界大战期间损失之和的 5 倍多。巴菲特的伯克希尔·哈撒韦公司也从股灾一周前的 4230 美元跌到了 3170 美元，市值缩水 25%。这场股灾严重地影响了美国的金融市场的稳定和经济的发展，而随着股市的不断下跌，绝大部分投资者的利益大幅缩水，引起了外汇市场国际投资者的恐慌，国际投资者纷纷大量抛售美元，抢购硬通货，使得美元大幅贬值。为了避免出现像 1929 年股灾后那样的经济大萧条，美国政府和美联储积极调集资金，向银行系统注入大量资金，给那些损失较大的上市公司、券商、金融机构提供短期贷款。各大银行宣布降低优惠利率，银行家信托公司也表示在任何情况下都会保证客户的资金需求。在政府的扶持之下，美联储各大银行购买受损失上市公司的股票和债券，获得贷款的金融机构和上市公司积极地自救，100 多家大公司开始回购自己的股票。由于积极的救市逐渐产生了效果，股市有了回升。

尽管美国政府采取多种救市措施，但是从股票市场上来看，广大投资者的观望情绪还是比较严重，没有人敢进行投资，而巴菲特在这场股灾中则保持了冷静清醒的头脑，看到时机将近成熟，他抓住机会，在市场上寻找值得投资的股票——在这一时期他先后投资了《华盛顿邮报》、可口可乐、吉列等著名品牌的股票，这也是他投资生涯中最辉煌的时期，获利最丰厚，到今天为止他依然持有这些股票。同时，他利用反弹行情使得伯克希尔·哈撒韦公司市值盈利 20%，把在危机中损失掉的公司利益又补了回来。

坚持长线投资是巴菲特投资理念的一个延伸，按照他的理论，在低价位购买的股票，如果不长期持有也很难获利，因为股市在经过长时间的下跌之后不可能绝对反弹，股价总要在低位徘徊一段时间，这一时段正是大资金进入股市的时候，机构投资者在这个时候纷纷建仓，建仓时间越充足，股市的后发力越强，上涨的力度越大。所以，这个时候，股价在低位徘徊的时间是不确定的，有时候时间较长，有时候时间较短，但是在这一时期投资是比较安全的，只要投资者敢于进入，是不会有损失的，因为你和大资金投资者、机构投资者保持同步了，只要长期持有，等到股市真正启动的那一刻，赚钱的时代就来了。

另外，还有一些投资者在长期持有股票方面能够做得很好，但是，却总是没有耐心地等待股票相对较低的价位，或者是根本不会把握买入时机，因此，巴菲特的长期持有不仅仅指的是单纯地拿着股票，而是要结合具体的买入时机，如果你在股价上涨的途中或者顶端买入的股票，这时长期持有就没有意义了，甚至会造成巨大的亏损。所以说，低价买入和长期持有这两个方面同时具备才可投资，缺一不可。

20 世纪 70 年代初期和 1987 年股灾，是美国股市两次比较大的动荡时期，股市的动荡让大家都惊惧不已，巴菲特的投资理念在实践中得到了很好地完善，他不但获得了丰厚的利润，也推广了他的投资理念。

2007 年下半年，次贷危机的爆发引发了华尔街金融风暴，巴菲特又一次经历了美国股市的灾难。2008 年初，股市剧烈下挫，巴菲特的投资理念又一次发挥了作用。与美国次贷危机的蔓延息息相关的华尔街金融风暴随着次贷危机愈演愈烈，使得华尔街一片萧条。于是，美国实行减息政策，而且美联储连续六次降息，以拯救投资者最后的一丝信心，但是花旗、美林、法国兴业等世界各大金融机构受其拖累亏损巨大，反而使得市场对于美联储的降息产生了依赖。

2008 年 9 月中旬，华尔街金融风暴进入到最疯狂的阶段，金融机构的倒闭和被收购宣告了美国经济的衰退。巴菲特表示："目前的局面，比二战以来所有其他金融危机都要严重。"他认为，在过去的几年中一些政策的制定，是以错误的"市场基本主义"的观念为基础的，这种观念认为金融市场从长期来看将会趋向平衡，而目前面临的金融危机却打破了这一错误的观念，政府出台一些缓和的措施已经不能够起到实质性的作用。进入 21 世纪以来，华尔街上的金融创新层出不穷，投资者纷纷买进这些经过精心包装的创新产品，尤其是次级贷款业务再度刺激了美国股市的过度膨胀，到 2007 年初，7 年的时间里巴菲特很少进行大额地投资。

2008 年，巴菲特已经 78 岁高龄，他决定把自己的余生交给慈善事业，而正当巴菲特紧张而有序地从事着自己的慈善事业的时候，一场声势浩大的次贷危机到来，使他在沉寂了几年后重新投入投资生涯。自 2008 年下半年以来，美国次级抵押信贷引发的金融危机，在全球范围内以超乎想象的力度和速度扩散开来，对全球经济和金融市场带来的影响是二战以来最重大的。更为重要的是，由次贷风暴引发的一些负面消息给全球股市带来了巨大震荡。当美国经济面临衰退的风险，出现金融危机时，不仅考验着美国这一国家的宏观管理能力，而且也对他们此前实行经济扩张的步伐过快，国门过度开放的贪大求快是个惩罚。这时，巴菲特又一次实施了他的黄金定律："当别人恐惧时，你要变得贪婪一些。"2008 年 9 月 23 日，当大多数美国人还陷入华尔街金融危机的恐慌中而无法自拔时，巴菲特以 50 亿美元购买高盛集团优先股，而在一个多月的时间里，他先后投资了高盛，AIG、比亚迪等金融机构和汽车制造行业。回首巴菲特一生投资的高峰期，都是处在美国经济的低潮期，股市动荡，经济萧条，通货膨胀，越是动乱的时期，巴菲特的投资行为越活跃。无疑，这体现的正是："当别人恐惧时，你要变得贪婪。"

巴 菲 特 的 忠 告

投资中免不了会出现恐惧，而在这种情况下最理智的做法就是学会贪婪。

3

认识自己的弱点才能利用市场的劣势

> 1986 年，我最大的成就就是没有干蠢事。当时没有什么可做，现在我们面临同样的问题。如果没有什么值得做，就什么也别做。
>
> ——巴菲特

"如果说我现在可以算得上获得了一些成就的话，那主要是因为我依靠了两样东西：'愚蠢'和'自律'，具体来讲就是市场的愚蠢和我的自律。"在谈到自己在投资中不断取得成功的因素时，巴菲特曾这样对他的大儿子霍华德·巴菲特总结道。

他要提醒大儿子的就是：在进行投资实践时，许多投资者之所以总是遭遇失败是因为他们从没有想过去对多变的市场进行深入的分析，在面对错综复杂的市场行情时，如果不对自己的弱点和愚蠢习惯进行深入地分析，就会不可避免地出现用自己的愚蠢去面对多变的市场的现象，这注定会导致自己最终的失败。经过长期的投资实践和理论上的分析，巴菲特将投资者在投资过程中经常暴露的一些弱点作了如下总结，并不断地提醒自己身边的投资伙伴，在进行投资的时候，务必要对自己做出随时地提醒，避免由于自己身上所固有的一些弱点给自己的投资活动带来不可避免的损失。

第一，回避损失。在面对失败的时候，很多投资者都没有勇于放弃的勇气，因为他们都不愿意承认自己的失败，所以在他们进行投资时，经常会有这种情况产生，即在股票下跌的时候他们会从内心中生出一种本能的厌恶情绪，对损失的恐惧会让他们不愿意在需要放弃的时候对自己手中所持有的股票进行抛售，反而固执地继续持有，这就会造成自己的亏损越来越多，有时候甚至还会产生恶性循环。

第二，过度自信。在刚刚接触市场的时候，很多投资者都会有一种势在必得的心理，而过度的自信会让他们盲目地认为自己一定会取得成功。在巴菲特看来，对于任何一个投资者来说，一旦头脑中有了这样的思维定势，就会使自己过于迷信自己的主观判断，从而忽略了对市场客观情况的分析，最终会产生失败的后果。

第三，羊群效应。具体来讲就是缺乏独立的思考，对大多数人的行为不加分析地盲从。事实上，在投资市场上，羊群效应是一种极为常见的现象，因为很多投资者自身并不具备与投资相关的基本理论和知识，所以他们总是习惯于跟从其他的投资者购买股票，而从没有想过自己去学习一些投资知识而进行独立的思考。巴菲特一直认为，假如一个投资者缺乏独立的判断能力和意识，盲目地去听从所谓的市场意见，那么他便很容易陷入亏损的泥潭而无法自拔。

第四，反应不足或反应过度。股票价格的波动对于股票市场来说应该是一件永恒的事情，但是很多投资者对此却没有足够清醒的认识。所以在他们进行投资的时候往往会出现两种比较极端的情况：在股票上涨的时候一味地沉浸在盈利的喜悦当中，却忘记了预见随时可能出现的危险，而在股票下跌时却又因为反应过度而对手中的股票做出恐慌的抛售，等到股票价格回升时已经后悔莫及。所以说，反应不足和反应过度都是对投资者本身极为不利的状态。

第五，只看到眼前而忽视了对股票长期价格的关注和分析。这种情况和第四点类似，很多投资者只喜欢将自己的注意力集中在股票的眼前价格上，而从来不对股票价格未来的走向进行客观深入的分析，这样做只能导致两种结果：持有下跌的股票不愿放手导致亏损越来越多，或者过早地抛售上涨的股票而使自己的收益减少。无论是股票投资还是公司经营，重要的是停止损失而继续保持盈利的增长，当发现自己所持有的股票出现与当初自己的判断有相当的出入的情况的时候，一定要尽快地将股票卖出，而如果所持有的股票所在的公司的盈利在继续地高速增长的话，即使目前股票的价格偏低也不能将其出售。

第六，习惯于将成功归于自己，而把失败归于其他因素。在 50 多年的投资生涯中，巴菲特始终坚持一点，那就是只有对自己失败的原因有个充分的认识，准确及时地总结出自己失败的原因，才会使自己在投资上获得成功。虽然为了获取丰厚的利润而进行投资，必然会付出犯下若干错误的成本，但这一点并不可怕，最重要的是，一定要尽快地承认自己所犯下的错误，即使管理最优秀最赚钱的金融贷款机构，也会不可避免地出现一些呆账、死账，你所需要做的事情是，尽快地了解他们的成因，并且从中汲取教训，避免重蹈覆辙。把握好投资管理的心态，要愿意承受一些股票所带来的小额的损失，并想办法让前途看好的股票创造越来越多的利润。最不良的投资习惯是，一收获到区区的蝇头小利就开始得意满足，而不善把控坏的投资带来的损失。只是一味地将失败归因于其他人的投资者最终很难获得较高的收益，因为他们得不到正确的投资经验。

第七，处置效应，长时间不愿卖出亏损的股票，或者过早地卖出盈利的股票。一些投资者缺乏长期持有股票的观念，认为长期持有股票是一种不安全的行为，所以当他们获得盈利之后，便会迫不及待地将自己手中所持有的股票抛售出去，而过早地卖出会直接导致这些投资者收益减少。

第八，显著性思维。具体讲就是很多投资者往往会对实际上不太可能出现的事件发生的概率进行了高估，这样往往会造成客观现实被夸大，影响了判断的准确性，直接导致的后果就是投资的失败。因此，投资者只有对市场进行客观地分析，才能掌握投资的准确性。

第九，保守主义。其具体含义，即接受新事物的速度过于缓慢，巴菲特一直坚持这样的观念：只有不断地学习新知识，投资者才能够在变化莫测的市场面前应对自如。当然，他本人也会不断地汲取新的知识。当被人问起他的日常工作的时候，他只用了一句话就将其完全概括了："我的工作是阅读"。可以说，正是通过不断地阅读，巴菲特才能够及时获取新的投资知识，做出正确的投资觉决策的。

巴菲特的忠告

在投资中谁也不能保证万无一失，但却可以最大限度地让自身的损失降低至最小，而这其中就需要充分认识自身的弱点，只有认清自身的不足之后，投资才更具针对性。

Warren Buffett
巴菲特写给子女的 10 个投资忠告

4

耐心是投资获利的好习惯

> 许多人盲目投资，等于是通宵玩牌，却从未看清自己手中的牌。
>
> ——巴菲特

皮特·巴菲特是巴菲特的小儿子，在投资方面，皮特从巴菲特口中得到的忠告是："要想成为一个投资专家，首先要成为一个自我控制者。"巴菲特在投资的时候，无论是投资前还是投资中，包括持股时间都是很有耐心的。可以说巴菲特的成功不仅在于他能够不恐惧投资，能及时地抓住机会果断出击，还在于他找不到合适的投资对象时也不会急躁，而是会耐心等待机会的出现。

在金融危机中，对于那些资金数额较小的非专业投资者来讲处境更为不利，因为他们缺乏投资经验和技巧，而在这种情况下盈利的可能性几乎为零，然而，他们的资金又无法撤离市场，资料的占有方面也处于劣势，只能看着手中的资金一点点地损失，所以说，他们才是市场中真正的受害者。巴菲特的投资理念和对投资心理的分析完全可以帮助大众投资者找出失败的根本原因。从某种意义上来说，投资失败不是投资者不能够战胜市场，而是他们无法战胜自己的心理。

没有耐心，心急气躁，盲从大众，是很多投资者致命的心理弱点，在市场没有投资机会的时候，看到一个经济数据或者听到一则新闻，凡是偶尔的利好消息都有可能使得这些投资者失去理智，争先恐后地跳入市场。在金融市场上，一个小小的利好确实可以引起股价的上涨，但是很多时候只是短时间的上涨，无法改变大的趋势，之后刚看到反弹的苗头，极有可能接下来又会被打压下去，以致投资者投入的成本像滚雪球似的越来越大，越套越深，最后只得割肉出局。

在皮特眼中，父亲巴菲特在投资前，就有足够的耐心等待市场上的机会，绝对不会受到市场上任何消息的影响。巴菲特的擅于等待时机，沉着和忍耐使他在投资领域高人一筹——在全球金融市场处境艰难时，巴菲特却认为这对于自己来说是有利的，因为在金融危机的冲击下，很多优秀的金融机构会陷入资金流动性短缺，而为了缓解困难，很多公司就会决定出售自己的股权换取现金，这对于管理着伯克希尔公司 400 多亿美元的巴菲特来说，是绝好的投资机会，就像 1987 年股灾前后一样，巴菲特趁机低价购进了很多优秀企业的股权。自 2008 年 9 月份以来，巴菲特已经从各种廉价资产里找到不少投资目标。

次贷危机连累了信贷市场和金融市场，股市动荡私募基金纷纷离场，银行之间失去了信任，贷款困难。但对巴菲特来说，此时介入却是一个绝佳的机会——巴菲特利用股价下跌之际，收购那些经营困难的金融机构的部分股权，买下全球最大的营建材料制造商美国石棉公司 17% 的股权，同时还增加那些已经持有的公司股权的比例。巴菲特认为信贷市场和房屋市场的恶化，可能真正地为投资者提供了机遇。巴菲特说，如果条件配合好的话，他烧钱的速度比购物狂还要吓人。

在 2005 年至 2008 年 3 年的时间里，因为对冲基金和厮磨基金价格飙涨，美国股市一片火热，巴菲特一直以来没有投资，巴菲特认为他传统的投资理念不能够在那样的市场环境中实施，因此长期找不到投资目标，只好坐拥 400 多亿美元现金。但是次贷危机是在全球经济非常强劲，同时也是在美国经济非常健康的情况下发生的，他指出，美国和世界各国完全可以消除危机。但解决危机需要时间，投资者要有足够的耐心等待投资的机会。

Warren Buffett

巴菲特写给子女的 ⑩ 个投资忠告

巴菲特的忠告

一些投资者总是一味地抱怨自身没有获取到收益，但他们却很少思考自己是否做到了耐心投资，而只有耐心投资才可能换取到令人羡慕的投资回报。

5

坚守原则，以不变应万变

> 坚守自身的投资原则远比盲目地跟随更容易获利。
>
> ——巴菲特

在子女们眼中，父亲巴菲特是投资界最为成功的股票投资大师。他在从事股票投资时，有一套自己独创的原则。巴菲特认为，这是他成功的重要原因之一。

在巴菲特的投资生涯中经历过很多次大牛市和大熊市，他持有的股票，有时会上升，有时会下跌，而投资的资产值，也同样因为股市的升跌而出现波动。这是任何投资股票的人士都不可能避免的，巴菲特也不例外。

巴菲特的一些股东以及他的一些朋友，在股票市场出现熊市之时，都会和巴菲特讨论股票的问题。他们当中有人建议，不如在熊市的时期，将手中的股票沽出，然后在熊市最低迷的时候，再在更低价位买入。不过，巴菲特会断然拒绝这样做。

巴菲特有着自己的投资哲学和思想，他也经常将自己的看法和见解告诉给他的子女们。

当股市出现熊市的时候，一般情况下，大部分股票都会出现价格下跌，但巴菲特所选的股票，却在很多时候并没有随股市而下跌。除了初涉股市之时产生过一些失误之外，之后的巴菲特在投资过程中，每一年的投资组合都是能够获得利润的。这就是说，如果他听他的朋友和股东的建议，在熊市之时沽出这些股票，就会遭受损失。因为这些股票是一路上升的，之后要买回，只能够付出更高的价格，这显然是得不偿失的。

有些他所持有的股票价位的确在熊市中出现了下跌，甚至还有一家企业的股价下跌了50%，但巴菲特不但没有因此而动摇信心、产生恐惧，反而告诉他的朋友和股东，就是因为股价下跌，使他有机会以更低价格买入更多。如果不是因为熊市，他根本就不能够以这样低的价位买入。他还说，他对这些企业有信心，所以股市跌价并不是抛售的时候，而是吸纳的时候。

巴菲特还说，股票的买卖，并不是以投机心态作为出发点的，不是看到升市就要买入，跌市就要沽出，而是要看企业的前景如何。如果企业前景是好的，跌价反是一个机会，而不是危机。投资股票应该沉着应变，不是一跌就要恐惧得面无血色。巴菲特有一句名言："如果你和其他人玩扑克，玩了半天，你仍然不知道哪一个是傻瓜，你自己本身就是傻瓜。"意思即是说，如果在低位的时候你沽出股票，那你就是一个傻瓜。

巴菲特的子女们眼中的父亲在投资中坚持原则，并且赢得了无数的财富和荣誉。所以，每一个投资者都应当学习巴菲特，真正坚持自己的投资理念，这样你才能够赢得更多的投资利益。

很多投资者在股票市场中遭遇失败，但其中的大多数人并不是败给经济政治的突变，而是败在自己过于相信他人。他们对于其他人给他们的建议都信到十足，结果很多时候这些所谓的建议，都是属于小道消息或是道听途说，没有任何实际意义。巴菲特的原则，就是从来都不相信其他人的分析。这还不算是最重要的，最重要的是他坚持这一原则长达数十年。

至于他所买卖的都是优质企业股票的这一原则，巴菲特也是数十年来从来没有违背过。他的资本能够呈几何式跳升，很大程度上是因为他坚守自己的原则。

一个人如果没有自己的投资原则，或即使有自己的投资原则，但却不能够坚守，就等同于投资失败。这样的人在股市上很难获得很高的成就，因为没有自己的原则，或是抛弃自己订立的原则，最终都只会成为股市中的输家。只有坚守自己的投资原则，才会在投资中让财富不断增长，这样的投资者才能成为股票市场的常胜将军。

忠告四

Warren Buffett

To the children
10 Investment Advice

投资不是闪电战，而是持久战

1

长期投资就是白头偕老：专情比多情幸福 1 万倍

> 任何不能持久的事物终将消亡。
>
> ——巴菲特

在巴菲特的投资哲学中，用投资活动与经营感情给他的孩子们做了一个深刻而有趣的比较。巴菲特告诉小儿子皮特："长期投资就是一种'专情'，而这种专情要比"短线玩玩"更容易使人幸福。"

在巴菲特持有的股票中，有很多处于长期持有的状态。吉列巴菲特持有了 14 年，英国运通银行持有了 11 年，可口可乐持有了 17 年，GEICO 持有了 20 年，《华盛顿邮报》持有了 32 年……由此我们可以看出，巴菲特始终在实行着这一投资理论，长期性、战略性的投资始终贯穿于巴菲特的整个投资生涯。

巴菲特与其他追求暂时利益的投资者不同，他是一个长期投资家。他所做的就是寻找一些有潜力的公司和股票，用尽可能低的价格将其买进，然后长期持有，最后就可以高枕无忧地等待着他的价值和价格一天天地增长，从而实现赢利。

1969 年，美国国内各方面的状况十分良好，经济和股市都呈现着势不可挡的发展趋势，但具有敏锐嗅觉的巴菲特却闻到了危机前夕的危险气味。由于巴菲特始终恪守"当股市超出理性范围的猛涨时一定要与其保持距离"的信条，所以他打算适时退出股市一段时间，目的是避开他认为即将来临的金融风暴。于是他清算了自己的公司，分还了所有股东们的股票。虽然远离了股市，但他的注意力并未离开股市，相反，他始终在观察着股市中每一个微小的波动，他也在等待着他所预期的那个局面。事实果然不出他的意料，刚刚进入70年代初的美国股市开始大幅震荡，华尔街上每一家大公司的股票都在极速下跌。这个时候，巴菲特的行动开始了——他重新组建了伯克希尔·哈撒韦公司，并且趁着各大公司股价大跌的时候开始大量买进其股票。结果短短几年内，伯克希尔·哈撒韦就成为可口可乐、吉列、《美国快报》、迪斯尼、《华盛顿邮报》等众多美国知名企业的主要股东。

在巴菲特几十年的投资生涯中，他始终坚持长期投资的理论，也正是这一理论使他成为了股市中的常胜将军。他也常常告诫其他投资者，他之所以能在股市中有所作为是因为他坚守着几个原则，第一，只从事长期投资，投资的对象绝不是概念、模式，也不仅仅是股票本身，而是真正的生意，投资能创造可预见性收益的公司。第二，远离高科技股。第三，买身边的品牌最可靠的股票。谁做的广告多，最受消费者喜欢，就买谁。他认为这三点才是在股市中获得长久利益的关键，现在看来，巴菲特的成功只激起了人们对他巨额财富的崇拜，他的投资观念却很少有人效仿。

在股市中我们看到更多的是追涨杀跌的疯狂现象，其实这种做法到头来除了为券商贡献手续费外，对自己是没有好处的。

更为关键的是，只有在作长期投资的时候，投资者才会真正地关心股票的潜在价值。巴菲特认为，一个真正的股票投资者也应该把自己当作是一个经营者，只有这样，才能实实在在地了解所投资股票的价值和未来的走向。许多人之所以称巴菲特是"先知"，主要是因为他总能准确判断出一个公司是否有发展壮大的空间，还有就是这种发展的脚步能延续多久。巴菲特说过："要透过窗户向前看，而不是看后视镜。"

巴菲特曾说过，若想准确地预测未来，那你就要计算一下公司未来预期的现金收入放在今天值多少钱。这个看似简单的逻辑就是巴菲特评估公司内在价值的办法。

未来对于每一个人来讲都具有不确定性，所以，巴菲特不会把自己所有的资金都投入某一股票上。巴菲特还对那些有绝对竞争优势的公司情有独钟的。

Warren Buffett
巴菲特写给子女的 ❿ 个投资忠告

例如，巴菲特所投资的可口可乐，虽然可口可乐从来都不缺乏竞争对手，但却能在行业中始终保持领先的地位，所以巴菲特才会在美国股市低迷的时候大量购进可口可乐公司的股票，并一直持有。由此可见，巴菲特在决定投资以前，一定要看投资的对象是否有长期稳步向上发展的能力，一旦他看中了，就会长期地持有并从中获取巨大的利润。

20 世纪 90 年代，科技股欣欣向荣地发展着，巴菲特却并未介入其中。巴菲特之所以不去投资科技股，是因为巴菲特认为自己对这个行业不是十分了解，所以他也看不出哪家公司更具竞争力。虽然之后科技股走势良好，巴菲特没有介入科技股会有一定损失，但从长远来看，正是因为巴菲特不去涉足自己未知的行业，不去冒未知的风险，才成就了今天的"股神"巴菲特。从这一点上来看，巴菲特和其他的股票投资者相比，更像是在经营事业，而不是在盲目地赌博。

巴 菲 特 的 忠 告

很多人认为短线买卖可以在很短的时间内形成收益，但在股市中如果盲目投资的话，风险就会无处不在，即使暂时避过了风险，说不定更大的风险就隐藏在身后。最重要的投资理论是建立在长期的投资之上的，因为这才是获利最不可或缺的因素之一。

2

频繁交易会让你的巨额财富流失

> 在作出投资决定之前，我闭上眼睛，展望该公司 10 年以后的情形。
>
> ——巴菲特

很多投资者热衷于短线投资，并认为：短线投资的回报率高，操作周期短。他们把这种暂时的收益看成了成功的标志，甚至有人认为自己的投资能力已经超过了巴菲特。但是他们却没有意识到这种赌博式投资背后所蕴藏的风险。

巴菲特曾告诫大儿子霍华德："希望你不要认为自己的股票仅是一张价格每天都在变动的凭证，一旦出现突发事件你就会立即将其抛售。我希望你将自己定位为公司的所有者之一，就像是你自己经营的生意一样。"只有在全面了解了投资对象，并做出冷静的判断之后，你才可以真正地在一定程度上相对准确地预测一只股票的走势，才能将风险控制到最小。巴菲特从来不去追逐市场上的短期利润，也不盲目追高，同时，他也不会去接触那些他认为已经被高估的股票，哪怕这只股票正在上涨。因为这对于巴菲特来说，其中的风险是不可控制的。以 20 世纪 90 年代的科技股为例，巴菲特由于对科技股不在行，所以，他没有盲目地跟风投资。虽然在这场科技浪潮中他没有获取到分毫的利益，但他却因此避免了泡沫经济破裂后的损失。直到 2000 年，科技股开始大跌，累计跌幅超过一半，巴菲特却毫发未伤，他的股票同期上涨了 10%。与此同时，那些当初盲目追高的短线投资者却遭受了巨大的损失。

巴菲特的长期投资理论可以说正是他成功的关键之所在，但股市中的很多人却依然热衷于短线投资。这种短线的投资者并不十分注重投资对象的发展潜力，只是希望从大盘的震荡起伏中获取利益，所以，短线投资的一个特点就是频繁的交易。

如果你是个短线投资者，那么频繁的交易会为你带来什么呢？巴菲特认为频繁的交易会让你的巨额财富悄然流失。

以美国市场为例，美国现在已经拥有基金数达到一万多家，而其中只有2000家左右存在时间超过了十年。虽然这2000家基金有着各不相同的选股风格，但他们都想试图打破大盘指数，从客户手中赚取更多利润。那结果怎样呢？

这些基金在过去10年的回报率是9.86，而这10年间美国所有上市公司的平均年回报率是多少呢？是18.25！这要远远高于基金的回报率。需要大家注意的是，我们之前说的9.86的回报率是存在十年以上的基金，他们在本行业中可以说是佼佼者。但即使是这些经验丰富的老牌基金，他们也不可能靠频繁的交易胜过大盘上那些上市公司的回报率。

所以说，巴菲特的长期投资原则即便放在整个市场规律中去运作，我们也可以从理论和实践中去证明它的正确性。

既然这个规律是客观存在的，那为什么会有那么多人对其视而不见，反其道而行之呢？

其实，大多数人会明知故犯，主要是因为他们认为自己的能力远比一般人强的多，自认为可以通过操作使利益最大化！其实，这种自负的态度也是个人基金的回报率无法超过大盘的原因之一。如果我们从逻辑上去思考的话就会明白，真正的强者毕竟是少数，而现在居然会有"大部分"人认为自己的能力比"大部分"人强，这在逻辑上是根本不可能发生的事情，但还是有那么多人认为这个奇迹会发生在自己身上。归根结底，这是一种赌博式的心理，这种心理如果用在投资上，对投资者是不利的。因为一个人对某个特定时间段内股市或市场的涨落趋势的判断是不可能完全正确的，以这种毫无可信度的判断决定自己的投资是极具危险性的。而减少操作就可以有效地将风险控制在一个理性的范围，也可以说，只要你不去频繁地买进卖出，你就可以在原有基础不变的条件下，提高收益水平。巴菲特曾经对那些坚持实行短期交易的投资者说过，如果你不相信交易会降低收益的话，那么，就让你逐渐减少的账户来告诉你这个道理吧。

日常的生活中，喜欢喝茶的人会知道，在你用开水刚刚冲茶时是没有香味的，茶香必须等茶在水中完全泡开时才会溢出。投资也是这个道理，需要等待最好时机到来。所谓欲速则不达，巴菲特通过研究发现，在股票市场上，交易频繁的一方往往损失是最大的。交易中的各种附加费用，看似微不足道，天长日久便可以左右投资者的实际收益。我们可以计算一下，一个人在完成一次交易时就需要付出 1.5% 的费用。我们以巴菲特持有一只股票的底线时间——8 年来计算，假如投资者每月换一次股票，那么 1 年 12 个月就是 18%，8 年就是 144%！这个数字已经高于本金 44% 了！如果不仔细计算的话，我们会觉得这只是投资活动中的一点点小小的损耗，但现在我们明白了，其实利润空间就在其中。

巴 菲 特 的 忠 告

若想作一个投资者，而非一个投机者的话，那么，就应该从长远的角度去考虑问题，尽量避免短线操作，尽量抛开赌博式的投资手段。在做到真正的眼观六路，耳听八方的同时，也要守着一种耐力，一种恒心，一种远见，在危机四伏的股市中潜伏，直到实现利益最大化的那一天。

3

理性对待市场波动期

> 考察企业的持久性，最重要的事情是看一个企业的竞争能力。
>
> ——巴菲特

对于投资者来讲，市场的波动是一种必然现象。从市场规律来看，持股人的收益会弥补短期内、理性范围内的所有价格波动。但是，很多人却认为股票市场中的最重要的收益空间就是市场的波动。其实，这种认识是极为错误的。从股市整体的收益来讲，其收益空间主要取决于投资者所投资对象的发展空间。所以，投资者在面对短时期内正常的市场波动时，完全没必要惊慌失措，更不能将这种短期波动作为主要的收益手段。

巴菲特认为，价值规律是现实存在的，这一规律在市场经济领域从来都是适用的、有参考价值的。在任何时候，无论股票体现出怎样的价格，其价值是不会随着这个价格体现而改变的。理性的市场环境应该是价格围绕价值在一个适当范围内上下波动。股票市场也不例外，只不过股市作为一个特殊的市场，其表现形式又与一般市场不同。由于股票是一种特殊的金融产品，它围绕价值波动的频率会更高，幅度也更大。投资者如果想在市场中站稳脚跟，就必须认识到价值和价格的内在联系，在遵循市场价值规律的基础上实施决策。即使是市场出现价格上的大起大落，投资者也应该有从变幻不定的价格背后确定其内在价值的能力。只有那些能在变幻莫测的市场中始终保持清醒头脑，不被表象迷惑的投资者才能在股票市场中立于不败之地。

巴菲特总是提醒女儿苏茜："'市场先生'是多变的，反映出来的市场情况有时是错的，有时是对的，谁也无法准确地预测它的变化趋势。"在这种情况下，如果投资者不能理性地对待市场波动，那结果也是可想而知的。

　　巴菲特采取长期投资的方法其实就表现出了他冷静对待市场的能力。大多数投资者在市场波动时往往难以保持冷静，究其原因在于他们对市场内在规律的认识不足，看待市场的眼光不够长远，不够理性。虽然短期投资也可能获利，但是这种获利方式具有投机性、风险性和不确定性。巴菲特认为，与市场保持距离是理性看待市场的一个有效手段。所谓"当局者迷，旁观者清"就是这个道理。所以，在巴菲特选中某只股票时，即使是证券市场关闭数年，他也不会贸然将其出手，由此一来不确定因素对他的投资造成的影响就要小得多。而且，巴菲特对平日里股价的波动根本不太在意。巴菲特说，投资股票真正的秘诀不在市场之内，而在市场之外，所以巴菲特总是把主要精力放在观察他所投资的对象在股市以外的发展和变动上——巴菲特认为这才是股票价值的真正所在。实际上，股票价格的变动对于投资者来说只有一个意义，那就是：当价格大幅下跌后，提供给投资者购买机会；当价格大幅上涨后，提供给投资者出售机会。说到底，股票的波动只不过是提供给了投资者一些交易的时机罢了。股票涨跌的真正玄机，在于股市以外的实体经济，这才是股票价值的决定性因素。所以，在股市这个特定的环境中，必须认识到"本"与"末"的关系，与"市场先生"保持距离。

　　所谓理性地看待股市，就是要求我们意识到自己为什么要持有当前所持有的股票，想通过这只股票达到什么样的目的。这就需要我们之前所说的——冷静的分析，坚定的原则。对于大部分投资者来讲，购买股票的目的只有一个，那就是从中赚取利润。即使你的目的如此单纯，也必须明白股票到底代表了什么，它可能受什么潜在因素的影响，这就叫"理性"。如果，只抱着一颗欲求的心，不动用理性去建立和坚持自己的投资原则，那么，股市对于你来讲也只会是无底深渊而绝非是聚宝盆。所以，不论是小规模的"散户"，还是专业的投资者，都必须以理性的目光审视股市。

　　在巴菲特看来，作为一个投资者，买入股票的最终目标就是谋利，但在这个目标实现以前，无论你买入多少股票，都必须把自己当作是你所投资对象的一个合伙人。在投资者的眼中，投资对象不应该只是一个赚钱的工具，更应该像是一个自己的企业。你拥有了一只股票，你就应该以主人翁的态度努力通过这家企业来实现你的价值和理想，成就你的事业。这个目标应该是你选择一只股票的标准，同时也只有树立了这样一个目标，你才能在股市中以最低的风险获得收益。如果你抱着这种态度去对待你的股票，那你又怎么会因为眼前股市波动所产生的蝇头小利轻易地放弃手中的股票？所有的投资者都希望自己的股票能以几倍、几十倍的速度增长，但是如果没有理性的眼光，坚定的信念，只被眼前利益驱动，那么，这只会是一个梦想。

但是现在的股市上，又有多少股民抱有这种信念？我们看到的更多的是类似于小商小贩的投资者，目光只锁定在大盘的起伏之上，不停地买进卖出，试图从频繁的交易中一夜暴富。可是，谁见过一个小商小贩能取得成功，获得别人难以企及的财富呢？很多的人都在羡慕巴菲特的巨大成功，但还要知道，巴菲特的成功绝非来自急功近利，而是来自长期的理性判断和坚持原则。巴菲特曾经说过："我们的投资重点在于试图寻找那些在通常情况下，未来10年、或者15年、或者20年后的经营状况可以预测的企业。"这句话说明巴菲特是在自己的能力可以预知的范围内进行投资的，那些自己并不了解的区域，巴菲特认为若想对它们作出合理的预判是超出自己能力范围的。巴菲特尚且如此，我们作为一个普通的投资者怎么可以保证自己在完全不了解该行业的情况下就可以作出准确的判断呢？即使我们有勇气去预判，那么这种判断也是不理性的。我们如果不能理性地去看待市场的波动，又怎么能在股市中获利呢？

巴菲特的忠告

一些投资者都持有小商贩心态，这种心态的主要特点就是没有理性地看待市场，看待股票背后企业的状况。他们只能紧盯大盘，随着股市的暂时性波动作出不理性的选择。而股市的指数和股价有的时候就是一个陷阱，在你只看到表面现象的时候往往正一步步踏进这个陷阱，离失败也越来越近。投资者唯有放弃这种小商贩的心态，才能避免目光的短浅，杜绝市场陷阱的诱惑，树立起良好的投资观念，不再去做能力之外的赌博，才能取得投资的成功。

4
目光远大才能战胜市场

> 投资目光是否远大，决定你在市场中能否站稳脚跟。
>
> ——巴菲特

在巴菲特的印象里，他的女儿苏茜也对投资有浓厚的兴趣，但巴菲特总是会像一位循循教导的老师一样给苏茜投资上的忠告。在巴菲特看来，目光远大才能战胜股票市场。

在女儿眼中，父亲巴菲特在选股的时候，往往都是选择那些紧随着世界经济发展的步伐前进或者是持续扩大经营规模、业绩一直看好的优秀企业的股票。

从长远的角度来看，股票的涨跌，往往是以某一地区的经济形势作为重要依据的。这一观点，是英国著名经济学家凯恩斯所提出的。在他看来，股票是最具投资价值的一种工具。世界经济正在迅猛发展，科技的发展也超越了人们的想象范围，当然，受这些因素的影响，各个国家的政策和法律体系也会更加进步，即便是现在还很落后和贫困的国家，也终会有一天富裕并强大起来。

巴菲特虽然对股票投资价值有着比较深刻地理解，可是对于凯恩斯的这一观点，他却是没有任何异议的。他在哥伦比亚商学院毕业以后，就去了父亲所在的那家投资公司做起了股票交易的买卖。在接下来的几十年里，他的投资策略一点一点地展露了出来，由他所作出的投资决策所进行的股票投资，几乎就没有出现过太大的失误。也就是说，他基本上就没有给他的股东造成过多么重大的损失。正是因为如此，才使得他在华尔街名声显耀。

20 世纪 60 年代，受世界经济快速发展的影响，美国的经济也开始迅猛发展。可以说，这一时期的美国有了翻天覆地的变化，如果和以前相比较的话，那简直是旧貌换新颜。这时，作为新兴投资手段的股票，在不知不觉中进入了人们的生活，并且改变了很多人的命运。其中作为先行者的巴菲特，虽然只是股市的研究和探讨者，但他却是非常成功的一个。正是股票投资这一新兴行业，让他很快就富有了起来。因此，他被很多华尔街的投资者称之为"股神"。投资者给巴菲特的这一称谓，除了他作为股票经纪人和资本运营者在股票投资上所取得的骄人佳绩之外，还有很关键的一点，那就是在进行股票投资时，他对所要投资公司未来发展的准确判断。巴菲特所投资的股票，几乎都是美国非常优秀并且增长率很高的企业。可是在当时，他投资这些股票的时候，其他投资人根本就不看好这些股票。因为，其他投资人认为这些股票在短时间内不会有很大的收益，甚至在投资后的 1～2 年之内会出现亏损的现象。但是巴菲特却不惧怕这一点，因为他认为越是这样的股票其上涨的幅度越大，往往在以后的几年或是十几年里，有的股票会上涨 10 倍甚至是 100 倍。可是很多的投资者都因为急功近利而忽略了这样的股票，这些鼠目寸光的投资人只顾着眼前的利益，而看不到那些在将来有着很好发展潜力的股票。可以说，他们的投资行为充其量也只能算作是"投机主义"。所以，这部分股票投资人，往往是从短线投资中赚取一点小钱。

苏茜还能感受到，作为投资大师的父亲在买卖股票的时候，决不会被眼前的蝇头小利所诱惑。假若他对自己持有的股票有足够的信心，即便是这一持股在他所持有的这段时间里出现下跌的情况，他也不会将其抛售。也就是说，巴菲特在投资股票时看待收益问题总是比别的投资人的眼光更长远。

巴菲特曾说："假若一个投资者可以把自己的行为和思想，与股票市场中存在的那些极具感染力的情绪分隔开，保持自己清醒的头脑和良好的商业判断力，那么，他肯定会在股票投资中获得成功。"

巴菲特一旦购买了某一股票，一般情况下，短期之内他是绝不会轻易卖出的。如果他有卖出的行动，那肯定是这一企业有了比较大的人事变动，或者是在经营方面出现了实质性的问题。如若不然，他是不会将其抛出的。实际上，巴菲特一年之内对股票的买卖，只有那么 3～4 次，他大部分的时间都用在了对上市企业的分析研究上。如果一整年都没有合适的投资对象的话，那么，这一整年的时间他就会毫不吝啬地都奉献给分析研究。而当他一旦发现自己所投资的企业透露出了利空的苗头，他便会马上将持股一股不留地抛出。

巴菲特的投资理论是每一个投资者都想掌握的，他的投资策略更是每一个投资者都想效仿的，可是他们却忽略了很关键的一点，那就是巴菲特的远大投资目光。

巴菲特的忠告

记住，最好的投资获利方法就是要放长目光。如果每一个投资者都能把自己的目光放得更长远一点，不要只盯着眼前的利益不放，多关注一些企业的经营或是发展潜能，那么，投资成功的可能性就会大很多。

5

投资要"专情"而不要"花心"

投资人必须谨记，你的投资成绩并非像奥运跳水比赛的方式评分，难度高低并不重要，你正确地投资一家简单易懂而竞争力持续的企业所得到的回报，与你辛苦地分析一家变量不断、复杂难懂的企业可以说是不相上下。

——巴菲特

在对股票的具体选择上，巴菲特所表现出的"专情"也是其投资风格别具一格之处。在一次家庭郊游活动中，巴菲特半开玩笑地对小儿子皮特说："孩子，投资里很多东西与生活几乎是一模一样的。'花心'是不可取的，只有'专一'才能收获真正的'爱情'。"巴菲特声称，在实际投资活动中，他深刻体会到"一个专情的人会比一个多情的人更幸福"。

然而，投资者无一不是为追逐利益而投身市场，要对某只股票保持专情，绝对不是一件容易的事情。但是，巴菲特在股票中却能做到"专情"，只要人们稍微浏览一下巴菲特的投资历程就可以看出这一点：

跨国旅行交易公司——美国运通公司股票，持股 14 年；

美国加州花旗银行，持股 15 年；

吉列公司，持股 17 年；

麦当劳，持股 18 年；

可口可乐，持股 20 年；

《华盛顿邮报》，持股 35 年；

……

这些数据足以说明巴菲特所言非虚。事实上，持有一只股票长达十年以上，对巴菲特来说是很常见的事。而这些事实也无疑表明他确实是一个十分"专情"的投资者。

对优质股票的长期持有，是巴菲特投资的基本理念。他总是致力于在市场中寻找优质的企业，并且在这些公司的股票处于低价位时大量买入，并在预期的范围内长期持有，从而获得长期、稳定且丰厚的利润回报。

在股票市场中，很多投资者没有足够的耐性，认为短线操作的风险较小，而且资金利润回报率更高。但巴菲特却认为这是一种严重的误解。他指出，那些投资者正是由于无法准确把握市场，被市场所左右，而被动地反复购入和卖出，才失去了投资的判断与方向，最终只能以失败告终的。与他们不同，巴菲特从不会为市场上股票价格的飚升和暴跌倍受折磨，以至于弄得自己神魂颠倒、坐卧不安。即使是索罗斯那样的投资大师，也曾因短线操作而蒙受惨重的损失。巴菲特认为投资者都想在短时间内获得暴利的思想无可非议，但是也需要正确认识到其成功的概率和失败的风险。他认为一夜暴富的机会是可遇而不可求的。因此，巴菲特一直建议投资者把目光放在稳健的盈利上，尽可能地避免短线操作带来的高风险和失误，而将更多的时间和精力用在对市场的深入研究和分析上。

在巴菲特的投资活动中，很少有短线操作，基本上都贯彻了他长期投资的原则。无疑，这也是他多年投资实践中总结出的宝贵经验。他曾经用一个生动的比喻来说明长线投资——购买一只股票就像邂逅一位姑娘，随着双方交往，对她的了解也不断深入，这种深刻的感情就会牢牢地印在心里，若在这时抛弃她而去另寻新欢，显然是很不妥当的。

在投资时，巴菲特一旦看准那些极具潜力和升值空间、发展前景良好的优秀企业，就矢志不渝。吉列和可口可乐公司的股票，就是巴菲特在其企业低迷时买入的，并且坚持长期持有。而且，在巴菲特购入麦当劳的股票后，相当长的时间内，麦当劳都业绩平平。但是，巴菲特却看到了麦当劳背后所隐藏的巨大利益——15个美国人中就至少有1人的第一份工作是麦当劳提供的，而且96%的孩子都在麦当劳用餐。不仅如此，该公司还有巨大的发展空间，各地市场的消费潜力还没有深层挖掘，而且还有广阔的海外市场有待扩张。这一切都让巴菲特坚信：麦当劳是具有很大的发展潜力的。因此，他坚持一直持有其股票。到 1997 年，巴菲特所持有的麦当劳股票总价值达到 7 亿 5000 万美元，最初购买的 100 股经历麦当劳的 11 次拆股后变成了 27180 股。对于这种处于成长期的股票，巴菲特一向抱着长期投资的理念，耐心地等待着财富的积累。巴菲特的"专情"，正是由于他认为投资市场也是有规律可循的，而股票市场上的短线投机行为无疑会对发展中的企业造成巨大的伤害——投资者在短期内将股票买空卖空，无疑对企业的成长极为不利。因此，即使持有的股票在一段时期内出现下滑，巴菲特也不会匆忙将其卖出。他投资股票并非只看眼前利益，所以不论市场股价如何动荡也不能动摇他坚持持有优质股票的决心，而持有时间的长短则成为巴菲特衡量自己投资成败的重要依据。

在大多数人看来，一个"专情、恋旧"的人是不适合投身于变幻无常的股票市场的。但是巴菲特这个性格里带着与生俱来的"恋旧"基因的人，却在投资中尽显其个性和魅力。

伯克希尔公司是巴菲特王国的第一块疆土。在他逐渐建立起庞大的金融帝国之后，人们纷纷劝他另外换一套新的投资组合。因为随着时代的变迁，那些以前的公司和外部环境都早已发生了巨大的变化。然而，巴菲特却表现出了令人难以理解的坚持，甚至是固执。直到登上华尔街金融领袖的宝座，成为名扬四海的"股神"，巴菲特都没有对自己原有的一切萌生过丝毫改变的念头——他就是一个如此"专情"的人。

与那些最多看到股票在未来一两年内的收益的投资者迥然不同，巴菲特看重的是在更长的时间内甚至终生的利益。显然，这一点是很多投资者都无法做到的。因为这些投资者缺乏耐性，总是频繁地操作股票。巴菲特则截然不同，很多时候，他在购买股票的同时实际上也肩负起了拯救企业的义务。比如，由于他及时出手购买股票，使得濒临倒闭的美国捷运公司起死回生。即使是连他的老师格雷厄姆都未能挽救的伯克希尔公司、喜斯、政府雇员保险（GELCO）等企业，都因他的投资与支持而再度崛起。由于他在股市中重在"投资"而非"投机"，所以备受市场青睐，很多企业的管理者都对他心存感激，并将他视为挚友。

　　巴菲特在购买《华盛顿邮报》的股票时，还曾经引起该公司股东的恐慌。人们纷纷猜疑他的动机，害怕他的投资实际上是短线投机，甚至别有所图。只有《华盛顿邮报》的总裁凯瑟琳·格雷厄姆一个人对他抱有信任。事实证明，巴菲特兑现了他的承诺——几十年来一直持有该公司的股票，甚至宣称死后还将继续持有。这种长线投资的行为在金融投资领域是极其罕见的。巴菲特能以如此"专情"的方式与自己投资的企业兴衰与共，充分体现了他作为一个真正意义上的投资大师的风范。而该报的总裁凯瑟琳·格雷厄姆女士，也由此成为他一生最亲密的朋友。

　　当可口可乐公司处于低谷时，巴菲特对其投资10亿美元的消息一出，立即使其公司员工、市场广大消费者、投资者信心倍增，极大地改善了其公司内外环境。可口可乐公司的总裁基奥也因此被巴菲特赤诚的心打动，成为他最好的朋友。

　　由此可见，巴菲特是股票市场上真正的投资家，他会与自己投资的企业共历生死患难，以敏锐的目光看到企业的未来，以坚定的信心等待着自己的投资对象逐渐发展成为行业的领袖，立于不败之地，从而实现永恒的效益。可以说，巴菲特的长期投资是为了实现自己和企业都能获利的"双赢"局面。这种大智大勇，是任何一个股票市场上的投机者都难以达到的境界，充分体现了其作为一个投资家的超凡意识和卓绝能力。巴菲特在自己的长期投资活动中所体会到的快乐，并非只是他一个人的快乐。因此，巴菲特得到企业家的钟爱也是合乎情理的。随着时代与社会经济的发展，引导金融市场走向真正的繁荣昌盛的人，必然是像巴菲特那样具有战略性眼光的长期投资者。

　　由此而言，正是巴菲特的"专情"，让他收获了投资市场和人生中的累累硕果。

巴菲特的忠告

股票市场错综复杂，不存在适用于任何情况的万能理论。必须谨记，他人的理论永远只能作为参考，不能单纯地模仿。而目光长远的投资者往往比只看眼前利益的投资者更容易抓住商机。

6

长期现金流是最好的估值方法

> 一只能数到十的马是只了不起的马，却不是了不起的数学家。同样，一家能够合理运用资金的纺织公司是一家了不起的纺织公司，但却不是什么了不起的企业。
>
> ——巴菲特

每当女儿苏茜问及巴菲特有关长期现金流的问题时，巴菲特都会耐心地对其解释道："孩子，所谓长期现金流，就是企业年度报告收益加上折旧等非现金费用以及让企业长期维持良好运营发展状态所必需的各种资本支出的盈余。"

在伯克希尔公司 1986 年的年报中，巴菲特提出了所有者收益的正确计算方法。在这里，他所说的所有者收益，实际上就是在保持企业长期竞争优势的前提下能够向股东自由分配的长期现金流。

以斯考特·费泽公司的收购为例，巴菲特详细说明了为什么真实的所有者收益不能通过 GAAP 计算的净利润来衡量。根据计算方法，所有者收益等于年报收益 A 加上折旧、摊派及其他费用 B，再减去企业为维持其运营与发展所消耗的资本性支出 C。然而，对于资本性支出 C 的具体数额，巴菲特认为其必定只能是一个猜测，甚至还极有可能是一个很难作出的猜测。因此，他认为所有者收益的计算公式不会产生出 GAAP 数值那样具有欺骗性的准确度。但是，对于广大股票投资者来说，与投资价值评估密切相关的正是所有者收益，而并非 GAAP 数据。对此，巴菲特的说法是："我宁可要模糊的正确，也不要精确的错误。"

在这一观点上，巴菲特与凯恩斯可谓不谋而合。

很多企业的管理层都不得不承认这样一个事实：为了在一个较长的时期内保持企业目前的业绩和竞争地位，经营中所需要投入的资本性支出 C 所占的比重往往会超过所消耗的费用 B。无疑，这对投资者来说是一个令人沮丧的消息。因为如果这种增加资本性投入的必要性确实存在，也就是说 C 的数额超过了 B，那么 CAAP 的收益数值就会虚高于实际的所有者收益。事实上，这种情况在目前的石油行业表现得尤为显著——如果大部分石油业企业每年仅支出 B 部分的费用而并不增加 C 部分的资本性投入，那么其业绩和竞争力必定会出现大幅度的萎缩。

因此，巴菲特在年报中写道："华尔街的股票销售手册中通常出现的'现金流'数据都是无稽之谈。因为这些数据仅仅是例行公事地将年报收益 A 加上年总费用支出 B，而并没有扣除可持续发展所需的资本性投入 C。在这些华丽的数据的包装下，上市企业就是一座永恒的金字塔，永远具备最先进的生产和运营管理，从不需要任何的更新、改善或调整。然而，事实上，如果全美国的上市公司销售手册上的数据的确属实的话，那么美国政府每年用于更新设备与厂房的支出预算就能缩减 90%。"

不过，巴菲特也特别指出，对于从事房地产开发、长期能源开采、桥梁等基础设施建设以及其他诸如此类的初始投资巨大而后续支出很小的企业而言，"现金流"也不失为一种反映收益能力的有效数据。然而，对于制造、零售、服务以及公共事业等行业来讲，"现金流"的数值不具备丝毫的实质性意义。因为对这些行业的企业来讲，可持续发展的资本性投入 C 是一个非常庞大的数据。在短期的一两年之内，这些企业或许能够延迟其资本支出，但是在 5 年或 10 年的长期规划中，资本支出必不可少，否则将无法维持其正常的运营。

因此，巴菲特提醒投资者，在对投资对象的偿债能力和所有者权益进行评估时，切勿只将收益 A 与费用 B 相加而忽略了减去资本性支出 C，否则一定会引起价值评估的重大偏差而导致投资策略的失误。

然而，可持续发展所必需的资本性支出 C，却是一个很难估计的数字。对此，巴菲特提出了自己的看法。他在年报中写道："在这一点上，我们可以认为，以历史成本为基础的运营费用 B，在数额上相当接近于可持续发展所需要的资本支出 C，特别是在其他收购价格与摊销费用排除在外的前提下。因此，我们的报告中企业的收益不是 GAAP 数值，而是更加接近于所有者收益的数据。"

财务数据历来被众多投资专家称为"企业的语言"，因为它们能帮助投资者更好地对企业价值进行评估或者追踪其发展情况。尽管这些数据也确实是基于对企业进行价值评估的出发点而存在的，然而巴菲特却拒绝迷信这些会计数据。在他看来，财务数据统计的作用仅限于帮助经营思考，而不能取代经营思考。事实上，他一贯坚持着这样的看法：会计师的工作只是如实地记录一些数据，而不是对企业价值进行评估。对企业价值作出正确的评估是投资者和经理人的工作。

巴 菲 特 的 忠 告

数据虽然很直观，但仅仅是作为工作的参考，而不能全面地反映出企业的真实价值。相比之下，长期的现金流绝对是评估价值最可靠也是最不可或缺的方法之一，借助这一方法，往往能在投资时做到心里有数。

忠告五

Warren Buffett

To the children

10 Investment Advice

如果你走在错误的路上，奔跑也没有用

1

稳、准、狠的投资策略

> 很多事情做起来都会有利可图，但是你必须坚持只做那些自己能
> 力范围内的事情，因为我们没有任何办法击倒泰森。
>
> ——巴菲特

巴菲特在决定向保险业进军以后，就开始着手筹备。在 70 年代初他就收购了国内多家保险公司。因为当时持续的通货膨胀使得美国经济进入"滞涨"时期，保险业的前景也不乐观，所以很多小型的保险公司濒临破产。巴菲特刚刚转向投资保险业，本来想在这一领域大显身手，却遇到了前所未有的困难。但是巴菲特并没有因此而消沉，相反，他认为这个阶段正是他投资的好机会。因为他从没有一丝生气的股市中找到了很多很便宜的股票，而且他决定要购买这些公司的股票。

巴菲特发现，市场上能够满足他的购买条件的企业有很多，但是资金的匮乏却成了他最大的障碍。在投资过程中，巴菲特经常会因为资金问题感到力不从心。后来巴菲特想到了融资，即他想通过融资来筹措资金——在他的观念中，小额融资可以控制多数资产。

接下来，巴菲特开始了他的融资计划。70 年代的芝加哥商业交易所还没有被授予进行期货交易的权利，虽然国会已经将其列入计划之中，但是久久没有得到实施。为此，巴菲特还曾经特地给主管这个计划的国会监督与调查小组主席丁格尔写了一封信："我们的国家不需要更多人在股市中进行赌博，也不需要更多交易经纪人，我们需要的是重视公司前景，善于做长期投资的投资者

与投资顾问，我们需要具备投资智能的投资基金，而非杠杆交易的市场赌博。在资本市场上，活跃的赌博行为会使市场失去理性，资金的调节作用无法发挥出来。"

巴菲特的这封信，向国会阐明了开设自由平等交易市场的重要性。投资市场不是投机市场，如果想要规范金融市场上的交易，就必须培养能够做好长期投资的顾问和经纪人。

1971年，巴菲特在积极筹资的同时，发现了蓝筹印花公司，并对其产生了兴趣，于是他决定利用有限的资金尽快把这家公司买下。

蓝筹印花公司主要是管理超市和加油站的赠券兑现业务。公司为超市和加油站提供相关赠券，超市和加油站则付给公司与赠券金额相等的现金。另外，蓝筹印花公司还可以从那些收到赠券的客户手中收取一定的费用，消费者可以通过购买这些超市或这些加油站的商品来获得赠券，换取相应的商品。

蓝筹公司是一家不太规范的保险公司，每年的利润也不是十分的丰厚，出售给零售商的赠券盈利只有1.2亿美元。当时，巴菲特看中这家公司并不在于其规模和盈利能力，其实真正吸引他的是这家公司能够立即兑换现金。据说，不是每一个消费者在拿到赠券后都能够来兑换商品，这家公司未兑现的赠券金额达6000万美元，而巴菲特也刚好需要这笔现金做其他的投资，于是他开始陆续购进蓝筹印花公司的股票，并与朋友查理·芒格一起接管了投资委员会，控制了这家公司。

在收购这家公司之前，巴菲特找查理·芒格一起商量具体的事宜。因为他们既是好朋友，又是事业上的合作伙伴。查理·芒格是一位律师，在许多收购活动中，巴菲特都用芒格做自己的律师。在巴菲特的帮助下，芒格也建立了自己的投资合伙公司——韦勒门格公司。1971年他与巴菲特一起购买了蓝筹印花的股票，日后他成为继巴菲特之后的蓝筹印花最大拥有者。

第二年，巴菲特利用这笔资金购买了喜斯糖果公司。这个公司拥有1000万美元的资产，而巴菲特却以2500万美元的高价将其买下。这是因为他看到了这家位于西海岸的糖果公司令人称赞的品牌效应——全国的糖果供应以及每年圣诞节的巧克力糖果大部分都是来自这家公司。

1920 年，喜斯在加利福尼亚州投资创立了喜斯糖果公司。当时全国只有加州有几家分店，平时喜斯就是靠一辆小汽车为顾客送货。如果客户需要的货较多，他就在车身旁边加挂一节车厢。在喜斯的勤奋经营下，喜斯糖果公司不断地发展壮大，拥有了洛杉矶和旧金山两大中央厨房，除了制造巧克力和核桃串、花生串、牛奶块、焦糖片和牛奶樱桃等甜点外，还有了自己的名牌产品——白色糖果（这是他招牌式的糖果）。

喜斯糖果公司每年的销售旺季主要集中在冬天，尤其是每年的圣诞节和感恩节，喜斯公司都要展开疯狂的促销活动，三分之二的巧克力都是在这些节日前夕卖出的，而且公司的收入也集中在这个时候，90% 的利润来自欢庆节日中的人们。喜斯糖果公司的服务周到，有送货上门的特别服务，连美国国会官员都喜欢把喜斯糖果作为圣诞礼物赠给家人和朋友。

在 20 世纪 60 年代末至 70 年代初，美国的政治经济出现了动荡，这在一定程度上也影响到了喜斯糖果公司的经营。

1969 年是美国政治经济的一个重大的转折时期。政治上，尼克松上台就任总统，致力于改变对外关系；经济上，由于越南战争耗资巨大，所以财政赤字逐步地扩大，通胀不断，国际贸易收支失衡，美元在世界的统治地位开始动摇，美元危机出现。

到 70 年代，美国出现了自 19 世纪末以来的第一次外贸逆差，再加上美国国际收支赤字的不断上升，美元贬值，世界各国和地区纷纷把美元储备兑换成黄金。此外，西方金融市场的投机商也趁机抛出美元，购进正在上升的黄金。至此，美元危机终于发生了。1971 年，尼克松总统宣布提高黄金价格（每盎司黄金兑换 35 美元），增加工业产品进口附加税，实行美元贬值。当年的 12 月黄金兑换美元价格一度提高到 38 美元，美元贬值 7.8%。1973 年，是美元危机最严重的一年，美元又一次贬值 10%。

在这场经济危机之中，美国的经济受到重创，工业萧条，工厂倒闭。当然，喜斯糖果公司也不例外，其利润直线下滑，经营状况也开始令人担忧。1972 年，喜斯糖果公司的资产账面价值只有 800 万美元。

在孩子们眼中，父亲巴菲特的过人之处就是能在别人失望的时候看到希望。因而，在喜斯糖果公司危机四伏的时候他愿意出高价收购喜斯糖果公司。在巴菲特看来喜斯糖果的良好信誉是一笔可贵的财富，一般的投资人投资一家企业可能以眼前的利益为主，但巴菲特更看重公司的无形资产。在别人看来，投资喜斯糖果公司是违背巴菲特购买企业一般原则的。而他的儿子霍华德·巴菲特却认为他的父亲是最聪明的人，所以在他看来最富有智慧的父亲做出的决定一定是有道理的。

　　大多数投资人在决定投资一家企业前，都会看这个公司的财务报表以及业绩、年利润，但是在巴菲特眼中这仅仅只是资产账面价值的一部分，如果依靠这个标准来评断一个企业的发展潜力，是很片面的。在巴菲特看来，良好的信誉是一个内涵更深广的科目，是一个公司的内在价值的主要体现。喜斯糖果公司每年的税后利润达 200 万美元，这些利润仅是资产账面价值的 25%，又因为公司一直以来都没有负债，所以实际利润要远超过平均权益资本的收益率。巴菲特认为，这一高收益并不是糖果公司账面上的厂房和设备带来的，而是它的良好声誉所创造的。一家公司良好的品牌就是企业最大的核心竞争力，这个竞争力是不会随着经济形势的衰退而改变的。只要喜斯糖果公司能够保持这个声誉，就会持续产生高效益，反过来也会促进经营信用的稳定，这才是巴菲特所看重的。

　　巴菲特认为在通货膨胀期间，经济信用本身的价值会随着通货膨胀的上升而上涨，信用越好的企业发展空间越大。只有把企业信用的最大化与投入资本的最小化结合起来，管理层才能够增加红利并有回购股票的可能。

　　一次，巴菲特去听有关白糖期货的课时戴着标有喜斯公司标志的帽子，在场的很多人都不解是什么意思，他说其实他是想在探索生产糖果的各个细节的同时，加强喜斯公司良好的声誉。

　　他对在场的人说："也许，法国八英亩葡萄园里的葡萄是全世界最好的。但是，真正尝试过的人很少，90% 的是靠人嘴说出来的，只有 10% 是靠嘴喝出来的。但是，为什么法国的葡萄酒可以享誉全世界呢？因为它拥有良好的声誉，商业声誉可以让很多不了解它的人接受它。"

　　正是因为巴菲特很好地利用了喜斯糖果公司的信用价值，所以喜斯糖果后来有了大的发展。1982 年，喜斯糖果在全国的分店多达 225 家，当有人提出想以 1.25 亿美元的高价收购喜斯糖果时，被巴菲特一口拒绝。

在购买喜斯糖果公司取得一定的成就之后，巴菲特拜访了他的恩师本杰明·格雷厄姆。格雷厄姆被认为是金融分析的鼻祖，虽然他一生在投资方面都很谨慎，但是却培养出了很多伟大的投资家。在这些人中，他认为巴菲特是他最得意的门生。当年 19 岁的巴菲特是他 20 个研究生中年纪最小的一个，也是最聪明的一个。巴菲特正是在格雷厄姆的引导下，才一步步成长为现在的投资天才的。

政府雇员保险公司（CEICO）是一个老牌的保险公司，20 世纪 70 年代，由于新管理层出现的严重失误，导致公司经营陷入了困境。巴菲特想收购这家公司，所以来拜访恩师。因为格雷厄姆曾是这个公司的主席。

80 多岁的格雷厄姆退出 CEICO 公司以后，一直过着宁静朴素的生活，不再涉足投资事业。

巴菲特一走进恩师的大门，格雷厄姆就知道他为什么事情而来，所以巴菲特也就直截了当地告诉恩师自己想大规模地投资 CEICO 公司，恳求恩师能提出宝贵意见。

格雷厄姆知道自己的学生在投资界已经闯出了自己的一片天地，无须再告诉他什么。只是问："你认为目前的情况是最恰当的购买时机吗？"

巴菲特回答说："CEICO 公司目前正被经营不善困扰，如果管理能够得到改进的话公司还是有很大的发展潜力的。我认为现在机会正合适，更重要的是，我想跟随您的脚步，拯救您曾经任职过的公司。"

格雷厄姆也想到了 CEICO 公司的处境：在担任主席期间，看着它从一家小公司，在十几年间一跃成为美国最大的汽车保险公司之一，曾经创下每股 42 美元的纪录。但是，进入 70 年代以来，公司业绩和股价一步步地下滑，1974 年公司的股票每股只有 4 美元，1975 年亏损高达 1.26 亿美元，几乎濒临破产。这个时候巴菲特接手这个公司，也许能够改变公司的现状。

巴菲特说自己对这个公司的运营套路还是比较熟悉的，因为当年刚从哥伦比亚大学毕业时，曾经推销过这个公司的股票。

老人满意地点点头，说："干吧，孩子，谢谢你！"

巴菲特出手为自己买下了 50 万股 CEICO 的股票。但是，由于公司管理层管理不力的问题没有得到真正的解决，所以公司的股票依然惨跌，到 1976 年甚至跌到了每股 2 美元。巴菲特在随后的 5 年里，不断地增加手中持有的股票，总共向 CEICO 公司投资了约 4570 万美元。终于，他控制了这家公司，并且对公司的管理层进行了大整顿。在 CEICO 公司董事会上，原总裁约翰·丁被解雇，新上任的伯恩对公司进行改革，精简机构和大力裁员，在全国范围内，先后关闭多家办事机构，裁员人数达到了公司总人数的 50%。

巴菲特觉得，这些改革措施只能在短期内扶持公司的发展，但是从长远角度来看，必须找出公司濒临倒闭的根本原因，然后制定具体的运营措施。

20 世纪 70 年代中后期，如果在法庭诉讼中原告获胜，保险公司往往必须支付巨额的赔偿费，而且这一费用还在以惊人的速度增长，再加上其他的赔偿费用和开销，保险公司经营成本每月就要增加 1 个百分点。有些公司不愿意失去市场份额，宁愿以低于经营成本的价格出售保单，长此以往，公司的保险费率大大下降。而 GEICO 公司也因为这个原因损失了很多钱。

巴菲特清醒地认识到，要想拯救 GEICO 公司，必须坚持低成本运营。巴菲特和 GEICO 的新任最高决策者伯恩进行了很长时间的谈话，并达成共识——公司日后在面对客户方面会更具有选择性，尽量减少公司的成本开支。接下来，伯恩计划发行 7600 万美元的优先股为公司补充资金，巴菲特则决定再次买进 25% 的股份。

巴菲特成本优势的管理方法是很有效的，公司的盈利能力逐渐得到恢复，成为"一个正在渡过一段困难时期的伟大的企业"。

在共同拯救 GEICO 公司的过程中，巴菲特多次冒着失败的危险为公司注资，这使得伯恩对巴菲特产生了无限的敬佩之情。他们不仅成为了长期的合作伙伴，而且建立了深厚的友谊。

使伯恩没有想到的是，在追加 7600 万美元的资金后，短短 6 个月，GEICO 公司就脱离了危险，股价由每股 2 美元多上升到了每股 8.125 美元。此后，巴菲特又把在 GEICO 公司的投资份额翻了一倍，逐步成为了具有真正控制权的投资者。

巴菲特成功拯救了 GEICO 公司，完成了恩师格雷厄姆的心愿。但令人遗憾的是格雷厄姆这位投资大师于 1976 年 9 月逝世，并没有看到这一时刻。

就巴菲特巨额投资 GEICO 公司这一事件，评论界拿这师徒两个展开了比较，纷纷称赞巴菲特的投资理念要高于格雷厄姆，但巴菲特始终坚持自己只是老师的追随着。在恩师去世之后，他很痛心地说："我最成功的事情都来自于格雷厄姆，是我选对了英雄人物！"

巴菲特不断地投资，使得伯克希尔·哈撒韦公司已经不仅仅局限于保险业，而是一个包括糖果、纺织、零售、保险、银行、出版以及证券等多种业务的企业王国。20 世纪 80 年代初，伯克希尔·哈撒韦旗下的控股公司超过 500 万美元的企业就达 18 家。除了能源、科技和公用事业之外，巴菲特几乎持有所有企业的股票。在华尔街上那些金融大亨眼中，巴菲特成了投资魔术师。

巴 菲 特 的 忠 告

想要在投资市场中打胜仗，必须要培养自身稳准狠的特性，因为这不仅能让自己在投资市场中立于不败之地，还可以获取到令人满意的投资回报。

2

风险来自于你不知道自己在做什么

> 风险来自于你不知道自己在做些什么。股市像上帝一样，会帮助自助的人，但和上帝不同的是，它绝不会宽恕那些不懂自己在做什么的人。
>
> ——巴菲特

Warren Buffett
巴菲特写给子女的**10**个投资忠告

巴菲特在一次午餐中回答了小儿子皮特提出的如何投资的问题，他缓缓地说道："孩子，投资最重要的是要认清什么问题对自己最重要，风险是来自于不知道自己在做什么。"然后巴菲特拍了拍小儿子皮特的肩膀，继续说："在投资以前，首先应该学习投资的知识，然后再开始投资，要正确了解风险与利益的关系，不能盲目入市。"

巴菲特认为，在投资领域里，投资者往往会看不清什么是对自己最重要的。当股市上涨时，大多数投资者都会蜂拥而入，大肆买入股票；而一旦股市开始下跌时，大多数投资者又都会选择马上撤离市场。遇事慌乱是短期投资者最容易犯的错误，所以巴菲特提出了投资者必须坚持长期投资的理念。

在坚持长期投资的前提条件下，投资者应该认清自己所投资的并不是股票本身，而是要将股票背后的上市公司当做投资对象。所以，作为长期投资者来说，首先应该将自己当做公司的管理者，去深入地分析所投资的公司的经营状况，并了解该公司内部的管理制度。假如投资者在不了解上市公司的实际情况下作出投资决策，那么很可能会被股价波动的假象所迷惑而造成不可弥补的损失。

巴菲特认为，一个公司的经营策略是否发挥得当，不但可以影响公司的持久收益率，还会影响该公司的股票价格。如果这家上市公司所选择投资的行业能被广大消费者和投资者看好，那么这项投资不仅可以为该公司带来长期不断的回报，还能刺激股价的上涨；反之，若这家上市公司准备投资一些高耗能或高污染的行业，那么必定会引起消费者和投资者的反感，甚至会遭受政府的限制或制裁。因此，投资者在选择投资对象的时候，应该谨慎对待。尽管投资者不可能马上掌握所有的投资知识，但是至少可以做到不贸然购买股票。当面对那些经营策略发挥不当的公司时，投资者应该意识到一点：如果该公司未来可能受到政府的限制或制裁，那么该公司的股票价格上涨的潜力是很小的，而投资者也不能获得丰厚的回报。

此外，巴菲特还认为，上市公司的管理结构也会影响该公司的盈利水平，甚至最终动摇公司的股价。因此，投资者在选择股票时也应该深入了解公司的管理结构是否完善。投资者首先可以从该公司的主要管理者入手，分析他们的个人素质和经营能力如何。如果发现这家公司的管理方面存在许多漏洞，那么很可能会影响公司的正常运作。比如无法及时收回账款，或者出现内部员工损害公司利益的现象。这些因素足以削弱该公司的盈利水平，影响投资者最终的收益。因此，巴菲特一再向投资者强调，选择一家管理结构良好的公司才是投资者最应该做的事情。否则，即使选择的公司所处的行业是热门行业，并且产品的竞争力也不错，但该公司的丰厚盈利却不能使投资者受益，那么投资者是无法在该公司股票价格上涨的时候获得相应的回报的。

投资者在选择投资对象的时候，可以从这几个方面考虑：首先，要考虑上市公司的盈利能力与未来的盈利情况，因为这是决定该公司股票未来的价格波动的关键因素。其次，要考虑上市公司的主要管理人员的变化情况，因为一个公司管理层是影响股票价格变化的主要因素。再次，要考虑上市公司的未来投资方向和重大并购计划的实施，因为这会造成该公司股票暂时的波动。最后，要考虑上市公司每个季度的财务报表所反映的问题。投资者在研究该公司的财务报表时，不仅要关注投资盈利的变化，还应该从中发现一些不容易被察觉的漏洞。

作为股坛神话的巴菲特凭借他多年的投资经验，成功规避了一次次的投资风险。从他丰硕的战绩中可以明显地了解到，能准确掌握上市公司经营状况的投资者，往往比一些对上市公司一无所知、盲目购买股票的投资者更能获得高收益。当股票市场处于萧瑟时，对上市公司了如指掌的投资者大多能够大赚一笔，也能避免市场的突然低迷而造成的损失。而那些手中没有充足信息的投资者大多只能跟随潮流而走，造成不可估计的损失。当股票市场大好时，那些对上市公司一无所知的投资者也可以获得不错的收益，但是信息充足的投资者却可以获得比一无所知的投资者高出几倍的收益。

实际上，投资者要想做到对上市公司了如指掌并不一定要花费大量的时间，只要能够做到经常关注上市公司的相关报道和财务报表，从平时的生活中去了解该公司的产品销售状况，经常翻阅上市公司的企业杂志，从上市公司的内部人员身上获得信息，或者通过电话咨询的方式去了解这家公司的相关信息，便能逐渐掌握上市公司的真实情况。

"爸爸，您说要从细节中了解投资对象的现状，可以告诉我具体应该怎么做吗？"皮特又提出了自己的疑问。巴菲特放下手中的刀叉，然后笑着说道："只要留心平时的生活细节，多思考、多研究就能掌握许多投资信息。"

巴菲特告诉在场的投资者们，在平时的生活体验当中也可以考察上市公司的经营状况。如果平时喜欢购物的投资者可以将不同超市的服务质量进行比较，了解哪些公司的产品能够受到消费者的认可，那么从这些生活小事的积累当中，投资者就可以很容易发现一些具有市场价值的股票；如果平时喜欢看电视的投资者可以了解一下哪个频道的收视率最高，寻找一些竞争能力和创新能力比较强的电视台，这样就可以轻松地了解那些电视公司的发展前景。但是，巴菲特提醒投资者不能只从公开的渠道去了解上市公司的经营状况，也可以从一些非正式的渠道去了解该公司更深层次的情况。这样做的目的是为了避免遭受不必要的损失，并且获得意料之外的收益。此外，投资者还可以从该公司的内部员工入手，多与他们进行沟通，从侧面了解这家上市公司的真实情况。这样，在信息还未对外发布的时候，投资者能够提前作出正确的决策，从而避免投资的风险。

巴菲特的忠告

　　投资当中的风险并不是存在于股市的走向，而是来自于投资者无法认清什么才是对自己最重要的。因为不知道自己在做什么，也就无从下手，这样的投资者往往会因为缺乏信息而损失惨重。投资者在决定涉足投资领域之前，应正确认识风险的来源，将上市公司的实际情况当作最重要的考察对象。毕竟只有掌握足够的信息才能事半功倍。

3

鸵鸟心态害死人

> 我们花了很多年时间做同一件事情，而且今后我们还要花上数年时间继续做着同一件事情。如果我们不是急性子，我们不会对此感到不高兴；如果我们没有取得任何进展，我们才会不高兴。
>
> ——巴菲特

皮特拿起桌上的汤勺，喝了一口汤，然后问道："在投资过程中，我也很是小心翼翼地，可是依然会出现投资失误，您说我应该怎么办？是继续持有？还是及时退出？"

巴菲特用餐巾擦了擦嘴，笑着说："孩子，你所说的情况其实是一种投资者普遍存在的鸵鸟心态，在实际的操作中，你一定要记住，鸵鸟心态害死人。"

巴菲特认为，投资者在面对熊市或者做了错误的决策时，大多会选择逃避现实。因为恐惧往往会使他们产生"鸵鸟心态"。

当鸵鸟遭到外部攻击时，会迅速地将头埋进沙堆里，以为看不见就安全了。所谓的"鸵鸟心态"，其实是投资者因为恐惧而不愿接受现实、不敢正视问题的懦弱表现。在投资领域中，大多数的投资者都会产生"鸵鸟心态"，而股票市场里"鸵鸟心态"的人更是比比皆是。具有这种心态的投资者常常会说："反正还有那么多人没撤，我怕什么？"或者"股价已经跌了这么多，怎样都是赔，还不如不抛，也许股价还会回升！"显然，绝大多数投资者在面对风险时，常常会采取眼不见为净的方法。

　　具有"鸵鸟心态"的投资者大多既不敢在牛市中乘胜追击，也不敢在熊市里快刀斩乱麻。当手中持有的股票被牢牢套住时他们往往会死咬着不放，不愿想办法止损，甚至有的投资者干脆对股市不闻不问，采取逃避的方式。此外，这部分投资者不但不关心股市的变化，适当调整仓位的结构，而且也不翻阅股票的书籍，学习股票的知识，提升投资技巧。可以看出，"鸵鸟心态"的投资者只会采取原地等待的方式。或许他们根本不清楚为什么会盈利，也不明白为什么会亏损。

　　在股票价格下跌时，投资者经常会因为手中持有的股票被套牢得比较深，因而不愿减仓。显然，这是十分典型的"鸵鸟心态"。其实，减仓与套牢程度的深浅并没有绝对的联系。但是，如果投资者意识到仓位配置不当，或者某些股票还存在继续下跌的可能，那么适当减仓是必须的。那些在股票价格持续下跌时像"鸵鸟"一样逃避现实的投资者，只会陷入更加困难的局面，损失也会更加严重。

　　在投资生涯中，巴菲特也曾遭受过失败，但是他总是能够将损失降到最低点。他一次次成功地规避风险，在其他投资者追问其中的原因时，巴菲特只是淡淡地笑着说："在任何时候，投资者必须先弄清事实的真相，然后更重要的是要勇于承担风险，积极面对现实，逃避并不是解决问题的最佳办法。"巴菲特告诫投资者，为了弄清事实的真相应该尽量远离市场。毕竟只有将自己置身事外，才能冷静地做出决策。

　　面对股票市场的大幅波动，巴菲特总是泰然自若地做出决策，他愿意面对现实的考验，在投资中遇到问题他从不采取回避的方式。因为他有勇气面对一切问题。巴菲特认为，面对不利的市场形势，投资者最明智的办法就是保存自己的实力，在适当的时候反败为胜。因此，在股票投资中掌握进退的时机是关键。那么，这就需要投资者必须保持清醒的头脑，才能明智地做出判断。即便是手中持有大量的股票，但是应该减仓时还是要及时退出市场，否则损失可能更加严重，甚至血本无归。

　　虽然这些道理听上去十分简单，任何投资者都能明白，但是又有多少投资者真正做得到呢？贪婪和恐惧是投资者的天性，尤其是在股票价格时涨时跌的时候，因为对利益不休止地贪婪，使大部分的投资者失去了理性，导致出现了追涨杀跌的现象。而当投资者的贪婪心理占上风时，他们往往不会考虑到市场将来的走向，看不清股市存在的漏洞。大部分投资者为了挽回损失，受不了利益的诱惑，当股票市场形势不利时还继续留恋其中，不愿放手。假如赢了，为了继续获得更多的利益，他们依然不舍得退出市场；假如输了，为了赢回损失的利益，他们更加不会撤出股市。因此，当错误继续加深时，最后的结果只能是溃不成军。

在承担风险的问题上，巴菲特从来都不会刻意逃避，他总是会采取积极的态度规避风险。这位投资领域的大师，华尔街所有投资者崇拜的"股神"巴菲特一再向后辈们强调：鸵鸟心态害死人。只有勇敢面对现实的投资者，才能成为出色的投资专家。当然，面对现实也就意味着要学会后退一步。尽管面对现实需要很大的勇气，但若一味逃避结果将会一发不可收拾。在年轻的时候，巴菲特曾建立过自己的合伙人有限公司，但是他却在辉煌的时候将手中的股票全部抛售，并将公司解散。当时所有的合伙人以及巴菲特的亲人都认为他疯了，但巴菲特的解释是熊市即将到来。可他的合伙人和亲人却认为股市前景正一片灿烂，并认为巴菲特的举动纯属愚蠢。但巴菲特坚决地表示自己不会再购买任何一只股票，并告诫他们也不要再去购买股票。可是被利益冲昏头脑的人根本无法相信巴菲特的话，他们照样大量购买股票，希望从中获得更多的收益。

后来，事实证明了巴菲特的预测，就在巴菲特解散合伙人有限公司三年后，股票市场经历了几十年以来最严重的打击。1973年股市的惨淡局面，使许多短期投资者看到了曙光，但是巴菲特并不欣赏这种投资手法，于是他决定暂时退出市场。面对利益的诱惑，及时退出市场不是所有人都能够做得到的，所以巴菲特的勇气让所有投资者都很佩服。巴菲特承认，有时候撤离市场是需要很大的控制能力的，但是他从不会固守错误，当他意识到风险时，他会想尽一切办法将风险降到最低点。他清楚地知道，逃避并不是解决问题的办法，只有正视问题才能降低损失。如果一个投资者在遇到问题时总是选择逃避，最后终将一事无成。

在股票投资过程中，那些具有鸵鸟心态的投资者只会一味逃避问题，没有承担责任的勇气。尽管在平时他们谈论股票时头头是道，但是在实际的操作中却瞻前顾后。这样的投资者在遇到挫折或者困难时，总是消极应对。在实际的生活当中，投资者所承受的压力是巨大的。造成"鸵鸟心态"的原因，是投资者一直停留在曾经偶尔成功的投资上面，无法适应变化莫测的股票市场，因此他们总是屡屡碰壁。通常，具有鸵鸟心态的投资者一边努力承受着一次次失败，一边又不愿相信那些新的投资理念和技巧，对新的操盘策略和交易系统等充耳不闻，没有学习和研究新事物的勇气。但毕竟社会是在不断进步和发展的，而且投资市场也会衍生许多新的事物，因此没有勇气改变投资思维和方式的投资者，将会遭受更多的失败。

巴菲特的忠告

其实，鸵鸟也有两条发达的长腿，奔跑起来也相当敏捷，当受到敌人攻击时，如果不坐以待毙是完全能够摆脱敌人的攻击的。投资者一定要克服鸵鸟心态，毕竟在股票市场中可以挽救局面的只有投资者自己。所以投资者要不断学习新的事物，提升自身的投资能力，这样才能在股票市场中成功地化解风险，获得最大的投资收益。

4

如果你走在错误的路上，奔跑也没有用

华尔街靠的是用不断地交易来赚钱，你靠的是频繁地买进卖出而赚钱。这间屋子里的每个人，每天互相交易你们所拥有的股票，到最后所有人都会破产，而所有钱财都进了经纪公司的腰包。相反，如果你们像一般企业那样，50年岿然不动，到最后你赚得不亦乐乎，而你的经纪公司只好破产。

——巴菲特

在一次家庭午餐会上，小儿子皮特向巴菲特提出了这样一个问题："爸爸，是不是只要勇敢地面对自己的错误，就能够保证投资成功呢？"巴菲特举起手中的白兰地，喝了一小口，然后看着皮特说："不！孩子，你一定要记住，如果你走在错误的路上，奔跑也没有用。因此，你还应该学会止损。"

巴菲特曾经做过这样的计算：若投资者花费了1美元用于投资，但是结果却亏了50美分，那么手中的本金将会剩下一半。为了赢回损失的本金，投资者必须取得百分之百的收益，否则将无法弥补损失的50美分。因此，巴菲特一再向投资者强调：学会止损是股票投资的第一课。

大部分投资者都清楚股票市场的投资风险是最大的，没有人能够确定自己购买的每一只股票都稳赚不赔。可是，如果真的赔钱了怎么办呢？对于这个问题，巴菲特表示一定要立刻采取止损的措施。顾名思义，止损就是投资者控制损失的意思。这个词使部分股票投资者十分反感，而他们也许会因为反感这个词而不愿意实施止损措施，但是这样固执己见的后果无疑是增加了自己投资的

风险。对于投资者来说，尽管投资中出现的错误看起来极为微小，但它却往往能毁灭投资者之前所做的所有努力。因此，认真实施止损措施是确保投资者基本利益的重要法则。

在投资领域中，存在着大批专业的投机者，他们不但有精湛的分析技术，还曾在投资中取得过许多成功。不过，他们往往因为过分的自信，不愿采取止损措施，结果一次的失误酿成了毁灭性的损失——所有的资产一夜化为乌有。这样的情况在股票市场中是不足为奇的，几乎每天都会上演这样的悲剧。

其实，有很多普通投资者也会犯与之相同的错误——他们都会选择在盈利后退出市场，可是几乎没有人采取止损措施赢回本金再撤离市场。像这样的投资者一般是抱着一夜致富的心理进入股市的，因此很少会去关心股市的风险。这种情况导致的结果是，一旦股价到达止损位置后，投资者就方寸大乱，不知道应该怎样决策。有的投资者将止损位置不断更改；有的投资者干脆放手一搏，继续加仓，希望通过孤注一掷的方式挽救不利的局面；有的投资者当发现股价持续下跌时，干脆采取逃避现实的态度，对股市不闻不问，任其手中的股票自生自灭。其实，这些投资者心里十分清楚股市大盘将会保持不断下跌的趋势，虽然他们手中的股票也纷纷下跌，可是侥幸心理驱使他们相信在不久以后股市将会出现回升的可能。然而，在漫长的等待中看不到回升的希望时，他们却又因为不愿亏本抛售而继续留恋于股票市场。这样的投资者往往看不到手中所持有的股票价格已经在漫长的等待中渐渐缩水。原本只需采取止损措施便能降低损失，但是却因为投资者固守错误、漫无目的等待而致使自己越亏越大。

像这样的投资者大概从不曾了解世界上最伟大的投资大师都会遵循一个简单而有效的投资法则——"鳄鱼法则"。这个法则是由鳄鱼的吞噬方式而衍生出来：如果猎物越用力挣扎，那么鳄鱼的捕获会更容易。当人们在沼泽中行走时，不小心被鳄鱼咬住了脚，它并不会立刻咬断这只脚，而是静静观察人们的反应。假如人们试图用手扳开鳄鱼的嘴，那么鳄鱼一定会迅速咬住人们的手和脚，一旦人们用力挣扎只会使鳄鱼咬得更深。因此，在这种情况下，为了保住生命人们能够做得就是牺牲那只脚。对于投资者来说，"鳄鱼法则"的具体含义是：当发现自己的错误时，立刻撤离市场是唯一的方法。不需要任何的借口、侥幸心理、冠冕堂皇的理由或采取其他的方式。

巴菲特还告诉皮特，要学会科学止损，只有运用科学的方法才能成功止损。巴菲特认为，科学止损的目的是：既能成功规避风险，还能保护本金，从而为自己留下后路，保存实力。

他还引用了这样一个例子向投资者说明止损的重要性：有两个投资者，其中一位投资者的分析准确率大约为40%，而另一个投资者的分析准确率大约为80%，那么谁能在股票市场生存的时间更久呢？也许所有人都会选择后者，但事实却并非如此。假如没有采取科学的止损措施，无法掌握控制风险的方法，往往后者的生命力会弱于前者。

假设他们都投入了10万元，前者能将风险控制在2%，在10次的交易当中，他盈利的次数为4次，亏损为6次，总共6次损失为1.2万。而后者只能将风险控制在20%，在10次交易当中，他盈利的次数为8次，亏损为2次，但总共2次损失为4万。很明显，在两者间的损失相差2.8万的情况下，后者的盈利必须比前者多2.8万才可以保持相同的水平。但是，这表示后者必须先盈利后亏损，若在10次的交易当中一开始亏损两次，那么其本金也就只剩下6万。后者在这样的情况下多盈利2.8万元，将会面对严峻的考验。

从上面的例子中，可以总结出这样一个结论："若投资者不能够掌握有效的止损措施，适当的控制投资风险，那么无论投资者的分析准确率多高，也可能无法获得傲人的投资成绩。"

实际上，止损点是指投资者在交易过程中在股票价格处于下跌状态时所建立的退市点。在投资当中，一般当股市处于上涨时，投资者应该将止损点提高；反之，当股市处于下跌时，投资者应该将止损点稍微降低。这样便可以轻松预防被股市套牢，为自己留下退路。设置止损点往往能够保护投资者的利益，防止可能存在的风险，将损失降到最低点。

巴菲特强调，如果投资者已经设立了止损点，那么必须严格执行。假如投资者明明知道自己做出了错误的决策却不愿回避风险，依然留恋市场，结果等到股价下跌好几倍才幡然领悟，追悔不已。为了避免这种情况，投资者一旦意识到错误必须立刻采取止损措施，快刀斩乱麻。即使舍不得也要忍痛撤离市场。

巴菲特认为，在交易中止损位置存在一些缓冲的空间。一般短线投资者的缓冲空间大约为 5% ~ 8%，中线投资者的缓冲空间大约为 8% ~ 13%，而长线投资者的缓冲空间为 15% ~ 20%。投资者应该注意的是，无论你属于哪种类型的投资者都必须设立止损点。当一只股票的价格突然下跌了 6%，那表示它将处于弱市当中；当一只股票从最高点下跌 10%，那表示投资者应该对其进行调整。投资者应该坚持科学止损，将市场的走向与自己的投资的股票结合，建立适合自己的止损策略。关于止损措施的实施一般应该考虑以下这几个方面：

第一，投资者在选择股票时不可盲目购买，要谨慎选择，分析和研究该股票的上市公司。不经考虑就买进股票是对自己的不负责，这样的投资者往往会损失惨重。而止损只能降低损失，它并不是股票投资的目的。

第二，在不同的大势中采取的止损方式也不同。在股市大好时，几乎所有的股票都会出现大幅上涨的现象。在这种情况下，投资者必须克制贪婪心理，冷静地看待问题，这样才能获得丰厚的利益。其实，在牛市中被套牢的投资者只是少数，最大的问题在于盈利的多少。这个时候投资者尽量不要轻易实施止损措施。在股市下跌时，现金是投资者保存实力的关键，这时实施止损措施才能全身而退。投资者应该时刻铭记，如果被市场抓住了脚，一定要冷静。因为无谓的挣扎只会让自己越陷越深。在这种情况下，只有牺牲那只脚才是最明智的做法，继续留恋市场是愚蠢的行为，结果只能是血本无归。

第三，不同的股票止损的方法也不同。世界上任何事物都有它各自的特点，在股市里所有的股票都有各自的走势，不存在完全一样的股票走势图。每个投资者在操作不同的股票时所使用的手法也不同。所以，当投资者购买股票时，一定要谨慎地对待，深入研究上市公司的经营状况，抓住每只股票的特性，然后为它们制定不同的止损措施。

第四，投资者在实施止损措施时要根据不同的情况设立止损点。在止损计划中，止损点的设立起着决定性的作用。在实际操作中，投资者可以根据具体的情况去确定止损点，比如依据技术位和资金等。在不同的依据下，设立止损点时所考虑的方向也不同。当投资者只是对个别的股票设立止损点时，不但要考虑每只股票的技术位，还应注意投资者的风险承受能力；当投资者针对大盘止损时，那么必须结合大盘的技术位和投资者的风险承受能力设立止损点；当投资者针对资金实施止损措施时，考虑的重点是投资者风险的承受能力。

无论投资者采取哪种类型的止损措施，主要考虑的因素都是风险的承受能力和技术位。其中，不同的投资者风险承受能力也是有差异的，没有任何的标准可以衡量，但关于技术位的问题则需要投资者运用相关的投资技巧和经验。在实际操作中，投资者一般会依据技术位来设立止损点。另外，投资者还应该根据股票价格的波动控制止损的幅度。如果实施的止损措施幅度较大，那么将有可能造成反效果，不但达不到止损的目的，反而会造成更多的损失；如果实施的止损措施幅度太小，那么也有可能造成利益流失。因此，股票价格的波动会影响止损点的设立。在日常的投资中一般有这样几种止损的方法：

第一是保住本金。假设投资者购买了某一只股票，却发现股票的价格正在大幅上升，那么应该立刻调整一开始设立的止损点。可以将止损位置设立为保本价格，这种方式比较适合 T 0 操作。

第二是运用股票走势图。在运用这种方式时，投资者可以根据实际操作中的趋势线或移动平均线为标准，分析股票价格的波动方向。如果发现股价开始超出这个标准时，投资者应该立即撤出市场。

第三是结合时间周期。当投资者决定购买股票之前，应该对持有股票的期限做限定，比如2天、4天、1个星期或3个星期等等。假如手中的股票达到了设定期限，但是股票价格既未按照预期的走势，也没有达到止损点，那么投资者绝对不能延长持有期限，而应该立刻撤离市场，避免被长期套牢在股市里。

巴菲特的忠告

　　每个投资者都是为了赚钱而投资，都希望投资极少的资金获得丰厚的收益。不过，投资者要想盈利必须得先学会控制风险。因为对于投资者来说，足够的本金是获利和生存的保障，本金的持有可以使投资者长期地生存下去，也只有保存实力才会有反败为胜的机会。

5

掌握正确的市场策略，保持长远的目光

> 如果我们发现了喜欢的公司，股票市场的点位将不会真正影响我们的决策。我们将通过公司本身决定是否投资该公司。我们基本上不花时间考虑宏观经济因素，我们仅仅试图把精力集中在我们认为我们理解，同时我们喜欢其价格及管理的行业上。
>
> ——巴菲特

皮特一边嚼着嘴里的食物，一边迫不及待地问巴菲特："爸爸，您曾经说过要正确地理解市场，我想知道正确操作的关键是什么？"

巴菲特和蔼地看着他，然后说道："孩子，不要着急，吃饭最重要。"皮特不好意思地笑了笑，又切了一块牛排吃起来，而巴菲特则笑着继续说道："每一个投资者都应该掌握正确的市场策略，保持长远的目光。"

巴菲特也要告诉午餐会上的股东们，在交易过程中，一定要正确理解市场，保持长远的目光。因为投资必须建立在理性的基础之上，才能最终获益。所以，投资者在进行投资时一定要将一些冲动的投资行为抛弃掉。在这方面，巴菲特一直对自己要求严格。

在美国第二次大牛市的时候，巴菲特理智地将自己手中持有的股票抛售。美国股市在 1972 年出现了历史上的第二个大牛市，股价大幅上涨。当时几乎所有的投资者都选择那些市值规模大和企业知名度高的上市公司，比如雅芳、施乐、宝丽来、柯达和得克萨斯仪器等等。在当时，这些企业每天的盈利大约为 80%。在巴菲特的带领下，伯克希尔公司决定大量抛售持有的股票，仅留下

16% 的资金用于投资股票。

1973 年初，雅芳、施乐等 50 家热门企业的股价纷纷开始下跌，道·琼斯指数也持续降低，整个股票市场混乱不堪。那些 1969 年上市的公司，如沃尔特·迪斯尼、通用汽车、施乐、IBM、西尔斯等，只能眼看着自己的股票价格下跌 60%。到 1974 年 10 月初，道·琼斯指数已经从 1000 点狂跌至 580 点。在纽约交易市场，几乎所有股票的市盈率都下跌为个位数，这种情况是非常少见的。一些被套牢的投资者因为极度的恐慌开始疯狂地抛售。而另一些投资者则竭尽全力持有自己的股票，等待着反弹，但是反弹迟迟不见踪影。结果，他们被弄得筋疲力尽，只能屈服于现实，开始抛售手中持有的股票。在这种情况下几乎所有的投资者都开始抛盘，以致一个原本有序的市场变成了一个产生损失的邪恶的怪圈。

到 1974 年末时，可以说已经没有几个投资者有耐心和勇气再进入股市这个竞技场了。但是，在市场一片悲观声中巴菲特却高声欢呼。他在接受《福布斯》采访时兴奋地表示："我感觉自己好像正在通往天堂的路上，是时候开始投资了。"在等待了许久之后，巴菲特决定重新进入投资市场。他选择在这个时刻裹挟着大量的资金，义无返顾地投入到了那些连市场本身都难以忍受的股票上。他将所有的精力都投注在了股票研究上，从而在看似哀鸿遍野的股市中找到了很多有投资价值的股票。巴菲特逆势突击的过人胆识，并不是因为一时的兴起，而是在长久的观察后做出的决定。可以说，巴菲特评估股票价值高低的能力是基于以下几个常识性的因素。

第一，从股票收益与债券收益之间的差异中判断股市价值。如果债券的收益不断上涨，甚至有可能超过股票收益时，这说明市场的价值被高估了；如果股票收益下跌至某一点，但是在同一点的股票收益却高于债券收益时，那么此时的股票是最具市场价值的。

第二，市场价格上升的速度。股票市场不会一直领先于整个社会经济的发展，所以投资者不应该期望上市公司的销售、收入和股票价格上涨的速度胜于经济的发展。若股票的价格增长的速度上升了 4 倍，则整个社会的经济将进入扩张时期，市场成为股票在某一点下跌时的底部。

第三，国家的经济形势。如果国家的经济正处于快速发展的形势之中，而这种情况又将会长期持续下去时，股票价格将处于长期增长的趋势，这时投资者应该考虑适当减少持有的股票数量，或选择其他的投资方式。当经济不景气时，一般情况下股票的价格会大幅下跌，因此这时股票将存在高收益的潜力。

1999 年的大牛市中，巴菲特就将这些市场策略应用到了操作中。在那个时期，美国出现了第三次大牛市，标准普尔 500 指数上涨 21%，不过巴菲特所掌管的伯克希尔·哈撒韦公司却在这一次的牛市中输得一败涂地。伯克希尔·哈撒韦公司亏损了将近 20%，比标准普尔 500 指数低了 41%。这是巴菲特 40 年投资生涯里损失最多的一年。

1995 年~1999 年期间，美国股票交易市场价格上升了 150%。美国股市面临着前所未有的大牛市，据分析，造成此次牛市的原因是网络和高科技股票的过度膨胀。在巴菲特多年的投资当中，他一直对高科技股票保持着远离的态度。因此，他决定坚持持有可口可乐、美国运通、吉列等传统行业公司的股票。但结果在那一年的牛市中，伯克希尔公司又一次输给了市场。而后，在伯克希尔公司的股东大会上，几乎所有的股东们都对巴菲特表示了不满，他们甚至纷纷质问巴菲特不愿投资高科技股票的原因。不但如此，当时外界新闻媒体也一致认为巴菲特的投资策略过于死板，但巴菲特依旧坚他的投资原则。

他向伯克希尔公司的股东解释道："在这一年中，我们公司的股票投资组合没有做过任何的调整。这一年有几家我们重仓拥有的公司经营业绩十分令人失望，尽管如此，我们仍然认为这些公司是拥有相当出众的竞争实力的，并且这种优势将长期持续下去。只有这样的特质才是获得长期良好投资业绩的真正保证。有时候我和芒格认为，我们可以分析出一家上市公司是否有长期不断的竞争优势。不过，在很多时候我们却无法完全正确地做出判断。这也是我们从不愿意选择那些高科技公司股票的原因。尽管我们也同意高科技公司所提供的产品与服务将会改变整个社会，但是在交易过程中，我们不具备判断高科技公司的能力，也无法确定某一家公司是否真正具有长期可持续的竞争优势。"

在大多数投资者看来，股票投资是一个带有迷信色彩的领域。虽然每个投资者都有自己的观点，但却没有人敢肯定自己的话一定是百分之百正确的。而且，那些所谓的股市分析专家或预测专家也大多被认为有骗人之嫌。但是有一点是能够确定的，许多出色的投资大师都认为，投资者的心理是决定股市变化的重要因素。换句话说，任何一个杰出的投资大师，都是一位出色的心理学专家。他们几乎都具备洞察投资者心理的直觉或者天赋，他们总是保持着长远的目光，不被眼前的蝇头小利诱惑，而这也让他们总是比别人更能抓住先机，从而在这个多数人注定成为输家的游戏中得到高额的报酬。

投资就像一场游戏，它吸引了无数的投资者参与其中。因为在投资中存在着各种各样的不确定以及真假难辨的信息，所以这在一定程度上影响着投资者的判断力。在这样的情况下，大部分的投资者都无法理性地做出判断，更无法掌握正确的市场策略，从而导致他们经常犯一些常规性的错误。

有许多投资者经常喜欢在股市里频繁地买进卖出，但这很有可能让机会白白流失。巴菲特一直遵循的投资原则是：不要频繁地换手，除非寻找到好的投资对象才行动。他常常借用棒球手特德·威廉斯的名言来说明这一问题——要成为一个出色的棒球选手，前提是一定要能打到好球。巴菲特认为，如果找不到好的投资对象，那么就暂时不投资。

巴菲特告诉投资者，机会是在不停的换手中溜走的，频繁地更换股票将会造成投资的失败。例如：在年轻时，巴菲特曾以每股 38 美元的价格购买了三股城市建设公司的股票，他还鼓励姐姐购买了三股。但是不久之后，该股票的价格却下跌为 27 美元。又过了一段时间股价开始上升为 40 美元，于是巴菲特将自己和姐姐手中所持有的股票全部抛空。在扣除税金以后，他的盈利是 5 美元。但是，在这之后这只股票却迅速从每股 40 美元持续上升为每股 200 美元，这令巴菲特追悔莫及，因为他错失了一次更好的盈利机会。

在实际的交易过程中，有很多的投资者也会出现这样的失误。因为投资者过度地关注于市场的变化，总是对市场保持着一定的恐惧，往往是一听到风吹草动，便迫不及待地做出决定——要么急切地买进，或者是盲目地卖出。实际上，对于股票市场的上涨或下跌投资者并不是没有思想准备，只是问题的关键在于：有多少投资者能够眼睁睁地看着自己的资金一直缩水而始终保持镇定自若？巴菲特认为，一个出色的投资者应该具备良好的素质，即从资金到心理上，都要为市场不可避免的波动做好准备。不但应该从理智上考虑到股票市场也许会发生的一些变化，同时还要长期保持冷静和独立的判断力，这样便可以在发生危机时避免无所适从的局面。一般情况下，如果投资者坚持认为自己当初的决定是正确的，则不必理会市场的任何变化，只要保持冷静的思考能力就可以了。

正如格雷厄姆所说的那样："真正经得起考验的投资大师极少被迫抛售手中所持有的股票，并且他们具备在任何情况下都能镇定面对市场变化的心态。"一个理性投资者的表现应该是在面对市场的大起大落时都能做到冷静沉着。若投资者面对市场没有道理的下跌，总是感到极度的恐慌，甚至弃股而逃，又或者在还没有作出任何的行动之前，总是感到惴惴不安，害怕投资失败。无疑，这种脆弱的心理会使投资者本来拥有的优势转变为劣势。如果总是抱着这种态度，投资者不但无法从投资中获得巨大的利润，甚至连自己的本金也会在这种没有必要的担心中渐渐地缩水。

股市中还有一种现象，就是大多数投资者购买股票的方法都是十分不理智的。他们往往只是在看了一大堆的数据之后，再从这些数据当中挑选一些看上去还不错的股票，或是根据所谓的"经济大环境"来决定买进股票的时间。此外，在实际的交易中，一些自称专业的经纪人也是采用这样拙劣的方法来选择股票的。他们通常会相信那些对经济景气指数的报告，而在他们的投资报告中，也经常会提到这样的观点："由于目前经济形势良好，所以应该购买股票。"尽管从表面上来看这种观点似乎有一定的道理，但是实际上却是行不通的。因为经济形势的变化经常是出乎人们预料的，有许多不确定的因素随时会改变它的发展，任何一家权威的机构也不敢声称其预报就是准确的。如果投资者选择这样的投资方式，那么只能永远跟随别人的脚步，而预期的收益也会一次次化为乌有。这大概就是所有投资者最容易犯下的错误和最难克服的缺点。如果投资者只是将投资成败的希望寄托在那些分析师身上，并没有自己的判断能力，那么投资失败的可能性是非常大的。

与那些对市场信息过度敏感的人有所不同的是，有一部分投资者一旦购买了股票，便放心地长期持有，他们不会经常关注股票价格每天的变化趋势，所以他们总是能够避免自己遭受因为别人的判断失误所带来的痛苦。因为市场潮流的影响，投资者的跟风行为是投资领域最突出的表现之一，从而出现投资者争相购买或集体抛售某只股票的情形。

巴菲特认为，投资者不要因为在交易过程中作出了错误的判断而落荒而逃。无论在怎样的情况之下，都要保持清醒的头脑和理性的判断力，同时还应该避免自己受到他人情绪的影响。无论股票市场怎样变化，投资者只要抓住最根本的要素，即保持对上市公司理性的认识和判断力就可以。对于其他来自市场及他人的行为和情绪，投资者应该尽量远离。因为任何一个投资者都不可能仅仅依靠市场的潮流长期获利。投资者应该记住的是不要试图弄清市场在做什么，而是要掌握充足的企业信息，并一心一意地坚持这项原则。

实际上，投资者获取收益的方式并不是频繁的换手，而是在于如何把握股票的买进卖出时机。对于这个问题，巴菲特认为，投资者买进股票的最佳时机是在某个前景大好、具备投资价值的新企业刚刚上市的时候。通常情况下，企业的新产品刚刚上市时，将会经历一个打开销路的艰难时期。这个时候，大部分的投资者还对其抱有顾虑，因此这家新企业还不会马上成为投资者追捧的目标。此外，对具有前途的企业项目进行投资。一些具有发展潜力的企业，随着市场容量的扩大，产品的销量也会逐渐增大，无形中企业的利润也会随之上升。所以，当股市还没有反映出该企业股票的真正价值时，如果投资者能够抓住购买的机会，那么将会获得意想不到的收获。

除了要注意买进的时机以外，把握股票的卖出时机也是十分重要的。巴菲特认为，如果投资者在购买股票时经过考察后各方面都还不错，那么就不要很快将其卖出。在市场形势没有发生变化之前，投资者应该长期持有这只股票。若该股票的发行企业出现了重大的失误，或者发生了诸如以下的一些情况，那么应该果断地抛售手中的股票：第一，如果投资者发现自己当时在购买股票时对这家企业作出的分析有误。第二，该企业的管理出现了问题。也许该企业的规模将扩大，因而阻碍了其发展空间，甚至导致该企业逐渐走向衰退。第三，也许投资者正面临着适合抛售股票的时机，不过这种情形却会造成投资者必须承担不必要的风险，因此应该尽量避免这种情况，除非投资者寻找到了一个更好的机会。但是前提是，必须保证这只新的股票能够使投资者真正实现 20% 的年盈利率。投资者为了积累足够的资金去购买这只股票，所以只能将手中成长速度缓慢的股票卖掉。

在巴菲特看来，这种做法是存在巨大风险的。因为投资者可能对这只新发现的股票认识不够，不能掌握充足的信息。实际上，大多数投资者都因为寻找到了另一只看上去可能更有潜力的股票而将手中原本持有的股票换成现金。但这样冲动的后果往往会使投资者两头落空，损失惨重。因此，巴菲特指出，尽管这种情形确实是一种抛售股票的时机，但投资者必须拥有冷静和谨慎的心态。同时，他还告诫投资者不要抛弃那些多年来逐渐熟悉的东西。因为频繁的交易会导致股票的收益大大低于长期持有的收益。

对于一些长期投资者来说，少量的交易次数将会使其交易成本在投资总额中占有极少的比重。而短期投资者因为频繁出入交易市场，所以其交易成本累积起来将在投资总额中占较大的比重，并且投资收益也会因此而减少。投资者交易的次数越多，也就意味着支付的佣金越多。假如投资者想获得更大的收益，那么投资的每一笔收益都必须比市场的平均水平高出几倍才能弥补交易成本。

巴菲特的忠告

大多数的投资者抛售股票的实际原因，仅仅是因为其股票的价格已经上涨了不少。对于那些存有投机心理的投资者来说，也许这是其抛售股票的最佳时机。但是对于一些理性的投资者而言，如果当时在选择股票时作出了正确的决策，那么无论股票价格如何上涨他们也不会轻易将手中持有的股票抛售。因为优秀的企业会不断地发展壮大，当然其股票价格也会随之上涨。如果该上市企业具备良好的发展前景，那么投资者就应该长期持有该股票。

6

永远盯住自己熟悉的公司去投资

> 如果财务报表中的脚注让人费解，我就会对此感到怀疑。我将不会对这家公司投资，因为我知道他们不想让我了解它。
>
> ——巴菲特

巴菲特由于日常工作繁忙，很难和家人团聚，在这种情况下，女儿苏茜会抓住难得的机会不断地向巴菲特了解投资的知识。

"爸爸，我研究了你的投资经历，发现你投资的范围极其广泛，难道你真的对那些公司都是熟悉的？"苏茜问。

"孩子，我当然不可能了解很多公司的情况。但是，我也不投资自己不熟悉的行业。如果对一个公司了解不够，我可以通过学习和调研去补充。所以，我永远会盯住自己熟悉的公司去投资，而且这一点是不可改变的。"巴菲特这样回答苏茜。

巴菲特善于在那些投资前辈们的身上借鉴有益的知识，他在不断的学习中，感受到了一些投资理论的不可动摇性。至少，很多的方法是经过了实践检验得出的。巴菲特在投资选择上，依然保持与他的导师格雷厄姆一样的观点。他总认为，对那些陌生的领域进行投资，是无法做到心中有数的，而他不止一次地对伯克希尔的管理人说："投资你最熟悉的公司，就像你把钱放在一个可以信赖的管家手里一样。不管管家怎样去运作，怎样去支配，你都能够了然于胸。"

巴菲特在投资中从来不去纠缠那些不熟悉的公司。这一点，他的导师华尔街"投资教父"格雷厄姆以及另外一位华尔街"股圣"彼得·林奇都极为认可，他们都在投资中恪守这个规律。格雷厄姆更是先行者，并且取得了非凡的投资成果。

巴菲特认为，投资者选择自己熟悉的公司来投资至少有以下几点好处：

首先，可以保证投资者对这个公司的经营业绩有比较清晰直观的认识。投资者有很多辨别公司情况的具体方法，尤其通过简单的市场调查和分析就能够判断公司的销售业绩。了解了公司的销售业绩和市场占有率之后，结合产品的利润率就可以判断公司的盈利能力了。在阅读一个公司的财务报表之前，作为一个有综合能力的投资人，是能够提前发现公司的准确情况的。如果去投资一个不熟悉的公司，你就无法准确判断它的内在价值，从而很难避免投资上的失误。所以，投资者应该尽早地在财务报表公布之前，对公司的真实情况做到心中有数。这需要投资者对公司的全面情况有详细了解，能够看到那些被修饰的痕迹。很难想象一个对公司的具体情况不了解的投资者，能够去做到准确评估。从另外一个角度来说，即使这个公司没有采取舞弊的手段，对于一个投资者来说，在公司的财务报表出来之前，就应该做好投资决策并付诸行动。所以，投资熟悉的公司，对提升判断力和准确率无疑是更为有效的。

其次，投资熟悉的公司能够保证投资者对公司所经营的行业比较熟悉。这方面已经形成的分析方法是：假如一个公司所处的行业整体形势处于上升阶段，那么，公司的业绩通常也是处于上升期，这时候它的股票必然也是稳步上升的；假如一个企业处于夕阳产业阶段，那么，随着时代的进步和发展，人们对它的需求自然呈下降趋势。所以，尽管这时候产品有市场，经营也很稳健，但在整个萎缩的大环境中，想要保持进一步增长是极其艰难的。这样的上市公司的股票只能是短期升值，长期增长不太可能。一般来讲，投资者熟悉一个公司，也就是熟悉这个公司的产品。这样一来，你对所熟悉的产品去进一步调查就简易多了。至少，产品在市场上的受欢迎程度，市场前景等等都是能够看清的，产品的走向也是完全可以判断的。在熟悉整个行业产品基本情况的基础上，投资者作出评估和调研，肯定是方便容易的，而这也有利于投资者进行准确的投资。

Warren Buffett
巴菲特写给子女的 **10** 个投资忠告

在投资过程中，要加强对一个公司的熟悉是有很多办法的。巴菲特建议，投资者在生活中可仔细观察公司产品在市场上的认可程度，具体了解其真正的市场普及程度。作为长期受到欢迎的产品来讲，盈利状况在一定时期内是不会受到很大影响的。再者，通过与一个公司的员工或者公司的管理人员接触，也能够对公司的治理和盈利能力有基本的了解。即使是公司一般员工，在日常生活中也是非常关心本单位的经营状况和发展前景的。所以说，他们了解公司内部的信息，而且是非常准确的。

在确定应该对哪些有发展前景的传统行业进行投资时，巴菲特还介绍了几条值得借鉴的方法：

首先，要寻找那些具有消费垄断性的公司。这类公司有着独特的优势，消费者容易对其产生偏爱，商品品种丰富，市场的周转期快。

其次，要寻找那些财务稳健、利润丰厚的公司。这类公司现金充足，而且没有什么长期的外债。

最后，要寻找那些能够用留存收益去再投资的公司。这是因为，这类公司的管理层懂得把赚来的利润用来扩大业务或者投资在其他的项目上，而不是仅仅靠银行存款的利率。他分析：一个公司只要能够保证留存收益的利润率超过平均利润率，就应该将盈利保存在公司进行再投资。而这种额外的收益，是存款利润无法比拟的。

巴菲特的每次投资，都会选择自己明白和熟悉的行业。事实证明，对于投资者来说，投资熟悉的公司是明智和正确的。

有一名股东曾经问巴菲特对制药业股票的看法，巴菲特回答说："对我来讲，它是个危险的禁区。但是，对于那些了解这一个行业的投资者来说，或者就是取胜的战场。"巴菲特还补充说："我们的知识目前还不足以对这个行业做到熟悉和了解，但这不表示科技业和制药业不好。而是说伯克希尔的投资专长不在这方面，以后随着视野的开阔还是有可能投资的。"在巴菲特看来，只要是自己不熟悉的，就是有危险的。他完全无法预测这类公司的表现，因为他清楚自己的知识结构，知道自己在哪些方面发展会更加得心应手。巴菲特表示，其他人也许对科技与制药业有较深入的认识，但是他自己无法确定，更不敢随意地做出判断。总之，他认为对于力求降低风险与臆测的投资人来说，这是一个危险区域。巴菲特形容说这是把石头扔进一口自己不知道深浅的池塘，还妄图能够做到随时找到石头。

巴菲特一直寻找那些自己熟悉的公司进行投资，这是投资界尽人皆知的事。但这一点却曾经成为巴菲特与比尔·盖茨相识的一个障碍，因为比尔·盖茨青睐的一直是高科技公司和网络公司，而这些都是巴菲特从来不去投资的股票。在巴菲特和比尔·盖茨成为要好的朋友之后，巴菲特让比尔·盖茨给他推荐股票，比尔·盖茨毫不犹豫地推荐了自己公司和合作公司的股票。但是，巴菲特只是象征性地购买了100股，也算是对朋友有个交代而已。巴菲特理解比尔·盖茨，因为他们分别在不同领域中拥有着话语权。他深信比尔·盖茨对网络高科技等领域的把握。只是，他永远坚持自己不熟悉的不去投资。然而巴菲特不是一个守财奴，他愿意将巨额的资金投入到比尔·盖茨的慈善基金中就足以证明这一点；他只是在投资的选择上有着自己不可动摇的观点和执著。

巴菲特的这种投资方式，的确经受了实践的检验。在1972年的时候，美国股市出现牛市，股价大幅度上升。大部分投资者都将资金投入到柯达、施乐、雅芳、宝丽来等市值规模较大的有名气的成长股上。因为这些股票的平均市盈率上涨了80倍，当时称呼为"漂亮50股"。这的确令很多的投资者变得疯狂。但是，这时候的巴菲特似乎找不到合适的股票去投资了，他与其他的投资者想法不一样，他觉得这些股票的股价太高了。所以，巴菲特很快将伯克希尔公司原来所拥有的一些股份出售，仅仅留下小部分。果然，第二年的时候，"漂亮50股"就一路狂跌，道·琼斯指数也从1000点跌到580点。在投资者大量出售股票，上市公司叫苦连天的惨境中，巴菲特早已经成功退身。

正是对传统行业股票的一贯坚持，才使巴菲特永远立于不败之地，并且能够左右投资市场上的任何变局。对于这一点，巴菲特还是非常轻松地那句话："因为我熟悉，所以我成功。"

巴菲特的忠告

　　在投资过程中，要加强对一个公司的熟悉是有很多办法的。投资者可在生活中仔细观察公司产品在市场上的认可程度，具体了解其真正的市场普及程度，而作为长期受到欢迎的产品来讲，盈利状况在一定时期内是不会受到很大影响的。再者，通过与一个公司的员工或者公司的管理人员接触，也能够对公司的治理和盈利能力有基本的了解。即使是公司的一般员工，在日常生活中也是非常关心本单位的经营状况和发展前景的。所以说，他们了解公司内部的信息，而且是非常准确的。

忠告六

Warren Buffett

To the children

10 Investment Advice

正确评估一只股票的内在价值

1. 一定要选择拥有最优秀的管理团队的上市公司

2. 高成长性是上市公司的超级内在价值

3. 企业的内在价值决定着股票的价格

4. 寻找最合适的投资对象

5. 寻找最值得投资的行业

6. 选股看价值，神秘感不如安全感

7. 寻找长期稳定的产业链

8. 寻找具有持续竞争优势的企业

1

一定要选择拥有最优秀的管理团队的上市公司

> 成功地投资于公开募股的公司的艺术，与成功收购子公司的艺术没有什么差别。在那种情况下，你仅仅需要以合情合理的价格，收购有出色经济状况和能干、诚实的管理人员的公司。
>
> ——巴菲特

巴菲特在和子女们谈起投资方面的事情时，经常会提醒子女在选股时一定要选择拥有优秀的管理团队的上市公司。由此不难看出，巴菲特对一个企业的管理层素质的重视程度。

其实，巴菲特之所以在选择股票投资时如此看重企业的管理层素质，不仅是由于优秀的管理者能为投资者带来丰厚的利益回报，还因为品质和能力低劣的管理者会给企业和投资者造成巨大的损失。更可怕的是，虽然大多数企业对普通员工的考核标准非常清晰明确，但是对管理人员的业绩几乎不存在衡量的标准，即使存在也大多模糊不清，执行力度很差。而且一般来讲，企业的管理层变动频繁也是不利于企业的运营和发展的。这就让那些不称职的管理者往往比普通员工更容易保住工作。而这也就意味着糟糕的经理人实际上很难被撤换掉，而企业及其投资者则不得不因此而长期遭受损失。

在巴菲特的投资生涯中，他与很多知名企业的优秀管理人员都建立了良好的合作关系，甚至培养出了深厚的友谊。因为在巴菲特看来，与自己敬佩、信任的经理人合作，是成功投资不可或缺的要素之一。

当然，巴菲特绝不会天真地认为只要与优秀的经理人合作就能确保投资的成功。但是他却坚信，只有对那些有着优秀管理层的优秀企业进行投资，获得良好投资回报的几率才能得到大幅度地提升。他常常对自己的员工说："在投资时，我们所寻找的不仅是那些一流的公司，同时还必须是其中那些拥有一流管理水平的公司。尽管二流的纺织厂或百货公司并不会仅仅因为它出色的管理水平而突然跻身于一流企业的行列，但是坚持尽可能地与品质优秀、能力卓越的经理人合作的原则，最终必定能取得辉煌的成就。"相反，对于那些不具备优秀品质的经理人，不管对方的企业发展前景有多大的吸引力，巴菲特也绝对不会与他们合作。

选择拥有优秀管理层的企业进行投资，是巴菲特的重要原则之一。这一原则也给他带来了丰厚的投资收益。纵观巴菲特投资的那些优秀企业，无一不是拥有着非常优秀的管理层。出类拔萃的管理能力、优秀的品德、一切以股东的利益为出发点是这些优秀经理人的共同特点。在巴菲特看来，他投资优秀企业所获得的利润，很大程度上是这些优秀的经理人为他带来的。

在数十年的投资实践中，巴菲特深刻地明白这样一个道理———一家企业能否在较长时期内保持甚至加强自己在行业中的竞争优势，很大程度上取决于其管理层的管理人员是否具有优秀的品质和出众的能力。而且，相对于其他有价证券而言，企业管理层的素质对股票的影响更为巨大。以债券为例，由于债券的利息率的期限是固定的，因此其利率与发行企业的实际运营状况没有太大的联系。而股票是一种所有者权益凭证，票息完全取决于上市公司的营业利润，而上市公司的利润高低又与其管理层的品质与能力有着密不可分的联系。其实，这就是巴菲特在选择股票投资时对企业管理层的重要作用持肯定态度的根本原因。

事实上，巴菲特的这一观点从管理学研究上已经得到了证实。著名管理学家吉姆·柯林斯在长达十四年的研究之后，得出了这样的结论———企业管理层的素质和能力在很大程度上会对企业的内在价值和持续竞争优势造成影响。他说："一个企业领导人最重大的决策不是'做什么'、'如何做'，而是'谁去做'。企业能否在长期竞争中求得生存与发展，最关键的因素并不在于策略本身，而在于制定策略的'人'。"

巴菲特的忠告

　　投资选择的最主要工作就是对企业的发展前景及将来的运营业绩作出预测和估计。尽管未来是不确定的，但是企业的实际价值和持续竞争优势在很大程度上决定了其未来的发展前景，而企业的管理层素质又会对其价值和竞争优势产生巨大的影响。因此，在选择股票进行投资时，与那些人品高尚、能力出众的优秀管理者进行长期合作，是成功投资的重要原则之一。

2

高成长性是上市公司的超级内在价值

> 买普通股的时候，我们像在购买一家私营公司那样着手整个交易。我们着眼于这家公司的经营前景，负责运作公司的人员，以及我们必须支付的价格。
>
> ——巴菲特

1963 年，巴菲特突然将目光投向了一家与他以往的投资对象截然不同的公司——美国捷运公司。这家公司不仅没有工厂，甚至连像样的固定资产都没有，那到底是什么价值引起了巴菲特的浓厚兴趣呢？当谈及此事时，巴菲特的大儿子霍华德就充满疑问地向父亲求证。巴菲特非常平静地对他说道："孩子，我看中的正是它的高成长性，这一超级内在价值。"

自"阿波罗"号登月以来，美国人的思想中就涌动着一股引领世界潮流、迈向未来的热潮。而捷运公司率先推出的金融卡无疑是这种思潮的最佳代表。人们广泛使用捷运卡在便利店或者饭店付账。而且，当时在中产阶级中一度掀起乘飞机商务旅行的热潮，而捷运公司的旅行支票也代替了现金。到 1963 年，捷运卡在其问世以来的短短 5 年之内，在美国境内的用户就已经超过 1000 万人。

正当世人开始普遍看好捷运公司的发展前景时，命运却与它开了个巨大的玩笑——公司位于新泽西州巴约纳的一家仓库接受了一批由联合原油精炼公司提供的罐装油，并且开出了收据，而不久后，联合原油精炼公司倒闭，其债权人纷纷登门索要捷运公司仓库中存储的这批罐装油。然而，大部分油罐中装的竟然都是海水。直到这时，捷运公司才发现自己受骗了。这场突如其来的灾难给捷运公司造成的损失高达 1.5 亿美元，使它濒临破产。

1963 年 11 月 22 日，捷运公司的股票价格从每股 60 美元跌至每股 56.5 美元，重新开盘后又继续跌至每股 49.5 美元。于是，"捷运公司可能因无力偿债而倒闭"的谣言就在华尔街盛传开来。在这样的情况下，一直暗中关注捷运公司的巴菲特开始行动起来。他在家乡奥玛哈所有的便利店和餐厅转了一圈，一边与店主或收银员攀谈，一边观察顾客付款的情况，他发现几乎全部的顾客都仍然在使用捷运卡付账。随即，他又调查了奥玛哈的银行和旅行社，了解到人们几乎全都还在使用捷运公司的旅行支票进行商务旅行和旅游的支付。这些调查让巴菲特了解到了华尔街的金融投资者并不了解的情况——美国捷运公司的市场并没有在这场突如其来的巨额负债的灾难中受到影响，依然具有很强的发展潜力。

到 1964 年，美国捷运公司的股票价格跌至每股 35 美元，华尔街的证券商们依然在争先恐后地抛售。而等待已久的巴菲特此时则决定出手了——他拿出了自己资产的 1/4 用于购买捷运公司的股票。事实上，一旦这笔投资失败，巴菲特就很有可能背负潜在的巨额债务，其多年积累的财富与名誉也会在顷刻之间付之东流。然而，巴菲特对捷运公司的成长潜力很有信心，他坚信捷运公司在其稳固的市场基础上具有广阔的未来发展前景。而事实也正如他所料——在巴菲特的巨额投资的帮助下，捷运公司很快摆脱了困境，业务发展蒸蒸日上，到现在，捷运卡不仅成为了美国最普及的支付工具，而且捷运公司的业务市场还广泛地拓展到了世界各地。

无疑，巴菲特从对捷运公司的投资中收获到了巨大的利益回报——他于 1964 年以每股 35 美元购入的捷运公司股票到 1967 年时已经涨到每股 180 美元。然而，巴菲特并没有抛出捷运公司的股票，而是坚持长期持有其 10% 的股票份额。因为他依然坚信：捷运公司的超级内在价值还会使得这一企业具有很强的成长性，而持有其股票就意味着自己将来会获得巨大的收益。

独到的投资眼光和辉煌的投资成就，让巴菲特在投资界赢得了"股神"的称号。自他掌管伯克希尔·哈撒韦以来，伯克希尔·哈撒韦公司的价值增长了 3600 多倍，在全球资金最雄厚的 100 名企业中名列第 13 位。然而，巴菲特在几十年的投资实践中，并没有任何复杂的投资策略和华丽的投资技巧，他所有的收益基本上都来自于他长期投资的为数不多的几家优质企业。事实上，巴菲特所投资的企业通常都具有上升趋势极强的年增长率，而这无疑是因为他善于挖掘企业的超级内在价值——高成长性。

很多人都知道巴菲特在投资时倾向于长期持股。不过，巴菲特之所以会这样做，一方面是由于他在选股时就十分看好投资对象的高成长性，坚信其选择投资的企业能够给自己带来长期稳定的丰厚收益；另一方面则是由于他所投资的企业也确实如他所预料的那样，年复一年为他带来越来越多的利润回报。面对如此优秀的投资对象，谁又能将它们拒之门外呢？

在投资时，巴菲特对华尔街的传言从不在意，总是坚持自己的原则，对股票发行企业的业务发展空间进行分析研究，力求发掘出尚未被他人发现或重视的超级内在价值——企业的成长性。他总是这样告诉自己的员工："我们的兴趣不是股票本身，而应当是发行企业的发展前景和潜在价值。投资分析时，一定要展望企业的远景。"

具体来说，巴菲特所认为的优秀成长型企业须具备以下特征：

第一，企业要具有"特许权"，即其生产的产品具有无可替代的特殊商品形式的价值。

第二，企业经营者应讲诚信，将股东的利益放在首位。巴菲特一直敬重那些全面真实披露公司财务状况的管理者，特别敬重那些不利用公认会计准则来隐瞒、包装企业业绩的管理者。比如，巴菲特对 GEICO 投入大量资金，主要是因为他相当地信赖这个公司的经营者。

第三，企业的资本支出少，拥有充足的现金流量。对于那些资产收益率固定的公司，巴菲特是非常排斥的，他认为它会对企业的现金流造成侵蚀。

第四，企业要有稳健的财务、较高的经营效率和良好的收益。通常，巴菲特投资的企业均有较高的毛利率。

第五，企业要有稳定的经营历史。对于正在解决某些难题或者由于以前计划不成功而改变经营方向的公司，巴菲特是不会投资的。

巴菲特从不投资那些短期内可能成长惊人，长期内却风险巨大的企业，因此他从不投资高科技企业。

巴菲特的忠告

　　研究我们过去对于公司和普通股的投资时，你会看到我们偏爱那些不太可能发生重大变化的公司和产业。原因很简单：在进行两者中的任何一种投资时，我们寻找那些我们相信在以后10年或20年的时间里拥有巨大竞争力的企业。至于那些迅速转变产业环境的企业，它可能会提供巨大的成功机会，但是它排除了我们寻找的可能性。

3

企业的内在价值决定着股票的价格

> 计算一个企业的内在价值没有什么公式可以利用，你必须了解这个企业。如果你在一生中能够发现 3 个优秀企业，你将非常富有；如果公司的业绩和管理人员都不错，那么报价就不那么重要，而假如你有大量的内部消息和 100 万美元，一年之内你就会一文不名。
>
> ——巴菲特

埃利奥特·吉尔德最先提出了价值投资这一理论，而《投资价值理论》是由约翰·B·威廉斯所著，在这一著作中他给投资者提供了一个计算内在价值的公式——股票的内在价值等于日后所获得的全部股息的现值，还有很重要的一点那就是他提到了"贴现"。

在 1934 年的时候，由戴维·多德和巴菲特的导师本杰明·格雷厄姆两人所合著的《证券分析》这一著作中，把"贴现"这一理论正式推向了广大的投资者。在当时，很多的股票投资人都利用这一理论而赚取了巨额的财富。除了被华尔街广大投资者称为"股神"的巴菲特在这一理论中受益最大之外，还有约翰·乃夫、皮特·普瑞斯、马里奥·加百利等等。可以说，当时所有在美国华尔街谋职的证券分析家都成了这一理论的实践者或是忠实的信奉者，而价值投资这一行业或许就是因此而诞生的。

巴菲特运用价值投资这一方法时，往往看重的是投资对象本身。如果某公司的内在价值很高，那么就说明其公司的股息及其增长率很大。换言之，即某公司的股票如果长期处于低于其内在价值的时候，投资者应该马上买入此股票；如果说这一公司的股票价格远远高于其内在价值的话，那么持有此股票的投资者就应该立马卖出此股票。所以，在进行股票投资的时候，投资者没有必要太在意整个股市的波动或者是个股的价格涨跌，只需要多花些时间和精力收集其上市公司的基本信息、发展前景与财务状况等方面的资料即可。因为，一家公司到底能赚取到多少利润是影响投资者收益的关键。此外，还有三个方面是需要投资者特别注意的，那就是增长率、派息额、持续时间。

在进行股票投资之前，投资者应该细致地评估所要投资的股票的投资价值。当某一股票处在最佳投资价值时段时，投资者就要毫不犹豫地介入。如果在这期间你稍稍有些犹豫不决，可能这样的投资时机就会与你擦肩而过，即便后来你对该股票投资了，也很有可能会使你的投资收益大打折扣。其实，股票的投资价值是受很多因素影响的，比如公司的业绩、经营、行业行势的发展趋势、宏观经济等等。也就是说，投资价值往往是随着这些因素的转变而不断发生变化的。所以，投资者要通过准确地评估股票的投资价值来进行股票投资。投资大师巴菲特就是以这些可能影响股票投资价值的因素，作为分析、评估股票内在价值的重要依据的。

公司的基本面情况是巴菲特在投资股票时非常注重的一个方面，同时，还有一点是他一直以来都很坚持的，那就是数字分析代替不了公司研究。像一些让人难以看懂其财务报表的公司，向来是巴菲特敬而远之的对象。在他看来，这样的公司是不具备投资价值的。很显然，连财务报表都整得让人看不懂，那么，投资者还怎么能将这一财务报表作为依据对其进行投资呢？

"我利用最简单的经济理论，实现了最伟大的经济投资。在我的办公室里没有电脑、计算器，甚至就连通常的股价即时信息都没有，对于重计算轻基本面的定量分析方法我是不屑一顾的。"这是巴菲特对小儿子皮特所说过的一段话。从这一段话中，投资者就可以看出巴菲特在进行股票投资时对股票内在价值的重视程度。

虽然巴菲特对自己的导师格雷厄姆的价值投资理论非常崇拜，可是他并不认为，这一投资理论运用到股票投资中就一定是稳赚不赔的。所以，投资者在运用这一理论进行股票投资时，也要把其他方方面面的因素综合进来。

这也就是说，价值投资之路就如人生之路，这其中有很多的坎坎坷坷，而且也充斥着很多的不确定性。而这也正如巴菲特所说的："价值投资也不一定就能保证我们的投资能够获利，因为我们不但要在合理的价格时买入，而且买入公司未来的业绩还要与我们买入前的估计大概相符。"根据以上观点来看，价值投资与其他的投资没有什么实质性的区别，可是巴菲特却又说："但是价值投资却给我们提供了走向成功的惟一机会。"

　　巴菲特根据一些投资理论和自己在投资实践中总结出的经验，以及被很多投资者称为"价值投资之父"的本杰明·格雷厄姆的价值投资理论，归结出了一套独特的价值投资哲学。在巴菲特看来，股票的价格是由内在价值决定的这一说法，是价值投资理论中一个最重要的因素，它与"空中楼阁理论"是截然相反的。在进行股票投资的时候，投资人应该特别重视的应当是股票所具有的实际价值，你只有发现了股票的实际价值后，才能决定是否购买这只股票。因为股票的价格是由内在价值决定，而内在价值的基础又是建立在公司未来以股息形式所发放的收益总和之上的。也就是说，投资者在购买股票的时候，首先得了解并掌握其上市公司的内在潜质，比方说公司将来的发展、业绩以及经营方式等。

　　安全边际是价值投资中一个绝不可忽略的关键，这是巴菲特给投资者的提醒。他说："我们投资股票的策略持续有效的基础是，可以用比较低廉的价格买到能够对我们有吸引力的股票。如果买入一家优秀企业的股票而支付了过于高昂的价格的话，那么，对投资者来说这将抵消这一绩优企业未来10年所创造的价值。"从巴菲特的这句话中，可以看出安全边际在价值投资中的重要性。换言之，投资者就算买入了优秀企业的股票，最终也会因其股价过高而达不到投资者所估量的收益。

巴菲特的忠告

　　企业价值决定一切，而股票价格取决于价值的高低。聪明的投资者会充分地分析出企业的内在价值，然后有针对性地进行投资活动。

4

寻找最合适的投资对象

> 大部分人都是对大家都感兴趣的股票有兴趣，而其实没有人对股票有兴趣时，才是你该感兴趣的时候，因为热门股票很难做。
>
> ——巴菲特

巴菲特写给子女的 **10** 个投资忠告

Warren Buffett

在证券交易市场中，总会存在许多诱惑和各式各样的美丽陷阱，但巴菲特不会为之心动。他在决定投资之前，总会对投资对象仔细分析一番，对公司的各种情况多了解一些，如果没有好的投资对象，那么他宁可持有现金，也不会将资金随便地投放到市场中去。巴菲特将投资比作做生意，他愿意把钱交给那些经营有方的人去管理。

那么，怎样衡量投资对象是否合适呢？ 1986 年巴菲特不惜斥资 47000 美元在媒体上刊登了这样一则购买企业的广告：

1. 具备良好的管理能力（我们不负责提供管理）；

2. 企业性质简单（如果涉及过多的技术，我们难以理解）；

3. 在股票上有良好的收益，同时没有或几乎没有债务；

4. 大型企业（税前盈利最少为 5000 万美元）；

5. 显示始终如一的盈利能力（我们对将来的预期和"突然好转"的局势转变不感兴趣）。

以上五个条件基本上代表了巴菲特的投资价值取向，对于符合以上五个条件且报价合理的企业，巴菲特会毫不犹豫地买进。

具体来分析，巴菲特所青睐的投资对象包括以下几点因素：

第一，企业持续盈利的能力。投资人不要仅通过企业的纯利率来判断其盈利能力，还要注意观察数值是一下子突然升温，还是已经持续一段时间，这关系到公司股东所能获取的回报率的大小。巴菲特对股东回报率大小的判断不是仅仅根据公司一两年的收支，而是过去五至十年的公司运营状况。如果公司这几年的纯利率水平较高，并有持续上升的趋势，即显示公司管理层对业务营运及成本控制得宜，适宜投资。

能够赚取利润是巴菲特选择股票最核心的标准。他坚持以价值投资为导向，几十年如一日，选择购买那些优秀企业的股票。比如，他选择购买吉列公司的股票，是因为他知道吉列刀片已有100多年的悠久历史，消费市场比重大，每年占到全世界消费量的30%，在有些国家达到了90%的比重，而市场销售价的60%属于吉列公司。对于那些业绩表现平平或者很差的公司，即使该公司股价极低，巴菲特也不愿意投资。

第二，企业上市时间的长短。在选择投资对象时，巴菲特认为最好选择那些至少已上市达十年的企业，因为通过观察公司过去的表现，可以对公司的历史有所了解，并对公司的发展前景做一预测，来决定自己投资与否及投资的策略。事实上，巴菲特能够避过2000年美国科网股泡沫，就是因为他考虑到科网公司上市不足十年。

第三，公司借贷程度。公司通过借贷可以增强自身的获利能力，但是如果借贷数额较大就有可能使公司资不抵债甚至破产，这会直接影响到投资人的收益状况。所以巴菲特认为公司的债务理应处于较低水平，以使公司大部分的盈利不至于被利息支出所夺去。巴菲特通常通过债务对股本比率的状况来判断公司是否过度借贷，如果数值较低说明公司债务较少，反之则说明公司的债务较多。

第四，公司是否过分依赖单一的商品。巴菲特通常会对过分依赖个别商品的企业敬而远之，因为产品的单一性使得公司往往存在较高的潜在风险。

另外，巴菲特别喜欢投资竞争优势较强，其他竞争对手不容易取代的企业。公司越难被替代，其议价空间就越少，其获利能力就越强。

让巴菲特情有独钟的是那些拥有特许权的企业，因为这样的企业往往占有较大市场份额的优势。比如，像《华盛顿邮报》这样的大报，他曾经解释说，如果你给我十亿美元，并且给我一份全美五十大企业经理人的名单，我绝对可以在新闻界有一番轰轰烈烈的作为。这就是巴菲特1970年购买时代公司，耐特瑞德报，媒体将军，多元媒体，以及拥有波士顿全球报的联合出版社的原因。

巴菲特认为大型广告公司也是另一类强势特许权企业，因为大型的全球性企业要想在更广的地域内做广告都会找他们，而绝不会到一百个国家找一百个广告商帮他们做广告。

在巴菲特眼里，特许权的企业都有较高的内在价值像通用食品公司、可口可乐这样品牌较硬的企业都是巴菲特青睐的投资对象。因为品牌企业的市场地位较为稳固，在消费者心中有着良好的形象，所以在市场上它们的竞争力较强。

Warren Buffett
巴菲特写给子女的 ⑩ 个投资忠告

5

寻找最值得投资的行业

> 对大多数从事投资的人来讲，重要的不是知道多少，而是怎样正确对待自己不明白的东西。
>
> ——巴菲特

巴菲特经常对他的子女说："在选择一家合适的投资对象时，不仅要关注企业本身的状况，也要关注企业所属的行业，在那些最值得投资的行业中选择最值得投资的企业，才会取得丰厚的投资回报。"其实，巴菲特之所以选择这样的企业，是因为他们拥有较高的内在价值。

那些非理想投资行业中的企业即便是再优秀也不值得去投资。这样的行业包括，传统制造工业，因为这类公司股价往往过高，又容易被淘汰；那些经常需要投注新投资的大型重工业，以及劳工成本和资金需求不断增加的行业，投资这类公司通常不会赚取大笔现金。比如，纺织品行业就不是理想的投资行业，即使行业内的龙头公司，不断上升的劳动力成本，会侵蚀它的大部分利润。在这一点上巴菲特有过深刻的教训，他认为"一匹能数到 10 的马是杰出的马，但不是杰出的数学家，类似地，一家能在行业内有效分配资产的纺织品公司，是杰出的纺织品公司，但不是杰出的公司"。

在投资时，巴菲特坚持投资自己所熟悉的行业。因为在他看来，熟悉的行业业务较为简单，容易理解，只要稍加学习就可以成为这一行业的专家。此外，这些行业的企业的未来业绩和发展前景容易测定，可以获得长期稳健的利润。所以巴菲特将所投资的企业主要集中在保险、食品以及报纸等传统的行业。

巴菲特和盖茨是相当好的朋友，但在 20 世纪 90 年代他曾经远离了当时非常火爆的科技术股，他承认是因为自己没有能力理解和评价这些行业的业务，同时也把握不了它十年以后可能出现的状况。因而，2000 年初，网络股高潮的时候，很多人大赚特赚，巴菲特却由于不熟悉这一行业，没有购买这类股票，以致当时人们都认为他落伍了，但现在看来网络泡沫埋葬的是一批疯狂的投机家。

巴菲特在选择股票时会有意避开那些热门行业，而喜欢选择成长型的非热门行业，因为在他看来这些行业竞争不是很激烈，增值潜力较大，即其内在价值较高。这类行业的企业在市场低迷且不被市场看好的时候，巴菲特往往慧眼识金低位大量买入，之后获得不菲的收益。

研究巴菲特过去对普通股的投资，可以发现他较偏爱那些不可能发生重大变化、竞争力较强的产业。因为巴菲特所采取的是长期投资的策略，持股经常达几年甚至十几年之久，而行业是否稳定直接关系到他未来盈利的状况。虽然那些竞争环境经常发生重大变化的新兴产业，尽管可能会提供巨大的成功机会，但是它却不具备稳定性，所以巴菲特从不投资它们。

购买政府雇员保险公司股票是巴菲特最成功的投资之一。巴菲特用 4500 多万美元的投资赚了 23 亿美元，20 年间投资增值 50 倍，平均每年赚取 1.1 亿美元。其实，巴菲特选择这一行业就源于其长期稳定的业务。它是美国第七大汽车保险商，主要为政府雇员、军人等成熟稳重、谨慎的人提供汽车、住房、财产、意外伤害保险服务，业务相对来说非常稳定。

在巴菲特的投资构成中，桥梁、煤炭、道路、电力等资源垄断型企业也占了很大的比重。这类企业一般是外资入市购并的首选，另外行业的垄断性质也能确保平稳的效益。巴菲特对中海油等资源垄断型公司的投资，就获得了丰厚的回报。

1985 年巴菲特投资大都会时，尽管对其较高的股票价位不太满意，但基于其几十年的稳定历史，和行业的垄断性质，还是对其进行了投资。至 1995 年底巴菲特对于该公司的投资赢利共计 21.225 亿美元，投资收益率高达 615.22%。巴菲特说，作为传媒业即使由水平很差的人来管理，这项事业也会很好地经营上几十年，如果由懂业务的人来管理，效益会更高，其原因就在于其不同的产业性质。

在巴菲特看来，最好不要投资容易受到其他替代品威胁的行业。因为新出现的替代品一般价格较低、质量较好，性能较强，会对某一行业的发展前景产生显著影响，也会影响到投资者的收益。巴菲特的蓝筹票证由于商家的其他促销方法而受到威胁，公司业绩在 1970 年时达到 1.24 亿美元的巅峰，但后来由于面临天然气短缺，服务台决定不再使用购物赠券作为促销方式，许多超市转向了折扣销售的方式，这样其业绩就出现了下降趋势，到 2001 年，仅剩 4.7 万美元。

巴 菲 特 的 忠 告

在投资时，要避开竞争激烈的行业。有些行业内部的企业之间为了追求战略竞争力和超额利润，导致这个行业的竞争很是激烈，所以在这一领域的投资者往往很难获得利润。

6

选股看价值，神秘感不如安全感

你不需要成为一个火箭科学家——投资并非是一种智商为 160 的人就能击败智商为 130 的人的游戏。

——巴菲特

巴菲特曾对他的小儿子皮特开玩笑地说道："选股票就像选老婆，神秘感不如安全感。"这句话很生动地说明了选股的一个要素，那就是对一只股票并不了解的时候，千万不要贸然出击。如果在所有的真相没有浮出水面并保留着神秘感的时候作出抉择，那将会是很危险的。只有在股票给了你绝对安全感的时候，才是你最佳的投资时机。那么，所谓的"安全感"又来自哪里呢？

我们知道，在长期投资的时候，决定投资人能否获利的关键因素是投资对象的经济走势。投资对象和投资人的关系是"一荣俱荣，一损俱损"。所以，要想在投资中找到安全感，那就必须在投资对象上下功夫。巴菲特说过："我们在投资中分析的主要对象不是证券，而是公司。因为，不管我们的所有权是全部的还是一部分的，我们最终命运的决定权都在投资对象的手中。"

然而，现实中的很多人都将精力放在了对证券的研究上，希望能从行情的走势上得到可靠的信息。他们不明白，证券带给人的永远只是"神秘感"，而绝非"安全感"。即使你相信这种靠对证券行情的主观判断得来的信心就是"安全感"，那也只能证明你已经陷入了一个更大的陷阱。所以巴菲特认为，股市中所谓安全感的来源只能是投资对象未来长期发展中的良好走势。他说："我喜欢的公司应该有以下特点：务实、简单、稳定。"

有人通过对巴菲特在过去几十年间选择的投资对象进行研究，发现巴菲特偏爱那些不太可能产生重大变化的公司和产业作为自己主要的投资对象。原因是巴菲特相信它们会在未来十年或者更长时间内保持稳定的增长和竞争力。至于那些在迅速转变过程中的企业，虽然它们有可能为投资者提供很大的成功机会，但无论如何，它们都不具备能给人带来安全感的条件。它们所拥有的只是神秘感，而在神秘面纱笼罩的背后，有可能是美感，也可能是危险。

除此之外，巴菲特还喜欢那些相对来讲不需要怎么去管理就可以获利的企业作为投资对象，原因就在于这些企业会给投资者带来更多的更可靠的安全感。在安全感的指引下，人会变得更理智。这种理智，对于一个投资者来讲是最宝贵的财富。

我们说的这种安全感是通过仔细客观的分析得来的，所以，这种安全感有益无害，能使人明智。但并不是说所有来自股市的安全感都是可靠的，比如说"群体安全感"。所谓群体安全感就是人们在作出抉择的时候，不是通过个人的客观判断，而是通过判断大多人的选择作出投资选择。这个时候因为大家众口一词，万众一心，很容易获得所谓的"安全感"。但我们应该清醒地认识到，这种来自从众心理的安全感实际上是一种没有来源的安全感。它就像是一棵无根的大树，无法面对较大的风雨。

一位德国的科学家曾经做过一个实验：他先找来一群鸡，然后在一个鸡并不熟悉的环境中放上一堆米，当把第一只鸡放在这个环境中的时候，它以警惕的目光四处张望，偶尔吃一两粒米，它的恐惧感压过了饥饿感；然后他放进了第二只鸡，两只鸡在一起的时候就没有那么恐惧了，但他们仍带着警惕的目光小心翼翼地吃着米，到三四成饱就不吃了；之后科学家逐步让更多的鸡进入这个陌生的环境，他发现越多的鸡出现在这个环境中，它们的恐惧感就会越低，到最后这些之前小心翼翼吃食物的鸡已经开始哄抢地上的米了。更关键的是，在这个实验中，科学家发现，鸡群的数量越大，鸡的警惕性就越低，而鸡对于新环境的不安也会大大降低，这时候鸡就像在养鸡场里一样安然自得。

这种"群体安全感"是所有动物共有的天性，而且人类也一样会受到这种天性的影响。尤其是在股市上，这种安全感是最危险的，因为如果大家同时认为一只上涨中的股票会带来财富，那么人们会一拥而上，购买这只股票，与此同时，还会有更多的人加入这个行列。大量的投资者因为受到"群体安全感"的支配，抱着"要死不只我一个"的心理，大量的投资和疯狂的抢购会让这只股票在短时间内极速上涨，成交量翻倍。但当股票的价格已经远远超出其价值的时候，总会有人看穿其中的假象，于是有人开始抛售手中的股票。股价由此开始下跌，这个时候，往往又会引起大规模的抛售，以致股票的价格一落千丈。此时那些相信"群体安全感"的投资者无疑是最终的受害者。

真正的安全感是建立在客观、仔细、全面的分析的基础上的，其他一切安全感，由于它的来源本身就"不安全"，所以从实际意义上来讲，并不能称之为真正的安全感。因而，大家不要在有了安全感的时候就盲目出手，还应该知道，自己所得到的安全感是否可以给你真正安全的途径。

其实，我们强调的"安全感"只不过是试图让投资者能更多地运用理性分析投资对象，看清其内在价值，而不是忽视市场的客观规律，用主观臆断的"神秘感"去决定自己的投资。要知道，在这种情况下所做的投资必定会面临一定的风险。

巴 菲 特 的 忠 告

投资的原则应该是寻找更多投资对象的有效线索，以达成相对的安全。而利用主观臆断投资的投资者，他们也许会自认为具有安全感，但实际上，那只不过是神秘感的神秘面纱未揭开之前，人们对自己判断的盲目自信而已。

7

寻找长期稳定的产业链

我们只是持续挑选按"数学期望"衡量有最高税后回报的证券，这永远将我们限制在了我们认为可以理解的投资中。

——巴菲特

在对一个问题进行分析的时候，我们的思维不应只局限于问题的表面，而是应该全方面、多层次地去思考。在错综复杂的股市中，这种思考能力显得更加难能可贵。但是在选择投资对象的时候，我们的目光往往只局限在了投资对象这一个层次上。要知道，在现代商业模式里，各行各业都存在着内在的必然联系，这就是我们所说的"产业链"。

在一个产业链中，上游产业和下游产业是相互关联的，其中任何一环的危机都会迅速地扩散、扩大，最终影响到这个产业上的所有成员。所以，当投资者选择投资对象的时候，如果把目光只集中在投资对象本身的产业上，而忽视了整个产业链的运行情况，那么就会有突发其来的危机，致使投资者产生损失。

要想避免这种损失，投资者就应该寻找一个长期稳定的产业链作为投资的对象。只有这样，才能从整个市场大局的高度来控制盈亏。

"如果油价上涨，我就会买进棉花的股票。"苏茜对父亲巴菲特说的这句话难以理解：油价的上涨和棉花股又有什么关联呢？巴菲特解释说："在油价上涨之后，化合纤维的成本也会上升，所以用化合纤维制成的衣服价格也会上升，直接导致其需求量减少。这个时候，棉质衣服的需求就会上升，所以这个时候棉花的股票前景会很乐观。"这段话很直观地揭示了产业链之间的内在联系，体现了巴菲特对其中奥秘超强的洞察力。

巴菲特投资比亚迪，一直是中国金融界关注的一个事件，而在这个事件的背后，我们可以看到巴菲特在选择投资对象时，是怎样对一个产业链进行深度分析的。

在当前全球资源紧张、油价不断上涨的大背景之下，全球范围内传统的燃料汽车销量不断下滑。在这种情况下，比亚迪在短时间内有了一系列的大动作。2008年10月6日，比亚迪斥资2亿人民币收购了一家半导体生产企业——宁波中纬。此举的目的在于整合电动汽车的上游产业链，为下一步转向电动车市场做准备。通过这笔收购，比亚迪一举拥有了电动汽车驱动电机的研发能力和生产能力，确立了电动汽车新的驱动电机控制技术制高点。这个举动被目光敏锐的巴菲特洞悉，他对汽车、石油这两个产业链早已经有了自己的观点，而比亚迪此举，恰恰与巴菲特对行业的总体发展趋向的预测不谋而合，所以巴菲特毫不犹豫地投资了比亚迪。

如果想要对一个产业有较全面的认识，是十分不易的，那么想了解一个产业链，就更加困难了。但是，对于一个成功的投资者而言，这是一门必修的功课。

产业链是产业经济学中的一个概念，其可以细化为价值链、企业链、工序链和空间链四个维度的概念。这四个概念即相互关联又相互制约，它们在相互对接的均衡过程中形成了所谓产业链的内在机制。产业链既可以说成是一种客观规律，又可以说成是一种内在模式。它在无形中对身处产业链内部的每一个经济个体起到了一个宏观调控的作用。这种作用力的起点可以是产业链中的任何一环，但最终会对产业链内部的所有环节产生作用。

产业链基于一定的技术经济可以将各个产业部门相互关联，并依据特定的逻辑关系和时空布局关系客观形成链条式关联形态。其本质是一个针对具有某种内在联系的企业群结构的描述。同时，它又是一个相对宏观的概念，在这个概念中，又包含了一个二维属性：结构属性和价值属性。结构属性决定产业链内部的运作方式，价值属性则决定产业链中利益的分配和相互的制约。这是因为产业链中存在着上下游关系和相互价值的交换，上游环节向下游环节输送产品或服务，下游环节向上游环节反馈信息。

在这个像机器一样精确运行的机制中，内部任何一个"零件"的微小震荡，都会在它运行的过程中对整个运行机制产生一定的影响。产业链中的各个环节，虽然各司其职，各不相同，但它们之间的联系却又是无比紧密的。它们内部很少有竞争，但却充满了利益的博弈，但当外部环境不利时，产业内部又可以形成合力来与之对抗。

虽然投资者没有实质性地加入产业链，但是产业链中相互制约的关系却直接影响到了投资对象的发展前景，所以作为一个投资者，应该有看穿产业链内在运行模式的眼光，而只有这样，投资者才能避免来自产业链带给投资对象继而反应在投资者身上的损失。

如果说在巴菲特的投资智慧中，选择具有垄断性质股票的智慧是原则性的话，那么在选择稳定产业链这一点上，他所表现出的智慧应该是操作性的。这种操作性的智慧，虽然个人与市场力量的悬殊对比，可能会给其带来一定的风险。但是投资者还应谨记，市场中的风险是一定会有的，还是不可避免的，而这种操作性的智慧，就是将风险最小化的法宝。

巴菲特的忠告

选择投资对象的时候往往要拿出一年、两年或更长的时间对投资对象做系统地分析、考察。同时，所考察的对象不单单只是投资对象本身，更多的精力还要用在考察投资对象所处的产业链上。因为只有客观、系统、全面的分析，才能将真相从迷雾重重的股市中揪出来。

8

寻找具有持续竞争优势的企业

　　巴菲特在选择投资对象时，遵循的其中一个原则是"长期稳定的产业链"，而在此，再剖析一下巴菲特选股智慧中的另一个原则——寻找具有持续竞争优势的企业。

　　如果说一个长期稳定的产业链是一个大环境的话，那么，具有持续竞争优势的企业就是这个大环境中最优秀的一环。它们之间的关系是：竞争力强的企业一定处于一个长期稳定的产业链之中，同时，一个长期稳定的产业链又离不开这些具有很强竞争力企业的维持。所以说，在选择投资对象时，选择一个稳定的产业链是前提。但并不是说只要你找到了一个稳定的产业链就可以高枕无忧了，要知道，产业链的各个环节有强弱之分，所以，你必须找到一个处在稳定产业链中的具有持续竞争优势的企业——这也是巴菲特经常对三个孩子说的投资忠告之一。

　　在巴菲特所有的投资对象中，无一例外都具有持续竞争力的优势。其实，这个标准是所有投资者的共同标准。谁都知道，选择一个具有超强竞争力的投资对象，就相当于给自己的钱袋注入了一针持久的催肥剂。大家还要注意，这个"长期竞争力"中的这个"长期"二字非常重要，如果将目光集中在一个较短的时间段内，竞争力很明显就可以体现出来，而在实际的股市上，这种明显的竞争力所蕴含的能量往往已经被人挖干。所以，只有长期的持续竞争力才是我们真正需要的。那么，要怎样能判断一个企业是否具有这个能力呢？

巴菲特在选择投资对象时，曾经总结出了以下的投资标准。

具有垄断性质的企业；所生产的产品在投资者的了解范围之内，且前景良好；稳定的经营；财务状况良好；高效率，高收益；资金链完整、健康；所生产的产品价格合理。

为什么第一条是要选择具有垄断性质的企业呢？巴菲特说，对于一个企业来讲，如果它处在一个垄断的行业中，那么即使是傻瓜也是可以管理好它的。这就说明了，垄断性质的企业具有其他企业难以比拟的绝对竞争力，这种竞争力的来源就是根本没有人与其竞争，或者说其他企业已经没有勇气与其竞争。所以说，垄断是企业竞争力的最好来源。无疑，这样的企业投资价值是很高的。

但是，在现代商业中，垄断性的企业可谓是凤毛麟角，因此我们在看一家企业是否有竞争力的时候，垄断性并不是其唯一标准。我们还应该以全面的、发展的眼光来分析一个企业是否具有长期竞争力。对于一个并非处于垄断行业的企业来讲，通过提高自身的各种能力，也完全可以成为一个具有强大竞争力的企业。这些能力包括：稳定的经营能力，良好的财务状况，完整的资金链，合理的产品价格及极高的效率和收益。投资者根据这些条件，完全可以找到一家具有竞争力的企业。

巴菲特也正是遵循了这些原则，选定了一系列具有竞争力的公司作为投资的对象，而这些公司也为他带来了成功。

2006年的环球在线消息报道说："股神"巴菲特在这一年又有令人意想不到的投资——以40亿美元的价格购买了以色列伊斯卡尔金属制品公司（Iscar metalworking）80%的股份，这是目前为止巴菲特在美国本土以外进行的最大额度的投资，同时也是以色列历史上来自海外的最大一笔投资。

当时的以色列政局并不稳定，针对以色列的恐怖袭击事件时有发生。因而，一般的投资者都不敢轻易到以色列投资，也不认为以色列国内的企业有什么投资价值。但巴菲特却通过一系列仔细的分析，认为伊斯卡尔金属制品公司

（Iscar metalworking）完全符合一个具有持久竞争力公司的所有条件，所以巴菲特做出了投资该企业的决定，而且这次的投资金额在巴菲特的投资历程中是史无前例的。虽然这个决定在投资界引起了轩然大波，人们对此议论纷纷，但其中的奥秘，却是常人不能轻易洞察的。

伊斯卡尔金属制品公司位于以色列北部，主要生产汽车和飞机制造公司所需的零部件，其产品主要销往美国、巴西、中国、德国、日本和韩国等国家。而且，这家公司不仅有完善的管理机制，它的经营者还是相当优秀的职业经理人。在中国、俄罗斯等国家重工业发展壮大的背景下，他们的产品将会在未来很长一段时间内供不应求。所以，巴菲特综合考虑之后，决定投资伊斯卡尔。

巴菲特的这个决定引起了以色列政坛的广泛关注，总理奥尔默特在 7 日获知这个消息后高兴地表示："他（巴菲特）此举告诉外界，他支持以色列经济，并认为其非常稳定。"事实的确如此，巴菲特的投资给以色列政府带来了不少好处。首先，以色列政府预计将会直接从这笔交易中获得近 10 亿美元的税金，这相当于以色列年平均税收的 2.5%。其次，巴菲特打开了混乱状态下在以色列投资的先河，凭借巴菲特的权威效应，会进一步吸引大量投资者来以色列投资。无疑这对于以色列的经济来讲是相当有益的。有经济专家指出，2005 年，以色列经济增速为 5.2%；2006 年，以色列预计将会在此基础之上继续增长 4% 至 4.5%，并且其市场结构也在逐渐向良性发展。

反过来讲，由于有了当地政府的大力支持，巴菲特所投资的伊斯卡尔金属制品公司（Iscar metalworking）的竞争力将会大大提高，甚至很有可能在国内形成长时间的垄断态势，这是巴菲特最想看到的局面。不知道巴菲特当初在作出抉择时候，是不是也将这方面的因素归到了其中，如果真是这样的话，那更足以体现巴菲特神鬼莫测的投资智慧了。

巴菲特的忠告

　　在看一家企业是否有竞争力的时候，垄断性并不是其唯一标准，还应该以全面的、发展的眼光来分析一个企业是否具有长期竞争力。对于一个并非处于垄断行业的企业来讲，通过提高自身的各种能力，也完全可以成为一个具有强大竞争力的企业。这些能力包括：稳定的经营能力、良好的财务状况、完整的资金链、合理的产品价格及极高的效率和收益。投资者根据这些条件，完全可以找到一家具有竞争力的企业。

Warren Buffett

忠告七

To the children
10 Investment Advice

股票投资需要独立思考，切勿盲从

1. 不要被他人的看法所左右

2. 投资者不要被股票预测所左右

3. 耐心坚守自己的投资原则

4. 相信自己对市场的判断，不要被他人的言论所左右

5. 跟着自己的直觉走，坚持自己的判断

6. 世界上没有永远有效的市场

1

不要被他人的看法所左右

> 我总是感到不可思议，为什么高智商的人不动脑子地去模仿别人，而我从别人那里从没有讨到过什么高招，所以你必须独立思考。
>
> ——巴菲特

巴菲特真正开始投资是在他 25 岁的时候。之前他虽然也曾经接触过股票市场，对股票投资有一定的了解，但并没有全身心地投入其中。但从 25 岁开始，他就认定了自己的职业是做股票投资。

从开始投入于股票市场直至今天，巴菲特都并非只是单独一人投资，而是和几位朋友合资投资。刚开始投资的时候，在这个合资的合作团体中，巴菲特所获得的利润是最多的。但这并不是因为他的资金最多，而是所有合伙人都认定他的投资理念是最优秀的，因此一切的投资决策都由他做决定。也就是说，巴菲特获得的利润，是他全力服务这个合作团队的回报。大家议决之后，巴菲特只向该团队拿出了 100 美元的资本，而加入这个合资团队的其他合作伙伴则一共出了 10 万美元。

最初的时候，其他的合作伙伴虽然知道巴菲特在理论上对股票市场的运作早已经有了很深入的认识，但在投入股票市场的开始阶段，对于巴菲特的能力，他们仍然存有一丝怀疑。所以，他的合伙人在最初时，有时会一同讨论应该怎样运用手中的资金。虽然巴菲特坚持要由他做出一切买卖决定，但其他合伙人当时不了解这一套投资理念，更不知道数十年之后他们可以将资本增大到以亿来计算，所以当时大家聚在一起研究应该采取什么投资策略之时，都各抒己见，并不完全以巴菲特的策略为准。当其他人提出各种与巴菲特相左的理论时，巴菲特始终坚持自己的看法，认定自己的投资策略是最好的，而且他坚持认为，如果这个投资合作的事业是由他做最后决定的话，其他合伙人就一定要听他的意见，由他来做最终决定！巴菲特还坚持，如果不是运用他的这套投资策略，他宁可退出这个合作。由此可见，巴菲特对于自己的投资理论是相当有信心的。

在这种情况下，合伙人只得选择采用巴菲特的投资策略。几年后，由巴菲特主持的合作投资组合升值了好几倍。而如果采用其他理论，他们是否能够得到同样的回报却是一个疑问；如果当时这一个合作以伙伴的形式进行，不是由巴菲特做出最终决策，而是由其他人做最终决策，是否会得到同样的回报，也是一个疑问；如果当时巴菲特并没有坚持自己的见解，而是听从其他合伙人的意见，或至少一部分的资金是依其他合作伙伴的建议去运用，那么，是否会得到这样美满的投资回报也是一个疑问。总之，没有巴菲特的坚持，相信他们的投资可能就不会有这样令人惊叹的回报。

一般的投资分析，是借由基本理论分析和技术分析两种方式来进行的。现今的投资分析当中，也只有这两种分析方法，别无选择。然而，对于像巴菲特这样的投资高手，世界最顶尖的投资大师，他的投资手法早已经超越了这一境界。

巴菲特对此的看法是：当所有的投资者都在进行基本分析和技术图表分析之时，图表分析就变得大众化，充斥了各种人群的观念，最终大家得出的结论都会差不多。当每个人都由这样相同或至少是近似的分析作出结论时，投资分析就变成了一种"羊群效应"，而投资最终也会变得随波逐流。

巴菲特做股票投资从来不会进行图表技术分析，他曾直言不讳地告诉自己的子女，这样的分析完全没有任何意义。他的投资方法和分析思路，和其他的投资者有着本质上的区别。他的分析和选股方法就是只看企业的内在价值和其股价的差异，从而决定股票是否值得买入。不论是宏观因素还是整体股市因素，巴菲特都从不理会。至于图表，巴菲特认为它只有短暂的作用，对于一个长期投资者，甚至是终身投资者，图表的走势如何，无关痛痒。

巴菲特的忠告

在投资时，投资者就应该始终坚持自己的意见，而不被其他人左右。因为一个成功的人物总会有他个人的主见。

2

投资者不要被股票预测所左右

別人赞成你也罢，反对你也罢，都不应该成为你做对事或做错事的因素。

——巴菲特

巴菲特对市场预测是持反对态度的，他曾给女儿苏茜讲述过这样一个故事来揭示市场预测的荒谬性：测试者拿出 100 张照片，让被测试者在其中选出五张自己觉得最漂亮的脸，然后看哪位受测者选的照片与大家公认的最漂亮的照片一致。大家在听了测试者的意图后，在选择照片时都违背了自己的主观判断，不是选择自己认为最漂亮的脸，而是选择了大家认为最漂亮的脸的照片。

这反映了一个什么问题？这说明在证券交易市场上，很多投资者包括那些声称有独立判断能力的投资专家，在进行投资判断时，总是会受到别人的影响而去预测市场，考虑的是市场上的其他券商未来几天将会做什么，而不是自身的状况。

投资者最大的敌人不是股市而是他们自己。投资者要相信自己的判断，失去自己的独立判断能力，而盲信那些所谓专家的预测是非常幼稚可笑的，他们的预测只能为投资者提供一个参考，而不是行动指南，最终的行动还是靠自己的判断。其实对于专家的预测，他们自己也是没有把握的，如果谁能百分之百准确地预测市场，哪怕他只有 1 万元就足可以毁灭这个市场了。如果投资者在投资时被各种各样的预测所左右，即使他具有高超的分析能力，也很难获得较大的投资收益。

　　巴菲特不相信所谓的市场预测，在他看来股票市场并不是一个指标，只不过是一个可以买卖股票的地方而已。因为股票市场受到多种因素的影响，股市的未来走势永远是不明朗的，他认为自己无法对市场进行预测，也不去预计在什么时间里市场行情会上升或下降，相信那些经常预测市场的华尔街专家们也不会准确无误地预知短期内股价的变动。对这些人的预测巴菲特评价道："投资人期望经纪人会告诉你在未来两个月内如何通过股指期货、期权、股票来赚钱完全是一种不可能的幻想。如果能够实现的话，他们也根本不会告诉投资人，他们自己早就赚饱了。"

　　在伯克希尔 1988 年股东大会上巴菲特说："对于未来一年后的股市走势、利率、以及经济动态，我们不做任何预测。我们过去不会，现在不会，将来也不会预测。"因为他相信对股票或债券价格所做的短期预测对了解未来毫无帮助。从长远的角度来说，市场在创造丰厚收益方面是一个很大的赌注，如果投资者试图通过预测市场取得收益最大化和控制损失，很可能会遇到麻烦。

　　格雷厄姆说："一个人离华尔街越远，对所谓股票市场预测与选择买卖时机的主张也就会越发怀疑。"居住在远离纽约的巴菲特自然不会相信那些所谓的华尔街分析师的市场预测，认为他们的预测只是使财富的统计数字好看一些而已。他所追求的是适度，在其他投资者进行市场预测或者花时间听信专家的预测时，他所做的就是跟在这些相信预测的投资者的后面，在他们贪心的时候保持戒慎恐惧的态度，唯有在所有的人都小心谨慎的时候才会勇往直前。

　　巴菲特不去预测股票市场是上涨还是下跌，这也与他坚持长期投资的策略有关，他认为股市的不确定性恰恰是长期购买者的朋友。只要相信自己所持有的股票，就不会担心股市的一时波动，在股价下跌时还可以很好地利用这种机会增加自己的持股，而不是被市场预测所左右，甚至让其误导自己采取错误的行动。巴菲特为了提高投资成功的几率，他不是事前预测市场，而是在作出投资之后，做好当市场出现变动时的财务上和心理上的准备，具备当所持股票价格下跌一半而不惊慌失措的能力。

　　巴菲特不仅不相信股评专家们的预测，他甚至不屑于用"内部消息"去赚钱。1968 年巴菲特正一步步地吸纳一家家庭保险公司的筹码，而有一天他的手下为他买进了一批价值 5 万美元的股票，巴菲特知道这样做是合法的行为，但是他还是做出了让人难以理解的决定，让手下撤销了订单。原来，巴菲特听到了这家保险公司将被城市投资公司以高价接管的内线消息。第二天，这个内线消息被公布了，尽管巴菲特失去了一次盈利的机会，但是他仍然坚守自己的行为准则，那就是自己做出投资判断，而在对事实不了解的情况下他不会轻易做出投资决定。如果巴菲特像一些没有主见的投资者那样喜欢打听内幕消息，相信他永远不会成为投资大家。

巴 菲 特 的 忠 告

　　了解其他大多数人的想法，并不能够代替自己本身的思考。要想获得大量投资收益，你就得小心评估各个公司经济面上的基本特质。仅凭热情拥抱目前最流行的投资方式或情况，无法保证自己一定会投资成功。

Warren Buffett
巴菲特写给子女的 ⑩ 个投资忠告

3

耐心坚守自己的投资原则

> 如果你发现了一个你明了的局势，其中各种关系你都一清二楚，那你就行动，不管这种行动是符合常规，还是反常的，也不管别人赞成还是反对。
>
> ——巴菲特

在长期的投资过程中，巴菲特形成了自己独特且广受子女耳濡目染的投资原则——投资安全性好、利用基本面分析找出市场上价值被低估的股票，并长期持有；把市场当成仆人而非向导的市场原则；集中投资于少数股票的组合原则；重视企业的盈利能力，等等。这些投资原则看似简单，但是成功地应用到投资实践中却并不是一件简单的事，它也并不能保证巴菲特的每次投资都能赢得利润，有时还会为他带来损失，但即便如此巴菲特也从来都没有轻言改变过自己的原则。

二十世纪后半叶至二十一世纪初期，美国股市刮起了一场"网络股"旋风，随着股票的不断飙升，众多的投资者如潮般涌向证券交易所争相抢购股票。但是巴菲特始终保持着冷静的心态，没有丝毫动心。他知道与一时获得的巨额利润相比，企业的成长潜力永远是最重要的。对投资原则的坚守，使人们感到巴菲特于投资潮流格格不入，甚至当时有人对他的投资原则提出了质疑，纷纷规劝巴菲特及时抛掉已经不适用的投资观念，还有人对他冷嘲热讽，认为他性格偏强，不知变通。但是巴菲特不以为然，依然坚守自己的投资原则，他说："我认为自己的投资原则没有过时，我不想随便改变自己的投资原则。"

巴菲特的这句话表现了他对自己的投资原则的忠贞。

事实证明，巴菲特的这种忠贞使他受益匪浅。后来出现的网络泡沫，使网络股价大幅度下滑，许多投资者一时间损失惨重，这时他们才佩服巴菲特的冷静与理智，而一度遭受众议的巴菲特的投资原则再次受到人们的认可，巴菲特也再次受到了人们由衷的尊重。

其实，无论做人还是做事都离不开一定的原则。做人讲究原则才会赢得别人的尊重；投资讲究原则，不因外界投资形势发生的变化而怀疑自己的原则，也不因外界的相反评论而否定自己的原则，更不能因为一两次的投资失败而抛弃自己的原则，这才有可能克服一时的失败，取得长期的投资回报。

巴菲特就是这样的一位投资者，他一直都在坚守着自己的投资原则和信念，严格按照自己的投资理念一如既往地进行投资，即便是蒙受损失也会对自己的投资理念和投资原则坚守不渝，并挺过了一次次的金融危机，最终取得了丰厚的回报，而与这些回报相比，一时的损失就显得无足轻重了。

投资者在投资时，如果随意更改投资原则，就难以建立属于自己的投资理论体系，也不会形成自己持久的投资风格，也经不起外界利润的诱惑，一发现有利可图的投资机会，就会随波逐流，将自己的投资原则抛在脑后。这种浮躁的心态是十分危险的，当股票市场出现较大的风波时，这些投资者几乎难以回避投资风险。

巴菲特的忠告

我不会放弃先前那种我已经非常熟悉其内在逻辑的投资方法，尽管我知道它应用起来有很多困难，并且很有可能导致相当大的永久性资本损失，但另一方面，这种方法意味着显而易见的巨大收益。

4

相信自己对市场的判断，不要被他人的言论所左右

> 如果你是池塘里的一只鸭子，由于暴雨的缘故水面上升，你开始在水的世界之中上浮，但此时你却以为上浮的是你自己，而不是池塘。
>
> ——巴菲特

巴菲特曾总结过这样一个投资定律：在其他人都投资的地方投资，你是不会发财的。事实证明，大多数投资成功的人，都或明或暗，或有意或无意地遵循了这个定律。从巴菲特的投资定律中可以看出，他在投资时从来不会盲从于别人，而是根据自己的判断进行投资，这也是他经常告诉子女们的投资忠告。

其实，在巴菲特还是个学生的时候他就已经懂得不被他人的言论所左右的道理。巴菲特在劝告投资者不要盲目随众行动时，形象地将那些随大流的投资者比喻为旅鼠，指出许多投资者在投资时像旅鼠一样毫无目的，往往是追随着别人的脚步选择某种股票，从而在股价的大幅波动中使自己受损。巴菲特还曾引用过他的老师格雷厄姆讲过的一个笑话来讽刺盲目随众的行为。

故事从一位石油勘探者死后进入天堂开始。在石油勘探者见到上帝的时候，上帝不好意思地对他说："你确实有资格进入天堂，但天堂上分配给石油界的地方实在是已经拥挤不堪了，真的没办法再留下你。"那位石油勘探者非常聪明，他对上帝说："可不可以让我站在他们住的门口讲一句话？"上帝同意了。于是，那位石油勘探者就站在门口对天堂里的石油业者大喊了一声："地狱里发现石油啦！"话音一落，就见所有人都从里面冲了出来，毫不犹豫

地向地狱跑去。这使上帝感到非常惊讶，并立刻请那位石油勘探者进驻天堂。可令人意外的是，这位制造谣言的石油勘探者犹豫了一会，居然说："算了，我想我还是跟那些人一起去好了。"故事深刻揭露了从众心理的弊端——习惯了追随大众，有时候明知是假的，也会不由自主地跟去，这样的心理运用在投资上，自然是有赔无赚。所以巴菲特一直都坚持自己判断市场，永远不被他人的言论或行为左右。

巴菲特曾在与朋友谈话时说："当你非常清楚自己所处的环境，而且事实也非常确切，你就不要犹豫，行动起来吧，不要顾及你的行动是否符合常规，也不要在意别人是否同意你的意见。"巴菲特始终坚持自己对事物进行判断，并自己寻找证据，因为他感觉过多的考虑别人的建议不但对自己没有什么帮助，还会令他感到困惑。巴菲特是这样说的，也是这样做的。例如在 20 世纪 70 年代，华尔街盛传新闻业的前景令人堪忧，以致许多投资者都纷纷抛售媒体公司股票。但此时巴菲特却没有盲目抛售，而是对新闻媒体公司进行分析判断，在研究的过程中他发现新闻业有一项专有的特权，即保险免赔限度。

于是在 1973 年，巴菲特投资 1062 万美元买下《华盛顿邮报》10% 的股份，此时《华盛顿邮报》的股价受到投资者的严重打击，其价值被严重低估，用巴菲特的话说就是："1973 年中期，我们以不到企业每股商业价值四分之一的价格，买入了我们现在所持有的《华盛顿邮报》的全部股票。"此后，《华盛顿邮报》的发展，让许多盲目随众抛售的投资者懊悔不已，同时也给了巴菲特丰厚的回报。在 20 世纪 80 年代，《华盛顿邮报》公司获得了巨大发展，而且因为获得普利策奖而赢得世界瞩目。此后，《华盛顿邮报》公司不断扩展业务，实力逐年增长。时至今日，《华盛顿邮报》已经成为华盛顿州最具影响力的报纸；《华盛顿邮报》公司同时拥有华盛顿州的另一份很具影响力的报纸——艾弗雷特《先驱者》报。目前，《华盛顿邮报》公司的员工人数已经达到 6000 名，除了拥有具有很大影响力的报纸外，它另外还拥有 6 家电视台。《华盛顿邮报》如今的股票价值总额已经远远超过了 50 亿美元。巴菲特当初用来投资《华盛顿邮报》的 1062 万美元到 33 年后的 2006 年底已经达到了 12.88 亿美元，其投资回报率高达 127 倍。

从巴菲特投资《华盛顿邮报》公司的例子可以看出，要想在股市中掌握自己的命运，就必须学会自己思考，自己判断，不要人云亦云，盲目随众。就像巴菲特给投资者的那个建议："如果股民集中定位于几个特定的公司股票，而不是盲目随众地从一只平庸的股票跳到另一只平庸的股票，那么你的投资业绩会更好些。"

巴菲特的忠告

我并不依据别人认为股票市场将会怎么样来买进和卖出股票。虽然股票市场的行动方向在很大程度上决定我何时买卖是正确的，但我对公司的精确分析在很大程度上决定着我是否是对的。换言之，人们应该集中精力于应该发生什么，而不是它应该在何时发生。

5

跟着自己的直觉走，坚持自己的判断

> 一个杰出的企业可以预计到将来可能会发生什么，但不一定知道何时会发生。重心需要放在"什么"上面，而不是"何时"上。如果对"什么"的判断是正确的，那么对"何时"大可不必过虑。
>
> ——巴菲特

　　成功的投资固然离不开理性的思考，但也不能小觑甚至忽略直觉的作用。因为每个人都有自己的投资专长，适合别人投资的领域或者他人容易成功的领域，由于专业知识的限制，并不一定适合自己投资。投资大师费雪喜欢投资半导体和化学产业，巴菲特却没有投资。由于巴菲特这方面的专业知识不是很丰富，所以他很难依靠直觉做出正确的判断。其实要知道哪家公司生产什么化学产品并不困难，可是要判断每家公司的长期竞争优势在何处就不是简单的依靠直觉就能解决的问题了。除非自己是这一领域的专家，但是即便是专家也不要忘记某一领域的发展速度突飞猛进，这足以说明要想知道产业以后的发展状况就不是那么容易的事。

　　所以在投资的时候一方面要注重建立在专业知识基础上的理性判断，另一方面也要相信直觉坚持自己的独立判断。巴菲特在股票投资中取得成功，不仅得益于他独特的投资理论，也与他的直觉有关。他的很大一部分投资策略的制定都来源于他的第一感觉，凡是自己感觉能够取得较多收益的股票，他都大胆地进行了投资。

　　巴菲特靠着直觉投资使他所掌管的贝克夏投资公司的不少股东都说，一开始巴菲特不研究股市就盲目投资，使得不少投资决定与股市行情相悖，但是后来的投资事实总能证明他投资的正确性，以致人们不得不佩服他在投资方面拥有天才般的直觉能力。

显然直觉在投资中起着这样大的作用，但是直觉并不是人们轻易就能获得的。直觉并不是鲁莽地对某一项投资做出判断，直觉的基础是调查研究，是在对事物充分了解的基础上所做出的判断。巴菲特的这种对投资的直觉并不是天生的，也不是盲目地进行投资，而是与他形成的对所投资股票的公司的详细了解和调查习惯不无关系。在对所要投资的企业进行仔细的调查后，他只要觉得这家公司很有发展潜力，股票能在将来为自己带来利润，就根本不去理会什么股市行情，而会依据自己的直觉做出投资决定。正如巴菲特本人所说："自己的直觉是自己对即将购买的股票和企业的第一直觉，这种直觉是建立在对企业的充分了解之上的。"这种直觉会使人产生一种超前的投资意识，由这种意识所决定的投资对象的将来的经营状况是不会在股市中立刻被反映出来的。所以，股东会产生一种巴菲特的投资决策与市场行情相悖的感觉。

巴菲特认为这种感觉很容易受到市场行情的干扰，尤其是那些不熟悉股市的投资者受到这种干扰的倾向较为明显，他们常常改变原本是正确的投资决定，结果适得其反。

在实际的投资活动中，像巴菲特说的这种现象并不少见。有些投资者一开始的时候觉得投资某只股票很可能赚到一大笔钱，但是在真正要投资的时候，却因为股市的某种因素而改变了这种想法，后来会因这确实是一只很有潜力的股票而后悔莫及。

巴菲特的忠告

　　投资者在决定某项投资的时候，切忌犹豫不决。当然，受到经验是否丰富和经历的影响，并不能保证每次的直觉都是成功的。对于后来出现的新的影响因素，一定要考虑在内，不断完善自己的直觉，以避免不必要的损失。

6

世界上没有永远有效的市场

> 从短期来看，市场是一台投票计算器；但从长期来看，它是一台
> 称重机。
>
> ——巴菲特

1996 年巴菲特因为看好米老鼠的良好市场形象，看好迪斯尼公司拥有对这个小动物明星的垄断权，所以依据自己的原则，巴菲特以每股 65 美元的价格买入了该公司的股票。巴菲特买入该公司的股票是因为他确认该公司的内在价值还远不止 65 美元，此时该公司的价值已经被低估了。该公司的一批娱乐设施都是有非常好的盈利前景的，巴菲特此时买入的目的就是为了长期持有该公司的股票，坐等该公司不断成长和扩张，从而获得一个好的回报。

但是事情却并没有巴菲特想得那么简单，随着美国网络等相关行业的兴起，迪斯尼公司开始大举进军网络行业，这大大出乎巴菲特的意料。因为在他看来，网络是一个风险很大的行业，虽然当时的人们都非常看好这个行业，但是究竟未来能有多大的盈利空间却是一个未知数。可迪斯尼公司并不是将公司的重点放在它的优势项目游乐设施和动画产品方面，而是用非常多的流动现金投入到了一个不知名的搜索网站里，不但如此，还对搜信这个严重亏损的网络公司进行了收购，从而为公司带来了很多的麻烦。

此时，巴菲特认为该公司因为没有将主要精力放在主营业务上面，如扩大发展、提高服务、增强竞争力，从而导致公司发展方向不明确，而且未来的盈利空间也变得非常有限，甚至公司因为投资网络而变得前途未卜了。此时该公

司的股价让巴菲特觉得已经非常接近于公司的内在价值了，甚至说股价已经高于公司的内在价值了，这就说明此时再持有该公司的股票不但不会带来很大的投资收益，反而可能会带来很大的投资风险。

于是，巴菲特对这只股票只持有了4年就将其卖出了。这虽然看起来有些违背他一直坚持的长期持有的原则，但是能够随着市场的变化，随着公司经营状况的变化而改变自己的投资策略显然是更明智的。可那些跟风巴菲特买入迪斯尼股票的投资者却还不清楚发生了什么，因为股价当时并没有出现太大的下跌。由此可以看出，市场并不是时时有效的。当这个公司的业务状况出现了改变的时候，市场并没有做出太大的反应。显然，这就是市场的落后。而此时如果我们不对公司的相关信息进行研究，而只知道技术上面公司的股价还没有什么危险，那么这样的投资者持有该公司股票不仅不能取得很好的收益，长期来看还可能会亏损。

所谓市场是有效的，也就是说认为市场能够对上市公司的相关内容进行客观而有效的反映。这其中就包括公司过去的相关信息，以及大众都知道的信息和大众并不是太了解的信息进行反映。有许多人认为市场永远都是有效的，也就是说他们认为无论市场处于什么样的状态下都是对该公司内在价值的反映。但是，巴菲特却非常不认同这种观点。

巴菲特认为如果不用长期的眼光看市场的话，那么市场多半都是无效的。也就是说，市场并不能够准确地反映出公司的内在价值来。他认为投资者的情绪是在决定着市场的走向的。也就是说，如果投资者的情绪高涨，大家都认为短期内股市能够上涨，那么越来越多的人就会买入股票，从而将股票的价格推高。而相反的，如果投资者认为股市将会下跌，那么大家都看跌股市，于是抛售股票的人也就越来越多，自然市场就会向下运行。由于投资者的情绪往往是不理智的，也是非常难以把握的，所以巴菲特从不对市场的运行提出什么自己的看法。因为他知道他不可能准确地预测股票市场。

不过，巴菲特他也并不是完全认为市场就一点也不能够反映出上市公司的内在价值。不然的话他也就不会坚持价值投资了，也就不会参与市场，买入股票了。巴菲特对于市场的观点是：在一个较长的时间段内，市场是能够反映上市公司的信息的。也就是说，市场能够反映上市公司的内在价值。如果一个公司的业绩优良，那么长期来看股价就能够不断攀升；而相反如果一个公司业绩较差，那么即使短期内股价有所上涨，但是长期来看，它的股价也一定是下跌的，或者至少是不涨的。

巴菲特不认为市场能够一直有效，在一个相对短的时间内市场往往不能够准确反映公司的内在价值。其实，这也是巴菲特一直坚持长期投资的一个很重要的原因。巴菲特认为，短时间内市场所作出的反应是不可靠的。例如，如果一个业绩较好的公司因为意外或是事故，虽然这会对公司业绩发展有影响，但是影响并不是很大，而那些普通投资者往往遇到这种情况就选择抛售这只股票，于是大多数人也开始抛售该公司股票，而在这种情况下，该公司股价自然就会出现较大幅度的下跌。这其实就是市场过激的反应，其公司的内在价值往往是被低估了的。同样，有很多时候，市场对公司的反应是落后的。这样的特点给投资者带来的往往是较大的风险，如果普通投资者不去研究公司基本面，而只是盯着图表的话，很可能会遭遇投资的亏损。

巴菲特的投资观念往往和普通投资者相反。一般的投资者做投资都是先听听市场上面那些所谓的专家对行情未来的看法，之后再做出自己的投资决定。可以说，这些专家没有一个能够将行情非常准确地预测出来。巴菲特就从不试图预测市场，他同时还告诫普通投资者：预测市场的未来，我们就会沦为市场的附庸，变得失去自我，没有一点主动。

但是，巴菲特对自己的股票总体的价格走势还是有一个预判的。也就是说，他买入该股票看中的就是该股票在一个较长的时间内能够有一个很大的上涨空间。通常，这个时间可以是 10 年或者更久。巴菲特从不会去预测短期的市场走向。他这样说过，他对市场一年内的走势都不感兴趣。因为他知道没有人能够真正地预测市场，而根据那些所谓的市场预测来买卖股票，就往往会使投资者陷入到一个追涨杀跌的怪圈中。投资者需要知道的是，连续的买卖，甚至不惜高价买入股票都会抬高自己的投资成本，减少自己的投资收益。

巴菲特不关心短期市场的变化，因为他对自己所选择的股票和公司有信心，他也知道这些公司在未来将会有很好的盈利状况。他本来是在低位买入的股票，如果盲目地听从市场上面的预测传言，快进快出，那么他就不可能将他的成本控制在一个很低的位置了。

　　巴菲特是不会关注短期内市场的走向如何的，他只知道未来或者很长一段时间里，他所选择的股票是会上涨的。也许你会觉得他有些武断，但是恰恰是他的这种自信，才让他的投资屡屡获得成功，使得他的利润逐年猛增。而巴菲特之所以不被市场预测所左右，主要是因为他很有主见，是靠着自己的独特思维去考虑问题所致。

巴 菲 特 的 忠 告

　　如果你有听信市场预测的时间，还不如去多读读相关上市公司的财报，或者是关注一下这些公司的经营状况和未来的盈利状况。因为这才是未来股价能否上涨的关键所在。

我的投资中"明星股"总是获利最多的股票

1

明星不如天王巨星

> 市场的存在为我们提供了参考，方便我们发现是否有人干了蠢事。投资股票，实际上就是对一个企业进行投资。你的行为方式必须合情合理，而不是一味追赶时髦。
>
> ——巴菲特

在体育竞技中，那些主力球员常常在比赛的时候发挥其超长的技能，引导自己的队友取得成功。这样的主力球员往往被人们称为"明星球员"，之所以这样称呼他们，是因为他们在比赛中的活跃表现以及他们在运动上所特有的天赋，将使他们取得比赛最终胜利。其实，在进行股票投资时，投资者的选股标准也与之有一定的相似之处。像那些价格波动小，而且价格持续稳定的股票，通常也会被投资者称为"明星股票"。因为这样的股票就像星光闪闪的明星一样，对投资人有着极强的吸引力。所以，这样的股票就成了投资者喜爱甚至是热捧的对象。

巴菲特曾对小儿子皮特说："我一直在努力找寻业务清晰、财务报表易懂、业绩稳定，而且是由那些能力极强、时时为股东着想的管理层所经营的天王巨星公司。尽管这种目标公司有时候并不一定能保证我们在短期内投资获利。我们不仅要以合理的价格买入，而且我们所买入公司将来的业绩还要与我们所估计的相符。可以说，寻找天王巨星这一投资方法——给我提供了真正通向成功的机会。"根据这一段话，就可以看出作为投资大师的巴菲特和普通投资者的选股标准很不一致。在他看来，投资时所选择的目标性企业，不能只是一个明星企业，如果能够选择到那些天王巨星企业则更好。

1996 年，巴菲特曾在伯克希尔公司股东大会说："如果你能持有 3 家非常优秀企业的股票，你肯定会很富有。"从此话中就能折射出，只有超明星的企业，才会拥有天王巨星级的股票。

在进行股票投资选股时，分析和判断企业是否具有持续竞争的潜能是很重要的环节。巴菲特认为，那些能够在 20 ～ 30 年内依旧保持优秀业绩的企业，就是所谓的天王巨星企业的最显著的特点。巴菲特于 2000 年 4 月，在参加伯克希尔公司召开的股东大会时，曾这样回答一位名叫迈克尔·波特的人的提问："我对波特十分地了解，我也很清楚我们的想法是极其相似的。他在书中说，任何一家企业经营的核心都是其可持续长期竞争的优势，这一点恰恰是投资的关键之处，也与我想的相同。分析研究已经具备可长期持续竞争优势的企业，是我们掌握这一点的重要途径。我们可以问一问自己，吉列公司一直称霸的剃须刀行业为什么没有新的进入者，也可以研究一下为什么内布拉斯加家具城能够成为家具行业中的霸主。"

在巴菲特看来，一个优秀企业最值得投资者信赖和对其进行投资的关键，就是这一企业必须在它所处的领域内具备领先地位，要有极强的竞争能力，还要有持续稳定的业绩。也就是说，一个优秀的企业必须要保持其长期可持续的竞争优势。

巴菲特对投资天王巨星企业的看法，那就是投资股票与并购子公司没有什么太大的区别，两者肯定都希望可以以非常合理的价格获得经济状况极佳并且拥有德才兼备的管理层的企业。接下来，投资者就只要监控他们的这些基本因素是否能够长期继续保持即可。

巴菲特认为，最伟大的投资莫过于用极其低廉的价格购入天王巨星企业。对于这一投资理念他自己也有着比较深刻的体会，那就是投资者进行股票投资时都是将资金集中在极少的几只股票上，并且在概念上来讲，这些股票相对来说是比较简单的。在巴菲特看来，那些能够用极其简单的一两句话概括的投资，就在真正伟大的投资理念的范畴之内。所以，投资者都非常喜欢拥有长期保持其竞争优势和由那些比较有能力并且能实心实意为股东的利益着想的人所管理的企业。当投资者一旦发现了这样的企业并能以理想的价格买进时，基本上是不会出现偏差的。

　　巴菲特在投资上的座右铭就是："只要一开始就取得了真正的成功，就不必再去做新的尝试。"其实一般投资者的投资范畴是有一定的局限性的，一般巴菲特在进行投资时是这样做的：第一，评估其公司的业务及利润的长期表现；第二，评估其公司管理者的实际能力和水平；第三，能够以理想的价格买进最好的几家公司的股票。这也就是伯克希尔公司在对大范围的上市公司进行投资时，所要采取不同投资策略的重要原因。

　　在进行股票投资对上市企业分析时，巴菲特往往喜欢站在公司所有者的角度上。通常他基本上都是经过自己的努力思考来确定投资目标，至于别人对某一行业是如何评论的他从不去关心。他往往会在一段时间之内，确定一个要进行投资的行业，然后，他会很细致全面地对这一行业内的 6 ~ 7 家优秀企业进行分析研究。他曾说："假如投资者对这些企业的分析研究足够透彻全面的话，就很有可能比其管理层更加了解这些企业。"

　　天王巨星企业值得投资者关注的重要原因，在巴菲特看来，那就是它可以让投资者获得不可想象的利润回报。在天王巨星公司中，最令巴菲特青睐的是具有"经济特许权"的公司。在他看来，公司的"经济特许权"是企业长期持续竞争优势的关键。通常情况下，经济特许权主要是靠其产品或者是服务所具有的以下特征所形成的：第一，这一产品是顾客需要并且想得到的；第二，顾客在市场中找不到这一产品的替代品；第三，这一产品不受价格上的限制。正是因为具有这样的特点，公司就能够主动对自己所提供的服务或是产品进行提价，很显然，这会使公司和对其进行投资的投资人获得更高的利润。

　　巴菲特认为，如果一公司常常出现很大的失误，那么，这一公司肯定会经常性地发生很大的变化。理所当然，要想在这样一片频频起浮不定的领地上，建起一座稳固的企业经济特许权的城堡基本上是不太可能的事情。

　　在进行一项投资时，巴菲特往往首先要评估对所要投资企业的未来价值，而且还会根据未来价值计算出投入资金所能带来的回报率。假若以比较高的价格买入，很显然，资金的回报率就会受到影响。所以，在其价格比较高的情况下，等待是比较妥当的方法。巴菲特一旦买入某一优秀公司的股票，基本上都是长期持有。因为在他看来，这样公司的股票具有长期持有的内在价值。其实，大部分的投资者在进行投资前，首先对上市企业着手分析的就是其未来的价值。所以，如果投资者只因为股票出现差价就将其卖掉的话，那么只能说明这一投资者的眼光是很短浅的，他的这一行为也是极其愚蠢的。

　　如果想要在自己的投资上取得成功，就要掌握好进入股票市场的最佳时机，因为只有这样才可能使投资者的资金投入获得理想的收益。

　　一旦股票市场出现了出奇的热度，巴菲特会不假思索地撤离市场，这一点也是他投资成功的一个重要因素。在1969年的时候，巴菲特作出决定：暂时撤离股票市场。因为，在当时他认为很难再找到价格相对"便宜"的股票了。他对投资者说："如今的市场情况让我有些失落，其实，有一点我还是很清楚的，那就是我只能进行自己所熟悉的投资方式（或许这会使我失去获得巨额收益的机会）。我也可以进行自己所不熟悉的投资方式，但是这样很有可能给我带来巨额的经济损失。"

　　巴菲特就是喜欢投资于一些在经营上非常稳当，并且十分讲究诚信、分红回报率极高的天王巨星企业。因为，这可以在很大程度上确保投资的保值和增值。

巴 菲 特 的 忠 告

　　做投资最好选择天王巨星级的企业，因为它会让你更容易获得投资收益。

2

不间断地在市场上寻找优质股票

> 我是个现实主义者，我喜欢目前自己所从事的一切，并对此始终
> 深信不疑。作为一个彻底的实用现实主义者，我只对现实感兴趣，从
> 不抱任何幻想，尤其是对自己。
>
> ——巴菲特

皮特早已经知道，父亲巴菲特是不直接向别人介绍哪只股票值得投资的，所以他只是问父亲："爸爸，在市场上面对众多的投资对象时，我们该怎样加强甄别呢？"

巴菲特看了他一眼，向他说："孩子，我的经验很明显，就是不间断地在市场上寻找优质股票。"

纵观巴菲特的投资历程，有一点是始终围绕他投资的主线来开展的，那就是不断寻找优质的股票。其实，在很早的时候，巴菲特就看过老师格雷厄姆的《证券分析》这本书。其中 "内在价值" 股票这个概念，自此一直占领着他的投资意识领域。这个投资的原理就是要善于在市场中以独特的眼光寻找那些价值被无限低估的股票来投资。

巴菲特认为：不管是牛市还是熊市，股市中总有一些可以让你的投资增长10 倍或者更多的股票，你需要做的就是通过自己的分析，把它们挖掘出来。

分析股票是一门综合素质。巴菲特与他的导师格雷厄姆一样，关注的是股票的长期价值，而不是做短期的投机。可以说，巴菲特之所以成功，正是因为他很早就掌握了独到的分析股票内在价值的方法。

巴菲特认为，衡量上市公司的增长率可以采取衡量销售量的增长、销售收入的增长、利润的增长等多种方法，从而划分出这几种类型公司的股票：缓慢增长型、大笨象型、快速增长型、周期型、资产富余型、转型困境型。当然，由于一家公司的增长率是在不断变化的，在不同的发展阶段，这些公司的类型也会发生一定的变化。

要投资一只股票，首先要确定这个公司股票属于哪个类型，再根据其类型确定不同的投资预期目标，在分析该公司经营状况的基础上采取不同的投资策略。比如，有的快速增长型股票增长率惊人，一年的增长就能达到20%以上。而在实践中，巴菲特发现，有的股票尽管某一天会下跌60点或者更多，但是由于它是优秀公司的股票，所以最终还是要上扬的。需要注意的是，有些公司的股票无论怎样上涨，最终也会下跌。正确判断那些适合投资的公司，投资者往往就能够得到应有的回报。巴菲特告诫投资者：在华尔街，绝对不可能找到一个普遍适用于各种类型的股票的投资模式。没有一个投资理论和经验是放之四海而皆准的。

巴菲特批评那些时兴的投资格言——"你的投资翻倍时就要把股票卖掉""股票只能持有二年""价格下跌10%的股票要及时处理以减少损失"，等等。他建议投资者最好是做一个善于思考的逆向投资者，而且他向投资者推荐学习富达公司麦哲伦基金的总经理——彼得·林奇，因为彼得·林奇在管理股票的13年中，尽管有失误，但却让每股平均都上涨了20多倍。

巴菲特在投资经历中，一直享受着"股票"带来的巨大利润。可以说，这主要是因为他每次投资都能挑选到明星股票。而总结下来，巴菲特选择股票主要参考以下几点：

一是关注冷门股票，回避热门股。一般来讲，投资者都是青睐和追捧那些热门行业中的股票。因为它的涨幅非常大。但是，它的跌幅也是令人无法接受的——可能就在转瞬之间，他就能跌到人们不可想象的地步。而一些冷门股票，虽然不被股票评论家和投资者重视，可它却极有可能成为投资者的摇钱树，为投资者带来巨大的利润。

二是回避高科技公司，坚守技术公司。一直以来，巴菲特和很多成功的投资者一样，只是投资自己能够完全理解的传统行业公司的股票，不去关注自己不熟悉其业务情况的、发展不稳定的科技公司的股票。他认为，盲目去追赶潮流，是难以成功的。

三是寻找那些竞争对手少的公司，回避竞争对手多的公司。他建议投资者去关注那些可能默默无闻却是市场不可或缺的企业。他举例说，如果你钟情于兄弟公司这样的大企业，当然会有很多的竞争者，如果你的目光是去发现一些不引人注目的地方工厂，那么竞争者肯定少。

四是保持信息灵通，关注公司回收或者员工回购公司股票的行动。假如你发现一家公司是真正往回收购自己的股票，或者公司员工在购买自己公司的股票，说明他们对自己公司的发展前景充满信心。这样的举动值得投资者参考，因为员工比较了解自己公司的真实状况，而有些小道消息是不可信的，它们只是幕后人物导演的"戏剧"而已。对那些幕后消息，投资者要细心观察和辨别，以防止出现必要的损失。

巴菲特通常采用市盈率来进行股票估值，这个数据是非常容易获得的。一般来讲，大家都是通过对同一行业不同公司之间、不同行业之间的市盈率进行比较，然后选择那些市盈率较低的股票，希望从中获取高额的利润。巴菲特却告诫大家说：你不能够拿衡量通用电子公司股票价值的市盈率去衡量太平洋保险。此外，他还提醒投资者在分析资产的时候要注意一个公司的隐蔽资产，根据隐蔽资产的分析再计算市盈率，以避免低估公司股票而导致出现错误的投资行为。

巴菲特投资的股票多数都是优质股票，即明星股票，而这其实也是他取得不菲投资回报的根本原因。所以，他建议投资者在投资时尽量选择优质股票。

巴菲特的忠告

　　在选择分散投资的对象时应该对各种类型公司的股票收益率进行具体分析，以便及时调整投资组合。因为股市千变万化，所以不断了解各类型公司股票的变动情况，是必不可少的投资行为。其实，也只有这样，投资者才可能在市场上不断寻找到优质股票。

3

成为可口可乐最忠实的长期投资者

> 如果给我 1000 亿美元，同时让我放弃可口可乐在市场上的领先地位，我会把钱还给你说：不可能！
>
> ——巴菲特

1989 年 3 月 15 日，道·琼斯新闻联线上的一条简讯震惊了美国："伯克希尔·哈撒韦公司购买了可口可乐公司 6.3% 的股份！"如果加上可口可乐公司自身的股票回购，巴菲特已经拥有了可口可乐公司 7% 的股份，这是 2 亿 9千万多股的股票，其总价值高达 10 亿美元，比整个基金业共同拥有的可口可乐股票总数的两倍还要多。

这是巴菲特在投资领域的又一次大手笔。如此大规模的投资可口可乐公司的股票，在美国的股市上还是第一次。那么，巴菲特为什么会下如此大的赌注投资可口可乐公司呢？或许这与他的投资理念、经营风格有很大的关系。自从 1987 年股灾以来，巴菲特改变了自己以往的投资策略，一直倡导"做自己能力范围之内的事"。可口可乐公司在 1987 年到 1990 年间，它的业绩一直处于下降的状态，股票年平均增长率连续下跌，这让巴菲特看到投资可口可乐公司的机会，于是便出现了上述的那一幕，而这对于两家公司来说都是一个崭新的开始。

巴菲特在投资一个项目时，总是以永恒价值作为投资理念。其实，巴菲特正是看到了可口可乐股票潜在的价值后，才做出了他有史以来最大的一笔投资决定的。在购买可口可乐之前，巴菲特花了几个月的时间来衡量利弊。在 1988

年末到 1989 年初的这段时期，巴菲特秘密地下达了买入指令。在他完成了对可口可乐公司的 10 亿多美元的巨额投资之后，此事轰动一时。而巴菲特的投资也使他成为可口可乐最大的股东，与美国参议员山姆·南恩、娱乐业投资大亨赫伯特·阿伦、棒球俱乐部前部长彼特·尤伯罗斯等人共同成为可口可乐董事会的成员。

在巴菲特成为可口可乐的董事会成员之后，可口可乐的总裁基奥给了他很高的评价："他是一位既了解情况又在发挥积极作用的董事，同时他对全球注册商标的内在价值有着清晰而深刻的认识。"

基奥于 1958 年出生在依阿华州苏城，大学毕业以后跟随父母迁居奥马哈的法纳姆大街，正好与巴菲特家是对门，所以他们之间早有往来。后来，基奥在奥马哈一家刚成立的电视台做足球比赛节目的解说员。在认识了约翰尼·卡森、沃伦·巴菲特之后，他辞去了电视台的工作，来到了黄油·坚果咖啡制造商——帕克斯顿·加拉弗公司从事广告工作。但是不久之后，这家公司就被斯旺森家族收购了，"斯旺森食品"也被卖给了可口可乐公司旗下的邓肯咖啡公司。就这样，基奥开始在可口可乐公司工作。

这个把可乐作为自己饮食结构的一部分的可口可乐先生，也成了巴菲特诚邀加盟巴菲特合伙公司群体中的其中一人。尽管基奥较晚才与巴菲特共同投资，但他很久以前就利用另一种方式参与其中。对此基奥解释说："我和妻子米凯在奥马哈结婚时，曾购买由布鲁姆金夫人经营的内布拉斯加家具公司的家具。它是伯克希尔·哈撒韦公司下属的一家子公司。"

现在的巴菲特成了可口可乐董事会中最大的股东之一。对此，基奥感慨道："真希望当初我投资入股了。"实际上在 30 年前，巴菲特就邀请基奥加盟他的合伙公司，但被基奥拒绝了。如果当时基奥投资 5000 万美元，或许巴菲特就会让它升值为现在的 6000 万美元。不过巴菲特购买可口可乐公司股票以后，基奥也成为了伯克希尔·哈撒韦公司的一名股东。

在此后长期的合作中，巴菲特和基奥建立了稳固的友情。尽管基奥在 1993 年辞去了可口可乐总裁的职位，但是公司无论做什么决策，仍然习惯与他共同商量。"他还是原来的他，现在的他就是你所看到的样子，他的价值没有变，

Warren Buffett
巴菲特写给子女的 **10** 个投资忠告

他的故事并非是金钱，而是价值。"巴菲特在 1991 年的伯克希尔·哈撒韦公司的股东年会上，在遇到有关选择终生事业的问题时，他用评价基奥的话做了这样的回答。

巴菲特对可口可乐的首次投资就高达 10 亿多美元，而在 1994 年再次对可口可乐追加投资后，这使得伯克希尔·哈撒韦公司拥有的可口可乐股份超过了 1 亿股，而按照分股比例可以达到 2 亿股份。这不仅是巴菲特的伯克希尔·哈撒韦公司的一笔可观的财富，也是可口可乐再次崛起时不可缺少的力量。在 20 世纪 80 年代后期，受 1987 年股灾的影响，可口可乐公司出现了大滑坡，股价暴跌。在 1990 年的净资产收益率仅为 39%。巴菲特在可口可乐公司最不景气的时候，将巨额的资金投入可口可乐。除了缘于基奥出色的个性魅力对他的吸引外，也与他对可口可乐公司内在潜力的分析和研究相关。

事后，当女儿苏茜问巴菲特为什么在股价最低的时候选择买可口可乐时，巴菲特笑着回答："孩子，给你一条鱼，你只要能够吃到鱼身就行了，不要想着把鱼头和鱼尾一块吃下。投资股票就像是吃鱼，投资者只需赚取空间最大的那部分利润。当看到股价涨起来时，不要追风跟进。有些人在投资股票的时候常常把事情弄得很复杂，从而导致他们得到了相反的结果。"

巴菲特认为，优秀的企业都能经得起时间的考验。也就是说，能够在时间的流逝中不断利用大量资金取得非常高的报酬的企业才是最好的企业。况且，可口可乐公司有着无与伦比的品牌优势，因此，巴菲特认为可口可乐是最适合投资的企业。在谈论可口可乐公司的价值时，巴菲特用了一句话概括地说："如果给我 1000 亿美元，同时让我放弃可口可乐在市场上的领先地位，我会把钱还给你说：不可能！" 1987 年 10 月 19 日，所有的股票价格都出现了大幅地波动，可口可乐股票也不例外。虽然可口可乐的股票价格出现了暴跌，但是巴菲特却认为，这是他最佳的投资时机。

在巴菲特看来，可口可乐股票的价值远远大于其股票价格，所以它的上涨的空间会很大，即使受到股灾的影响，它也仍然处于价值区。在 1997 年，可口可乐产品每天的销售量已逾 10 亿罐，如今，一天的销售额就相当于过去 22 年创造的价值总和。在可口可乐公司的年度报告中，前主席道格拉斯·伊维斯特写道："可口可乐公司的创业者们绝不会想到它会有今天的成绩，当你读到这份报告的时候，你的可口可乐公司已经取得了一个里程碑式的发展成果。"

巴菲特的忠告

优秀的企业都能经得起时间的考验。投资者在投资时就应该多选择一些"明星股"，这样才能让自身获得更多的投资收益。

4

重视投资企业的管理品质

> 我们收购企业时有三个条件：一、我们了解这个企业；二、这个企业由我们信任的人管理；三、就前景而言其价格有吸引力。如果你发现一家优秀的企业由一流的经理人管理，那么看似很高的价格可能并不算高。
>
> ——巴菲特

许多投资者在购买股票时都只看公司的财务报表，只关心公司当前的盈利与未来的预期收益，更有甚者，已经购买了股票，还不知道公司的管理层究竟都有些什么人。这些在巴菲特的投资中是不可能发生的事情。因为巴菲特在准备投资任何一家公司之前，都会仔细地考察该企业的管理层品质。在巴菲特眼里，无论利润多好的一家公司，如果没有品质优越的管理人员，它都无法使投资者的收益达到最大，甚至可能会使投资者遭受损失。所以，考察投资对象管理层是巴菲特进行投资之前必不可少的一个步骤。

巴菲特认为他要投资的公司必须由诚实、有能力，并且令他欣赏和信任的领导者管理——在他看来只有这样的公司才能带给他良好的投资收益。巴菲特告诉子女们对自己准备投资的公司或企业的管理层的考察主要体现在三个方面。

第一，管理人员的行为是否理智？管理者如何运用赚来的钱进行再投资，即利润的分配，是考察一个管理者是否理智的重要标准。从长远来看，这是投资者是否能获得高回报，即体现其投资价值的决定性因素。在巴菲特看来，将公司盈利是用来继续投资，还是分配给股东的决策是对管理者是否理智的一个考验。《财富》杂志曾评论巴菲特说："理性是巴菲特管理伯克希尔·哈撒韦公司及其控股公司的主要风格，而他发现这正是许多企业管理者所缺少的。"每个公司都会经历不同阶段的发展周期。在公司初始建立和迅速发展的第一、第二阶段，巴菲特并不太关心利润如何进行分配——巴菲特最关心的是当公司发展进入成熟的第三阶段时管理层如何分配利润。

在这个阶段，公司的发展开始减速，逐渐产生了多于用来扩大规模和维护经营所需的现金。当这些资金继续投入到原有公司业务上只能获得等于甚至低于平均水平的投资回报率时，公司的管理者将面临运用这些资金的三种不同选择：再投资于公司现有业务；购买成长型企业；分配给股东。在这个决策的三岔路口，正是巴菲特考察管理者是否理智的重要阶段。巴菲特认为只有选择第三种方法，即将利润分配给股东们，让股东们自行选择再投资项目的管理者才是理智的。选择第一种方法的管理者无疑是在浪费股东们的钱和时间，选择第二种方法的管理者则相当于拿着股东的钱在赌博，采取这两种方法在巴菲特看来都是不理智的行为。

第二，管理者对股东们是否坦诚？尽管巴菲特永远不会与他投资的某些公司的管理人员坐下来共同探讨问题，但他依然能够知道公司的许多信息，因为每年公司的行政管理人员都要向股东发布信息。许多公司为了吸引股东，都会披露一些假的有利信息，而隐瞒一些不好的信息。这样的公司巴菲特是绝对不会投资的。他一直敬重那些真实、全面地发布公司财务信息的管理者，更是特别敬重那些不利用会计准则来包装企业、隐瞒真实业绩，甚至坦诚披露失误的管理人员。而也只有这样的管理人员才能得到他的信任，才能让他放心将自己的资金交给他们运作。

巴菲特本人就是一个从不利用会计准则隐瞒公司真实情况的管理者，在他的公司年报中不止有公司一年的经营业绩，同时还有公司面临的各种问题，甚至他还在年报中公开讨论自己的投资失误。有些评论家认为，巴菲特敢于直接公开失误的原因是他握有公司的绝对控制权，从而不怕被赶下台，但巴菲特并不这样认为，他深信坦诚对管理者和股东都有好处，这既有利于公司管理人员及时改进管理，得到股东的信任，也有利于将股东的权益最大化。

第三，管理人员能否抵制"行业潮流驱使"？所谓的行业潮流驱使，指的就是管理人员盲目的跟风行为。巴菲特对此发表评论说："当惯例驱使发生作用时，理性是脆弱无力的。"巴菲特将惯例驱使的力量归纳为以下几点：公司拒绝对当前方向做任何改变；就像早已形成的习惯一样，公司的计划总是用光所有可支配的资金；在开展业务时，无论管理人员的计划有多少漏洞，工作人员都能很快准备出内容详实的关于利润率、策略等方面的支持报告；公司盲目模仿、攀比同行业其他公司的行为，包括并购、扩张、经理奖励制度等。这些被惯例驱使的行为很容易使公司的管理人员失去理智，从而令公司的发展停滞、遭受损失甚至破产。所以，巴菲特考察管理者是否称职的重要标准之一就是他们能否克服惯例驱使的力量，能达到何种程度的独立思考。

巴 菲 特 的 忠 告

只有拥有理智的、坦诚的、独立思考的管理者的公司，才会有好的发展前景，才能为股东带来较高的投资回报率，所以，在投资任何一家公司之前，投资者都应该要仔细考察其公司管理者的能力和品质。

5

寻找卓越企业简单而有效的三种方法

> 在你了解的企业上画一个圈，然后别除掉那些缺乏内在价值、好的管理和没有经过困难考验的不合格企业。
>
> ——巴菲特

巴菲特在进行投资时最重视的是企业状况，而不是股票状况。巴菲特投资的每家公司几乎都被公认为世界上最好的公司之一。而在巴菲特投资之前，没有几个人能发现这些可以带来丰厚利润的投资对象，即便是找到了，大多数人也无法像巴菲特那样果断投资，而是犹犹豫豫，不敢肯定自己的判断。在巴菲特投资成名之后，许多人都想探听巴菲特寻找优质公司的秘诀，但令投资者意想不到的是，巴菲特并没有把他的方法当作秘密，反而大方的将其宣告于世。

其实，巴菲特寻找卓越企业作为投资对象的方法很简单，主要是从三个方面对企业进行判断。当然，大前提是这些企业的经营范围和运营情况必须能让他理解，然后巴菲特才能利用自己的方法对其进行判断。如果目标企业具备巴菲特要求的三项条件或其中的一至两项，巴菲特就会考虑投资。

一、寻找具有消费垄断性的公司。

在现代商业社会，很多人都已意识到消费者的商誉意识造成了商品的消费者垄断。也就是说，商品虽然极为丰富，但商誉意识会使消费者在同类商品中只买某种或某几种品牌，因为这些品牌的商品具有一些与众不同的特征，这些独特的地方使消费者对它产生了偏好与信任。成功企业家布鲁伯格将引起消费者商誉意识的因素总结如下：便利的地理位置、便捷的送货服务、彬彬有礼的雇员、令人满意的产品。此外，持久而诱人的广告也会使顾客对商品的品牌产生深刻的印象，从而在购买时下意识地选择这种商品。还有些商品是通过某种秘方和专利来引起消费者的商誉意识，比如说可口可乐的秘方就使他拥有了其他公司无法比拟的独特优势。就像巴菲特曾经说过的那样："如果你想和可口可乐竞争，你必须具有相当于两个通用汽车公司的雄厚的资本，但说不定你还是会失败，因为可口可乐是一种无人能敌的品牌，我们已经消费了好几万杯这种饮料，你怎么样呢？还有你的孩子们呢？"同样的情况还有万宝路香烟，一个抽万宝路香烟的人基本上就不会再转抽其他品牌的香烟。因此可以认为，检验消费者垄断的办法就是问这样一个问题：如果你拥有像万宝路这样的品牌，或者拥有像可口可乐秘密配方一样的东西，那么你就可以创造出具有消费者垄断产品的公司。

投资必定会有风险，但投资那些具有消费者垄断性质的公司，风险性相对就要小得多，因此，巴菲特喜欢寻找这样的公司进行投资。当然，这并不是说他所投资的公司必须独占某种产品的市场，但它必须具有长期竞争优势，就如可口可乐公司从来就不缺竞争对手，却无一能够撼动它的地位。

二、寻找利润丰厚、财务稳健的公司。

巴菲特认为消费者垄断当然非常重要，但若缺乏好的管理人员，就会造成公司的利润起伏不定，投资的利益也就无法达到最大化，所以巴菲特总是在寻找具有丰厚的利润，并且利润呈上升趋势的公司。若想让巴菲特下定决心投资，企业的情况应该是这样的：它不仅具有消费者垄断性质，公司的管理人员还要善于运用这一优势，来提高本公司的实际价值。巴菲特投资的公司里如箭牌公司、国际香水公司和 UST 就没有长期债务，而可口可乐和吉列这些经营业绩非常好的公司，其长期债务也没有超过公司净现金利润的一倍。

在寻找优秀企业的过程中，巴菲特最喜欢寻求那些具有消费者垄断，并且财务状况相对保守的企业。在他看来，如果一个具有消费者垄断的公司想借一大笔长期债务，那么除非它想购买另一家也具有消费者垄断的公司，否则就是不足取的。

三、寻找能用留存收益再投资的公司。

在巴菲特的观点里，一个优秀的企业必须能够对留存收益进行再投资，使股东能够获得额外的利润。这种再投资创造的利润必须高于平均收益才算创造了额外收益。例如，巴菲特小时候曾做过弹子机游戏的生意。当时他只有一台弹子游戏机，但生意很火，如果他只保留这一部弹子游戏机，永远不扩展业务，而把赚来的钱都存入银行，那么，其收益的利润率就是银行存款利率。但如果巴菲特把赚取的利润用来扩大业务或投资在其他项目上，若利润率高于银行存款利率，那么他就等于获得了银行存款利率之外的额外收益。据此，巴菲特总结出一个非常简单的道理：只要一个公司能保证留存收益的利润率超过平均利润率，那么就应该将盈利保存在公司进行再投资。

巴菲特就是运用这一简单的投资哲学来寻找那些可令他长期投资的企业的。他相信："只要公司以前能很好地利用保留盈余进行再投资，或将能以合理的收益率进行运用，那么，将盈利保留下来再投资就对股东有利。在对企业进行长期投资时，最重要的一个问题就是公司的管理人员能否有效利用其保留盈余。如果将资金投向了那些没有什么前途的企业，那么你的资金就会落空。"这一投资方法，也正是在 20 世纪 90 年代末，巴菲特不愿投资科技股的一个重要原因。

具有消费者垄断性的商品、财务政策稳健、能够利用留存收益再投资创造额外收益，三个非常容易辨析的条件，三个非常方便运用的方法，没有任何复杂难懂之处，却帮助巴菲特找到了一个又一个优秀企业，买到了一只又一只明星股，从而使他的投资收益呈几何倍数增长。

巴菲特的忠告

投资必须是理性的，如果你不了解一家企业，就不要投资它。

忠告九

Warren Buffett

To the children
10 Investment Advice

不要让不良的投资习惯毁了到手的投资回报

1. 学会每天反思自己的错误

2. 培养亲自调查的习惯

3. 只有战胜自己，才能战胜市场

4. 想射中大象就必须随时把枪带在身上

5. 真正的投资者是在不断学习中成长的

6. 思想上要敏锐，行动上要果断

7. 改变思维头脑：借钱生钱，融资投资

1

学会每天反思自己的错误

> 每个人都会在资本游戏中犯错。
>
> ——巴菲特

巴菲特认为，拥有良好的投资习惯是所有的投资者获得成功的重要保证。他经常对他的孩子们说："投资者想要培养良好的投资习惯，首先要学会每天反思自己的错误。"

"人非圣贤，孰能无过"，无论多么出色的投资专家都肯定在投资上犯过错误，甚至有的还有过破产的经历。在巴菲特多年的投资生涯中，他也曾经失误过，但是他没有因此被打倒，而从他的投资经历中可以发现，只有拥有正确的投资态度和克服困难的决心，并能从投资错误中不断地学习、总结和反思，然后制定出一个行之有效的规则，投资者才可以成功地规避风险，获得巨大的投资利润。

每天反思自己的错误，从实践中不断积累经验是每个投资者必须要做的。但是要真正做到这一点，投资者首先应该学会诚实地面对自己和股票市场。如果投资者不能坦然地面对自己的错误，则无法真正地反思和完善自己，也得不到长期的收益。同时，投资者在进入投资市场之前一定要摒弃一夜暴富的投机心理，因为这是阻碍投资者投资成功的绊脚石。只有集中精力勇敢地面对失误和市场诱惑的投资者，才能成为出色的投资大师。

巴菲特举过这样一个例子：当人们在学习滑冰的时候，是选择一本关于滑冰的参考书，还是选择听一堂滑冰的理论课？当人们想学习厨艺时，会选择买一本关于料理的书籍，还是会选择上一些料理课程呢？从书本上或课程中学会滑冰和厨艺是非常困难的。如果想完全学会滑冰或者掌握精湛的厨艺就要不断经历失败，并从失败中学会反思，因为只有这样才能获得成功。其实，这个道理与投资方面的原理是一样的，因为投资者也会在交易过程中犯错误，但是那并不可怕，最关键的是投资者要学会反思，以避免自己再一次犯同样的错误。

投资大师们向来把错误看成是学习的机会，当他们发现自己在投资上产生错误时，他们会首先承认自己的错误，并且马上采取有效措施减轻负面的影响。他们之所以能够做到坦诚地面对自己的失误，是因为他们完全有能力对自己的行为和投资的风险负责。

巴菲特曾在致伯克希尔·哈撒韦公司股东的一封公开信中，坦白了自己在2008年当中所做出的一些错误的投资决策，他在信中这样说道："我确实做错了一个重大的决策，另外几个要稍微小一些，不过也损失了不少。"巴菲特不但在信中这样坦言，他还幽默地自我调侃道："在市场发生变化时，我不仅没有重新审视自己的投资决策，没有果断地采取行动，在那时候我还在啃着自己的拇指。"巴菲特在信中所提到的重大失误是当石油的价格将要达到历史最高位的时候，他却增加了美国第三大石油公司康菲石油公司股票的持有量。巴菲特坦言造成这次重大失误的原因是因为他不曾预料到能源价格在2008年的下半年突然大幅下跌。

巴菲特还公开承认他曾以2.44亿美元买下了两家爱尔兰银行的股票，但是在2008年底两家银行的股价狂跌了89%。巴菲特说，他之所以买入这些股票是因为它们的价格看上去十分便宜。而对于这些意外的失误，巴菲特都表现得十分坦诚。

虽然巴菲特在投资上也曾犯过错，但是他从不羞于承认这一点。事实上，他把坦然面对错误，并从错误中反思当成了自己投资的策略。巴菲特在投资的过程中出现错误后，他会分析自己所犯的错误。首先，他会告诉自己千万不能再犯同样的错误，所以他一定要知道自己错在了哪里，造成失误的根本原因是什么。其次，他明白少犯错误会让他的投资系统更加科学合理，帮他取得更好的收益。第三，失败是成功之母，只有通过不断地反思，才能在错误中学习到更多的投资知识。

当巴菲特发现自己做了错误的投资决策后，他会严格地要求自己，甚至有时候会过分地苛刻自己的投资行为。1996 年，巴菲特再一次成为了迪斯尼公司的股东。当时，他回忆起了自己在 30 年前曾参与投资迪斯尼的经历："尽管迪斯尼公司在 1965 年取得了 2100 万美元的税前收益，并且拥有大量的债务，其实际拥有的现金是十分少量的，但它的市值居然还不到 9000 万美元。那时候迪斯尼乐园花费了 1700 万美元制作的加勒比海盗游戏将要公开上市，可以想象的是我当时真的高兴坏了———一家公司的价格仅仅是它游戏的 5 倍！"士气大振的巴菲特合伙有限公司以每股 31 美分的价格购买了迪士尼公司大量的股票。虽然以迪士尼公司现在的每股 66 美元的价格来计算，这个决策看上去是十分明智的，但巴菲特坦诚自己干了一件蠢事：因为在 1967 年的时候，巴菲特以每股 48 美分的价格将手中持有的迪士尼公司的股票全部抛售出去了。

巴菲特在分析他的错误时，还会考虑到他想做但是没有做的事情。1988 年，巴菲特打算购买 3000 万股（股份分割后的数量）美国联邦国民抵押贷款协会的股票。这些股份按照当时的价格计算的话，总值 3.5 亿美元。巴菲特回想起当时的情况说："在我大约购买了 700 万股之后，它的价格才逐渐上涨。在那种情况下，我变得十分沮丧，于是停止了收购……更糟糕的是，因为我讨厌持有小头寸，所以将手中持有的 700 万股全部卖掉了。"1993 年，《福布斯》上曾发表过这样的评论："巴菲特由于太早抛售美国联邦国民抵押贷款协会的股票，而错失了赚得大约 20 亿美元收益的机会。因为他只购买了少量的股票，并且卖出的时间也太早，所以损失了大赚一笔的机会。巴菲特说：'其实这是很容易分析的，因为这完全在我的能力范围之内。但是因为某种原因，我做出了退出的决定。我也很希望自己能够完全解释清楚。'"巴菲特自认为这是一个严重的错误。他说："非常幸运的是，当我开始大量购买可口可乐公司股票的时候其价格也在不断上涨，我没有允许自己再犯同样的错误。"

巴菲特认为不断反思投资错误比沉浸在过去的成功中更能帮助自己成长，他的合伙人查理·芒格也说："记住你的错误真的有很多好处。我认为我们在这一点上做得很好。我们会每天在心底检讨自己的投资错误。这是一个很不错的思考习惯。"在投资的历程中，包括"股神"巴菲特在内的任何人都不可避免地犯过或大或小的错误，但是大多数的投资者在犯错之后只是一味地沉浸在悔恨之中，不敢坦然面对自己的失误，甚至因为一些很小的错误而害怕投资，更有甚者因此而退出了投资市场。因为他们认为，避免投资错误出现的惟一方法就是不进行投资。然而，这却正是投资者犯得最严重的错误。因为如果不再投资，那么财富不但会因为通胀而逐渐减少，而且也会错失分享经济发展成果与社会财富的时机。所以，投资者应该学会正确地面对自己在投资过程中不可避免会犯的一些失误，不要让自己对投资市场失去信心。但是，也千万不要试图通过冒更大的风险在短时间内弥补自己的损失，因为这样只会让错误更大，如果不懂得反思错误的原因并改正错误，那么之后就有可能一错再错，最终损失会更大，甚至会输得血本无归。投资者应该将每一次错误当成学习的机会，要意识到每天反思错误的重要性，然后掌握避免同样的错误再次发生的方法，而巴菲特认为，只有从错误中才能寻找到投资进步的方法。

投资者在没有对自己在投资上出现的错误的原因进行理性的分析之前，是不会真正明白自己为什么会出错的，因此在这种情况下，如果继续固执地投资只会犯同样的错误。每个投资者都应该明白错误并不等于失败，不要将股票市场暂时的波动当作自己衡量成功与失败的标准。因为如果按照这种标准来看，在交易市场中，有很多投资者在市场危机时都比巴菲特做得好，但是实际上，几十年以来巴菲特依然是金融领域当中最为投资者崇拜、最受外界肯定和敬重的投资大师。到目前为止，还没有哪个看上去比巴菲特做得好的投资者能够代替他在金融领域的地位。

巴菲特的忠告

在投资市场中，经常有不少投资者会多次犯同样的错误，而当再次失败后他会把错误的根源推到客观因素上，像这样的投资者最终将会成为市场的奴隶，甚至在投资市场中他们永远没有翻身的机会。

2

培养亲自调查的习惯

照本宣科地按照别人的投资理论行动，很难获得长期的收益。

——巴菲特

巴菲特告诫他的子女："针对投资，一定要培养亲自调查的习惯。如果只是照本宣科地按照那些投资大师们的投资理论行动，则无法获得长期的收益。"

巴菲特认为，仅仅通过和别人谈话是得不到较好的投资方法的。他在40多年的投资生涯里，一直在不断地寻找符合自己标准的投资机会，并且愿意花费大量的时间和精力去对其进行独立的调查分析。巴菲特只愿意听取那些他认为值得尊重的投资者或分析专家的意见，比如他的恩师本杰明·格雷厄姆。每一个投资者都希望从投资大师巴菲特那里挖掘到成为大富翁的诀窍，而巴菲特给出的答案很简单：一定要养成亲自调查的习惯。

企业的年报是巴菲特最喜欢的投资信息来源，而这些东西都可以轻易得到。在巴菲特的日常工作中，他几乎是在阅读中度过的。他承认自己之所以能够做出正确的投资决策，正是因为平时大量地阅读而积累了很多投资信息。在巴菲特看来，投资者在自己力所能及的范围之内，投资自己熟悉或者了解的行业，是成功投资的重要因素。投资者想要投资自己熟悉和了解的行业，那么首先应该掌握该企业的实际经营状况和内部的真实情况，而通过阅读获取投资信息是最简单也是最有效的方式。

巴菲特在和《超级基金》一书的作者亚当·斯密的会谈中，他建议投资新手们去做一件事情，而这件事情就是他在 40 多年前做的，那就是去调查了解美国所有的上市公司。在长期的投资过程中，这些知识将会为投资新手们带来意想不到的收获。

但是斯密却对巴菲特的建议感到非常吃惊，因为在美国大概有 27000 家上市公司，要全部调查清楚是一件很难达成的事情。巴菲特的回答是："那么，可以从市场情况最好的上市公司入手。"

巴菲特认为，投资的方法其实很简单，只要大量地阅读就可以。在一般情况下，通过阅读企业管理层所制定出的财务报表就能了解某一家企业的真实情况。但是投资者要注意的是，有些时候某些企业可能会在财务报表上弄虚作假。因为这个原因，巴菲特在决定投资的时候不仅阅读他所选择要投资的上市公司的财务报表，还会阅读竞争对手企业的财务报表，这样做的目的是为了使自己的投资决策更加准确可靠。所以，投资者在选择投资对象的时候，一定要具备良好的判断能力。

巴菲特喜欢看年报的习惯是从 1950 年开始的，当他第一次读到本杰明·格雷厄姆的《聪明的投资者》时便意识到了阅读年报的好处。到目前为止，巴菲特的办公室里仍然没有报价机，但是伯克希尔公司的档案间里的 188 个抽屉里装满了各个企业的年报。巴菲特惟一的调查助理就是帮他管理那些年报的人。巴菲特十分重视每天阅读年报的习惯，在他的投资生涯中最重要的工作就是调查企业的经营状况，从他投资雅培制药公司开始，他便养成了阅读的习惯。巴菲特的公司储存着大量有关美国大公司的信息，而且还有源源不断的新的年报来更新这些信息。

通常情况下，巴菲特会结合上市公司的企业年报中所表现出的一些信息去寻找与之相关的资料和书籍，通过阅读这些资料和书籍掌握企业年报背后真实的情况。如果有必要，他还会对其进行细致地分析和研究，直到弄清楚该上市公司的真实情况，巴菲特才会作出最终的投资决策。

1999 年，巴菲特的好友查理·芒格在伯克希尔股东大会上说："巴菲特在财经杂志上和金融书籍上获得的信息，比通过其他渠道获得的信息更多。我认为，一个出色的投资者必须要具备广泛和大量的阅读。"从查理的话中，可以

Warren Buffett
巴菲特写给子女的 **10** 个投资忠告

明显地看出巴菲特获得成功的原因是离不开其广泛的阅读和深入的研究的。

有不少投资者会忽视一些简单的信息资料，但是巴菲特却非常重视这些资料，因为他总能从这些简单的资料中发现许多企业的信息。巴菲特提醒投资者在对手中掌握的资料进行分析的时候，首先要学会怎样评估上市公司股票价格升值的潜力和其内在价值，以及对上市公司的经营状况和未来的发展潜力进行分析；其次要了解上市公司股票当前的市场价格。巴菲特认为，只有掌握了这两点，才能在阅读的过程中获得更多的投资信息。

在巴菲特看来，阅读和分析是获得投资机会的最佳途径，但是有时候阅读并不能得到所有的信息。如果巴菲特从年报中不能完全掌握所有的信息，他会选择亲自到外面调查。他从来都不在意别人对股市的看法，在他看来，那些言论的价值是极小的，甚至不具有任何的价值。

巴菲特在 1965 年的时候，花了大半个月的时间在堪萨斯城铁路调查车场汽油罐车的数量。他并不是在为购买铁路股票做准备，他真正感兴趣的是拥有悠久历史的斯图德贝克公司，这是一家以生产优质汽油添加剂为主的大公司。当然，这家公司并不会将生产汽油添加剂的详情告诉巴菲特，但是巴菲特知道生产这种汽油添加剂的基本成分来自美国联碳公司，也知道生产一罐这样的汽油添加剂需要多少这种成分。这就是巴菲特来到堪萨斯城铁路车场核实油罐车数量的原因。经过一段时间的观察，巴菲特察觉油罐装运量开始上升了，于是他断定这家企业的业绩不错，因此他迅速买进了斯图德贝克公司的股票，而不久之后，这家公司股票的价格果然大幅上涨，从刚刚买进的 18 美元一路飙升至 30 美元。巴菲特再一次赚得了一笔巨额的收益。

从中可以发现，巴菲特通过亲自调查掌握了斯图德贝克公司的实际情况，因此他大胆果断地购买了斯图德贝克公司的股票。事实证明，巴菲特亲自调查的结果是完全正确的。也许有不少投资者曾经有过和巴菲特同样的看法，但他们并没有采取调查的方式来验证自己的看法，所以他们失去了获得巨大盈利的机会。

大多数普通的投资者作出投资决策很大程度上是基于从某些电视金融节目、分析家、经纪人的文章、报纸和杂志上得到的第二手信息。他们当中很少有人会在购买某一只上市公司的股票之前花一些时间去阅读该公司的企业年报，也不会想到去阅读这家上市公司所有竞争对手的年报，更加不会像巴菲特那样亲自走出去调查这家上市公司的经营状况。因此，他们总是会错失一些赚钱的大好机会。

分析巴菲特获得成功最根本的原因，不是他可以看到其他投资者不曾留意的信息，而是他能寻找出对自己有利的信息。更加可贵的是，巴菲特愿意花费大量的时间和精力去亲自调查他最初的评估结论。

巴菲特的忠告

大量的阅读与认真的分析研究是投资者获得投资信息和抓住投资机会的重要因素，也只有做到这两点，投资者才能做出正确的投资决策，从而避免自己被市场的假象所迷惑。

3

只有战胜自己，才能战胜市场

在投资上，如果没有十足的把握，我不会轻举妄动。

——巴菲特

在投资领域中，各种各样的诱惑总是让投资者目不暇接，所以巴菲特说："只有战胜自己，才能战胜市场。"投资者应该意识到成功投资的关键因素是自己本身，只有保持一颗平常心，不让自己的弱点暴露在投资过程中，才能为自己带来稳定持久的利益。

巴菲特告诫女儿苏茜："只有克服了自身的弱点，才能寻找到适合自己的投资方式。"对于一些崇尚价值投资理念的投资者而言，必须有效地克服股价短期波动对自己造成的影响，保持冷静的大脑，以避免出现恐惧和贪婪的心态；对于那些坚持短期投资的投资者而言，必须在目标股出现购买价值的时候，克服自身犹豫不决的弱点，果断而大胆地买进股票，并且在做错决策时能及时止损。

投资者应该明白掌握了好的投资方法不等于必然赢得投资利益，因为这两者之间并没有实际的联系。而克服自身弱点必须依靠投资者长期的坚持，如果麻痹大意，也许在投资过程中自己根深蒂固的弱点将会阻碍投资者作出正确的投资决策。因此，战胜自己是每个投资者必须要做的工作。

大多数了解巴菲特的投资者都知道巴菲特的价值投资方法是非常容易掌握的，市面上关于巴菲特投资方面的书籍也有很多，但是为什么全世界只有一个巴菲特呢？其实投资者都明白股票投资并不复杂，获得收益的方法也很简单，但是往往在投资时会因为人性的弱点导致投资亏损。而只有当投资者战胜了自己，并根据适合自己的投资方法投资时才可以真正地战胜股票市场。

古往今来，那些获得成功的人大多是一些品德高尚的人，而各个行业中的佼佼者更是如此。巴菲特认为，作为出色的投资者应该具备一些与投资相关的基本素质。

第一，耐心和恒心。由于股市的剧烈变动，许多投资者总是无法控制自己的情绪，在选择投资对象时也不能自信地作出决定，他们的潜意识在寻找一种参照体系，并迫不及待地想知道自己的决策是否正确，他们希望将所有的信息都收集起来。与此同时，在股市处于动荡时期时，投资者往往可以很容易就收集到自己所关心的信息，但由于人性的弱点会影响投资者的判断能力，所以投资者有时无法正确理解自己所收集的信息。在股票市场当中，有很多受过良好教育，并且拥有丰富经验的投资专家，他们最擅长的是使市场更乱、更动荡，他们喜欢以这种方式来拉开与那些散户的距离，让自己显得更加聪明和理智，因此，股票投资者所承受的压力是十分沉重的。

虽然有很多投资者能够作出正确的判断，并且也能够勇敢地作出行动，但是如果没有像巴菲特那样的耐心和恒心也是无法在投资市场中获得成功的，因为任何一家企业的发展都需要经过长期的摸索，如果投资者没有耐心去等待企业的成长，那么将无法获得它的真正价值，而且自己所期待的结果往往是事与愿违。

当然，这种耐心普通人是很难拥有的，就连巴菲特有时候也会犯这样的错误。他曾经这样批评自己在投资航空业时所犯的错误："我承认，有时候我也会和其他投资者一样拥有渴望，希望自己可以做点什么，尤其是在没有什么事情可以做的时候。" 虽然要做到有耐心很困难，但是投资者也不要因为害怕困难而放弃投资，因为不行动就没有利益可言。

第二，勇敢与自信。勇敢与自信是相辅相成、密不可分的，投资者勇敢的表现主要是在行动上面，而在思想上就要求投资者能够自信，从某种意义上讲，自信是勇敢的基本前提，这两种素质在投资过程中起着相当重要的作用，如果一个投资者不能勇敢和自信地作出投资决策，那么在面对股票市场的巨大风险时他也会毫无招架之力。

在投资领域中，巴菲特的勇敢和自信总是让他能够获得比别人更多的收益。在他看来，只有具备这两种素质的投资者，才能在股市处于弱市或者强市时不受市场潮流的影响，并能果断地作出决策，也能够有足够的勇气去面对投资风险。

从大的方面来说，勇敢基本表现为两个特征：一是无知者无畏，二是大智大勇。前者是因为不知道风险来自于何处，后者是由于明白事物发展的必然规律，并且能够掌握控制风险的方法。这两种特性在短时间内的区别并不是很大，但是从长期来看却又存在着天壤之别。前者的成功靠运气，但是这种运气不会经常出现；而后者的成功则是基于对事物的客观分析，因此它必然会是长期而有效的。

第三，谦虚和谨慎。上面所说的自信和勇敢，投资者最好运用在局面失控的时候。然而，有时投资者可能会因为过度地自信和勇敢而导致狂妄自大、匹夫之勇，在这种情况下，反而会产生反效果，因此谦虚和谨慎是投资者约束自己行为的最佳方式。只有谦虚才能使投资者不断地成长，那些真正的投资大师都具备这样的素质，因为他们明白盲目的自信和勇敢，只会让自己掉进市场的陷阱之中。所以，巴菲特一再地告诫投资者，谦虚和谨慎是避免骄傲情绪的良药。另外，谨慎还可以使投资者减少错误，尽管过分的谨慎会使投资者错失一些盈利的机会，但是投资者想要获得长期的收益，前提是一定要永久地在股市中生存下去。所以，投资者在投资过程中对自己有把握的东西应该自信和勇敢，对于一些自己无法完全掌握的东西要谦虚和谨慎。只有具有谦虚品质的投资者才能勇敢地承认错误，并及时地改正错误。

巴菲特认为，无论多么出色的投资者，都难以避免失误的情况，然而他们在面对亏损时的态度却是各不相同的。需要投资者知道的是，面对失误时的态度是决定亏损大小的重要因素。大部分的投资者亏损的原因是他们宁可赔钱也不愿坦然面对自己的失误。

第四，孤独和冷静。在股票市场中，每一个投资者都在为了自己的盈利而努力着，因为想要获得成功，投资者只能依靠自己，没有谁会无私地帮助谁，这是由股票市场的特性所决定的。投资者盲目跟随潮流买进卖出的结果是收益平均化，很少有机会获得超水平的回报，所以，渴望获得成功的投资者应该逆潮流行动，并且要以孤独为乐，不要被市场情绪和其他投资者的看法所影响，而是应该将注意力放在研究自己的判断是否正确上。其实，在投资市场中只有冷静的投资者才能成为市场的主人，因为股票市场经常会处于一种狂热的局面，几乎所有的投资者都会受到它的影响而无法作出正确的判断，只有少数冷静的投资者才能平静地看待市场的变化。所以，巴菲特告诫投资者要想规避股市中的风险必须要学会冷静地思考问题，因为只有这样，投资者才能在股市处于弱市时获得盈利的机会。

巴菲特的忠告

一个出色的投资者，必须具备良好的投资素质，只有这样才不会成为投资市场的奴隶。

4

想射中大象就必须随时把枪带在身上

> 投资对于我来说，既是一种运动，也是一种娱乐。我喜欢通过寻找好的猎物来"捕获稀有的快速移动的大象"。
>
> ——巴菲特

巴菲特曾经对他的孩子们这样说过："投资股票，不但要购买得早，还要卖出得比别人更早，我们应该随时握有足够的资金，如果我们希望射中大象，那就应该随时把枪带在身上。"

巴菲特告诫投资者在选择股票的时候不要抱有投机心理，因为那些好的投资机会往往会在投资者不停的换手中错过，投资者如果想要获得更大的盈利，则应该集中精力寻找几家非常优秀的上市公司，而只有分析和研究这些上市公司的经营状况和内在价值才能抓住好的投资机会，确保选择的股票能为自己带来最大的回报。

巴菲特将挑选股票比喻为射击"大象"，他认为投资者在选择股票时，其实是在选择一头很大的"大象"。尽管这样的"大象"并不是经常出现，并且它跑得也不是很快，但是如果投资者只是静静地等到它出现的时候才寻找猎枪，那么是不可能捕捉到"大象"的。因此，为了能够及时抓住眼前大好的投资机会，投资者应该随时将手中的猎枪装满子弹并做好射击的准备。简单地说，就是投资者的手中要随时握有充足的现金去等待那些好的投资机会的到来。

每当美国交易市场股票价格疯狂上涨的时候，巴菲特都不会大量地进行购买，他只是静静地累积自己手中的现金。大多数的投资者总是喜欢同时购买多只股票，等到最佳的购股机会到来时，他们手上剩下的资金却已经不多了，尽管这时的股价非常的低廉，但是他们已经没有能力再购买了。这种情况就像猎人打猎一样，由于在漫长的等待中大象一直没有出现，所以猎人便失去了耐心，将射击的目标放在了松鼠、兔子等小动物的身上。结果，当大象真的出现的时候，枪中的子弹却已所剩无几。在1995年至1999年期间，根据统计，美国股市的价格竟然在短时间内上涨超过了2.5倍，这对于投资者来说是一个千载难逢的大牛市。但是，让所有人感到意外的是巴菲特却在1999年3月对外表示，因为股票价格的疯狂上涨，他再也找不到符合他标准的投资机会了。虽然他找不到适合射击的"大象"，但是他向伯克希尔的股东们保证，他一定会集中精神和保持耐心，静静地等待捕捉"大象"的机会。

巴菲特表示，他所掌管的伯克希尔·哈撒韦公司通过少负债或者不负债的方式获得了最大的证券收益。他认为如果采取提高其负债与证券之比的方法，将会大大提高公司的证券收益。尽管巴菲特明白这一点，不过他对这种通过增加负债来提高伯克希尔·哈撒韦的股票收益的方式并不十分赞同。在巴菲特看来，要想取得更大的投资收益，并不是依靠负债的杠杆作用就可以创造的。

虽然巴菲特在投资方面很保守，但是在借钱的事情上他从不犹豫不决。他喜欢未雨绸缪，他认为只有随时准备好充足的资金才不会在机会来临的时候一筹莫展，所以，他不愿意在自己需要用钱的时候才去借钱。巴菲特提醒投资者，最理想的办法是将收购某一家公司的时间与获得资金的时间紧密地结合起来。但是他认为，这种方法在实际的操作中是行不通的。资金的不足可以将公司资产的价值提高，但是过于紧张的资金和高额的利息率不但会大大提高公司的负债成本，还会使公司的资产价值下降。当收购的公司价格处于比较合适的位置时，那么利息率也会上升，并且可能会降低投资的吸引力。巴菲特表示，由于这一实际的原因，公司应该分开管理资产和负债。

在投资机会来临之前准备资金是非常明智的决策，因为只有这样才能射中正在奔跑的"大象"。但是，巴菲特只有在当公司未来收益可以抵消负债成本的时候才会决定借钱。由于那些好的投资机会并不是经常出现，所以巴菲特希望伯克希尔随时做好射击的准备。他认为射中"大象"的前提是要枪不离身，因此，拥有充足的资金对投资而言是非常重要的。

作为投资领域中出色的投资者，在面对股市的波动时巴菲特有极强的识别力，他总是能够成功地拒绝那些看似不错的投资机会的诱惑，而且他不愿意跟随大众的潮流，而是去选择一些只是因为价值被低估才具有投资价值的股票。巴菲特告诫投资者在手中持有充足现金的情况下，更应该克制自己的情绪，不被市场所迷惑。在很多情况下，充足的资金反而会导致投资者作出更多错误的投资决策。1999 年初，巴菲特手中握有 35 亿美元的现金和伯克希尔·哈撒韦公司的债券，他对此感到十分满意，因为他手中所掌握的资金甚至超过了一些小国家的生产总值。巴菲特决定长期持有这些资金，直到出现值得购买的、价格合理的股票时才动用手中的资金。但是在实际的投资过程中，大部分的投资者往往会被自己的情绪所控制，为了让手中的资金立刻发生作用，他们总是频繁地买进卖出，不愿意耐心地等待自己喜欢的股票价格下跌后再买进，而是在对这些股票背后的上市公司毫无了解的情况下，购买了质量很差的公司的股票，或者以昂贵的价格购买了与实际价值不符的股票。这样一来，他们迎来的投资结果往往与自己期望的结果相差甚远。

巴 菲 特 的 忠 告

充足的资金对于投资者来说必不可少——只有随时做好投资的准备，把枪带在身上，才能捕捉到"大象"。

5

真正的投资者是在不断学习中成长的

所谓有"转机"的企业，最后很少有成功的案例，与其把时间和精力花在购买价廉的烂企业上，还不如以公道的价格投资一些物美的企业。

——巴菲特

在投资领域中，每一个成功的投资大师都是经过漫长的学习和摸索才逐渐成长起来的。在这一点上，巴菲特从来都严格地要求自己和自己的孩子，而这也使他迅速成就了自己的投资抱负。

股票投资并不是凭借运气就可以获得成功的，要想真正掌握它就必须经过长期不断地研究和总结才能实现。投资者如果希望长期在股市中立足，那么一定要意识到学习的重要性，应该不断向那些投资领域的大师们学习。在现实当中，巴菲特就是许多投资者心中所崇拜的投资大师，他的一举一动都能够影响到投资者的想法。但是，巴菲特也是在长期不断的学习中逐渐在投资市场中成长起来的。

投资者可以从那些经验丰富的投资大师身上获得许多值得借鉴的投资知识，其中许多都是投资大师们在日积月累的投资实践中总结和归纳出来的精华。对于一些刚刚涉足投资领域的投资者来说，这无疑是获得成长的好方法。而分析投资大师们的投资经验，是一条掌握成功投资方法的捷径，也可以帮助投资者避免在变幻莫测的股市中处处受挫。除此之外，投资者应该学会将这些无形的资产转变为有形资产，只有这样才能在投资过程中获得更多成功的机会。

当巴菲特还是哥伦比亚商学院的学生时，他就经常向自己的老师本杰明·格雷厄姆请教一些关于投资方法的知识，所以在那时，巴菲特就已掌握了很多宝贵的投资经验。巴菲特告诫投资者在购买某一只股票时应该关注企业的实际价值和经营状况，不要被股票的表面价值所迷惑，并将这一点成功地运用到了自己的投资当中。巴菲特承认，这都是来自于他的老师格雷厄姆所推崇的价值投资理念。格雷厄姆对股票投资有着很深入的研究，当时在投资领域也拥有很高的地位。在选择投资对象的时候，格雷厄姆更加注重上市企业的实际经营状况和其内在价值——他认为，如果投资者能够在投资之前深入地分析和研究上市企业的内在价值，并且以十分合理的价格买进股票，那么就一定可以获得丰厚的回报。

巴菲特说自己在认识老师格雷厄姆之前，已经对股票投资进行了长期地分析和研究，寻找了大量与投资相关的资料，阅读了很多投资的书籍，并且也打听到了许多内部消息，但是他却没能掌握到一种真正选择股票的方法，而一直到阅读到格雷厄姆所写的《聪明的投资者》时，顿时感到豁然开朗。

巴菲特曾向他的子女们坦言自己所总结的投资原则和策略都是受到他的老师格雷厄姆的影响，而他之所以能够迅速地在股市中立足，是由于他长期不断地学习。

在巴菲特看来，投资者想要在股票交易过程中做到完全冷静地做出决策，只有通过不断底学习和积累投资知识才能真正做到。因此，在多年的投资中，他总是保持着学习的态度，而且他经常向他的老师格雷厄姆虚心请教在股市中应该怎样保持良好的心态的问题。巴菲特明白，作为一名真正的投资者必须拥有良好的投资心态，如果投资者不能正确地认识和看待股票市场，那么无论掌握了多么高深的投资技巧，最终也有可能出现亏损惨重的情况。通过与老师格雷厄姆长期地交流，巴菲特懂得了真正的投资者应该具有坚强、耐心、理性、冷静、独立思考以及大胆果断和抵制贪婪等良好的投资心态。正是因为这种心态使巴菲特获益匪浅，这也让他在一度狂热的科技泡沫中保持着与众不同的冷静和理性，避免了失败的风险。而当几乎所有的投资者都对某家企业或者行业未来的前景失去信心时，他也不会受到外界的影响，这种独立思考并对自己的判断深信不疑的心态，使他在股市大跌时也能寻找到一些潜在的投资机会。

当巴菲特谈到自己的老师格雷厄姆时，他总是会流露出感激之情，他说："遇到一个好老师将会影响一个人一生的发展，我的老师格雷厄姆就是这样的人。因为他我才能够取得今天的成就。"虽然巴菲特有着与生俱来的投资天分，但还是因为遇到了格雷厄姆，他才掌握了成功投资的捷径，而也正是由于巴菲特长期不断的学习和总结，使他在复杂多变的股市中避免了许多陷阱，更使他在股市中迅速地立足，成就了今天辉煌的投资业绩。当谈到这一点时，巴菲特非常幽默地说道："在我刚开始决定涉足股票市场之初，就好像在黑暗中摸索一样，能否成功只能听天由命。当我遇到格雷厄姆之后，我才明白自己应该往哪个方向走，怎样行走才不会被投资市场中的黑暗吞噬。"从这番话中可以看出巴菲特对格雷厄姆的敬佩，而他能够取得今天的投资成绩，不仅是因为他有过人的天赋，最重要的还是他懂得向他人学习投资知识。

巴菲特的忠告

股票投资是一门高深的学问，无论投资者拥有多么高的天赋，或是掌握了多么纯熟的投资技巧，都应该保持不断学习的态度，因为只有善于向别人学习投资成功的经验和教训，投资者才能够在股市中长期立足，也才能够获得更多的投资收益。

6

思想上要敏锐，行动上要果断

当世界提供一种机会时，聪明人会敏锐地察觉到。当他们有机会时，他们就会投下大赌注，其余时间不下注。事情就这么简单。

——巴菲特

巴菲特的女儿只要一有时间便和父亲讨论投资的问题，苏茜曾听父亲说过这样一句话："孩子，我还想告诉你，作为一名真正的股票投资者，思想上要敏锐，行动上要果断。"

听到这句话之后，苏茜不禁想到在 2007 年的夏天，各国的股票交易市场正处于狂热、世界能源危机持续不断的状况之中，当"中国石油"被所有投资者一致看好的时候，巴菲特却前后七次将他手中所持有的中石油 H 股票全部抛空。

巴菲特这一反常的举动遭到了外界的嘲笑和讽刺。因为在巴菲特卖出股票的两三个月内，中石油 H 股股价又上升至 20 元附近。在当时，几乎所有的投资者都暗自对巴菲特表示不屑。

但是，不久之后形势发生了戏剧性地转变，当全球股市在 2007 年 7 月份达到最高点后，股价开始急速下滑。到 2009 年的元旦，纽约交易市场由 14000 点下跌至 8000 点，而中国股市更是惨不忍睹，下跌了将近 70％，中石油 H 股股价从 7 元跌至了 4 元。

想到巴菲特这一经典的投资案例，苏茜更是对眼前慈祥的父亲敬佩不已，于是又借机向巴菲特提出了自己心中一直存在的疑问："为什么您能在其他投资者都陷入疯狂和贪婪的时候，仍然保持冷静的头脑？"

巴菲特拿起酒杯，喝了一小口，然后抬起头对她说："想要成功投资，首先要让自己敏锐的思维做出果断的决策，并且要等到合适的机会再出手。"

因为金融市场总是不停地变化着，许多投资者根本无法真正弄清其中的玄机。无论是一些长期投资者，还是一些希望通过投机来赚钱的短期投资者，在变幻莫测的股市中，如果想抓住投资的良机，思想上一定要足够敏锐，并且行动要迅速一些。因为许多机会往往来得快，也走得快。

在股票市场中大部分的投资机会都是隐藏在市场背后的，投资者往往很难捉摸到。如果只是看到市场表面的变化，则无法抓住机会，也看不到隐藏的风险。因此，投资者必须用自己的判断和观察去寻找机会。在找到机会之后，投资者还必须具备敏锐和果断的特质。只有这样投资者才能在别人之前抓住盈利的机会或着规避存在的风险。反之，如果投资者在面对机会时优柔寡断，摇摆不定，则只能白白错失投资机会。

在投资实践当中，巴菲特之所以能够获得比别人更多的收益，也与他有着敏锐的观察力和果断的行动力密切相关。巴菲特认为，如果有好的投资机会出现，那么一定不要犹豫不决，而应该果断出手。

20世纪90年代，白银一直处于供应小于需求的状态。其实，白银不仅仅用于装饰，它还被用于一些实际的生活当中，比如制作拍照用的底片等。但是白银的开采却并不受人们的重视，开采者往往大量地开采金、铜等金属。所以，就供应量而言，白银的供需会大大降低。但实际上白银的经济用途是十分广泛的，因此供应不足将会导致白银的价格上涨。90年代时，巴菲特经过长期的观察后发现国际市场的白银供应商一直不停地消耗他们的存货，所以造成银的价格持续低迷。换句话说，即银的市场价格并未反映出真实的供需关系。巴菲特认为，这种需求大于消费的情况最后一定会造成国际市场上银的存货大量被清空，而银的价格也会因此上涨。

在得出这样的结论后，巴菲特购买了超过2.8万吨的银。机会来临时，迅速地买进，这便是巴菲特与众不同的投资方式。巴菲特在选择股票时也遵循了这样的原则。如果他认为某只股票没有买入价值，那么他宁愿放弃购买；如果他认为值得购买，那么他会果断地抓住盈利机会，绝对不会有半点犹豫不决。

由于巴菲特总是能从一些细微的事情上预见某个行业未来的发展状况，并且对自己的判断深信不疑，所以在投资时他从不在意别人的想法，敢于果断出手，因此他总能比别人更早地抓住投资的时机。

其实，投资者想在交易过程中真正做到果断投资，并不是一件容易的事情。大多数的投资者都是在徘徊不定中与投资机会擦肩而过的，他们往往会因此追悔莫及，甚至会在心底发誓如果下次再出现投资机会，一定会果断出手，但是当投资机会又一次来到身边时，他们还是会重复犯同样的错误。由此看来，这种果断的素质不好掌握，需要通过长期培养才能获得。

巴 菲 特 的 忠 告

当投资机会再次降临时，投资者一定要果断地做出投资决策——只有这样才能抓住投资机会，才能获得投资收益。

7

改变思维头脑：借钱生钱，融资投资

> 要想游得快，借助潮汐的力量要比用手划水效果更好。
>
> ——巴菲特

众所周知，股票市场的投资风险是巨大的。如何规避风险或者降低风险给自己带来的损失，是每个投资者迫切希望掌握的投资技巧。此时，善用他人的资金进行投资就不失为一种降低自身投资风险、突破自有资金局限的好方法。毕竟投资者个人的资金规模极其有限，只凭自身的经济实力进行投资必然难以在短期内有所作为，这一点对那些初次涉入投资市场的人来说尤为明显。即使是那些投资成功，并且已经积累了相当数额资金的投资者，想单凭自己手中的资金进行投资获取更大的利润，常常也会觉得力不从心。因此，巴菲特语重心长地告诉他的子女，一个聪明的投资者决不会让自己投资的步伐被有限的资金所束缚。事实上，像巴菲特这样的投资大师无一不是充分利用外来资金的投资高手。因为他们深知，只有获得尽可能多的可操作资金，才能使自己在市场中占据超越一般投资者的优势地位。

在创办自己的公司开始独立投资之前，巴菲特曾在自己的老师格雷厄姆的投资公司格雷厄姆·纽曼公司里工作。当时的格雷厄姆·纽曼公司是一家共同基金，包括巴菲特在内共有 6 名员工，运营资金只有 600 万美元。当时，巴菲特回绝了不少大公司的聘请，执意到格雷厄姆·纽曼公司工作，希望从老师格雷厄姆身上学到更多的投资实战技巧。然而不久，格雷厄姆宣布退休，巴菲特就告别老师回到了家乡。当时，年仅 25 岁的巴菲特已经积累起丰富的股票投资经验，并且萌生了创办一家属于自己的公司来成就一番事业的想法。

然而，巴菲特发现自己投资赢利积累起来的那点资金对于创办一家公司来说是微不足道的。于是，在亲友为巴菲特举行的家庭聚会上，巴菲特向众人宣告了他打算成立自己的投资公司的想法。因为对巴菲特的见解和判断很有信心，亲友们纷纷响应，出资帮助他成立合伙企业。在 1956 年，巴菲特成立了他的第一个合伙人公司——巴菲特合伙人有限公司。当时，这家公司一共有 7 位合伙人，全部都是巴菲特的亲朋好友，募集到的资金总额为 105000 美元，其中巴菲特出资 100 美元，全权负责投资策划。可以说，正是这 100 美元开启了巴菲特传奇的投资生涯——在近半个世纪的投资中，巴菲特将这 100 美元变成了420 亿美元，谱写了史无前例的投资神话。

事实上，创业初期的巴菲特一直被资金缺乏的问题所困扰，而且他深深地认识到，仅靠自己和亲朋好友的那点微薄的资金很难短期内让他的事业获得大的发展。于是，他向医学界的朋友提出了合作的请求——亲自登门拜访，保证"绝对坚持以格雷厄姆的原则来进行投资"，并提出了对对方而言条件优厚的合作协议。在巴菲特的不懈努力下，巴菲特合伙人有限公司的资金总额，从最初的 10 万美元逐渐增长到 50 万美元，然后又增长到 200 万美元。

合伙公司在巴菲特的精心管理下运营得十分出色，取得了骄人的投资业绩。在长时期稳健投资收益的积累下，巴菲特手中的资金也越来越多。由于他将自己积累起来的财富全部都投入到了股票市场中，所以他的资金在合伙公司的股份中所占的份额也日益增大，以致他最终成为了公司最大的股东。

可以说，正是由于巴菲特善于借钱生钱，即利用他人的资金进行投资，才使得他的合伙公司在资金紧缺的创业初期取得快速的发展。然而，巴菲特善于利用外部资金进行投资并非仅局限于自己资金匮乏的时候，事实上，在他后来自身资产上亿的情况下，也依然没有丢弃这一投资手段，反而将其运用得更加出神入化。

1969 年，巴菲特将自己投资积累的资金全部用于收购奥马哈市最大的纺织厂——伯克希尔·哈撒韦公司的股份，并且成为最大的控股股东。当时，纺织工业正处于低迷时期，人们都认为巴菲特对伯克希尔公司的市场前景估计过高。然而，巴菲特却并没有将投资收益用于伯克希尔公司扩大其纺织业务的规模上，反而还陆续关闭了旗下的一些小纺织厂，到最后只留下了新贝德福德纺纱厂。巴菲特紧盯着这家仅剩的纺织厂运营所积累的资金，对每一笔费用的动向都予以关注，以求对资金做到最合理高效的管理，将其尽可能多地投入到其他发展前景良好的行业去。如此一来，伯克希尔·哈撒韦公司就由原先的纺织企业转变成一个全新的投资型公司。由此看来，巴菲特收购伯克希尔公司的原因并非看好纺织业的发展，而是趁着纺织行业低迷时能够以比较便宜的价格收购一家规模庞大的大型企业，从而借其庞大的现金流量作为自己的投资后盾。正是这个"借钱生钱"的高明策略，使得巴菲特股票投资的道路越走越宽广。

随着经济全球化的发展，巴菲特又将目光瞄准了保险行业。在巴菲特看来，保险公司的客户会定期向公司交纳保险金，这些众多的零散资金汇集起来就是一笔相当可观的数目，而且保险公司赔付保险金的频率并不高。因此，在客户没有索赔的大多数时候，保险公司都有一笔相当数额的流动资金。正是看中了这样一个资金上的巨大优势，巴菲特先后收购了两家知名的保险公司。他将保险公司在未遭到客户索赔时积累起来的大量资金投放到股票和债券市场上，进行充分地利用。如此一来，巴菲特靠着收购保险公司所花费的1%的投资，为自己赚取了高于20%的稳定收益。对此，他曾十分自豪地说："充分利用别人的资金去进行投资，无疑是最高明的投资策略。"

"借钱生钱"的投资策略充分体现出巴菲特出众的投资才能。正是在这样的投资思想指引下，巴菲特依靠别人的资金开始了自己的投资生涯，聚小钱生大钱，一步一步完成了其巨额财富的积累，广泛收集社会各界的资金，通过与其他投资者分享利润建立起了自己的财富帝国。

巴菲特的忠告

　　成功不仅来自投资者对股票市场的深刻认识与研究，以及对投资时机的及时把握，还要善于利用外来资金来提升自己的投资规模和力度。我在股票投资中取得的辉煌成就，并非单凭自己的个人财富达成的，而是依靠广泛从他人那里借贷的资金。

忠告十

Warren Buffett

To the children
10 Investment Advice

认识自己的愚蠢才能利用市场的愚蠢

1

朝三暮四不是一个好方法

> 在你能力所及的范围内投资。关键不是范围的大小，而是正确认识自己。
>
> ——巴菲特

　　很长时期以来，拥有伯克希尔公司的股票，是一些美国和欧洲人成功和财富的象征。经过三十多年的经营，巴菲特把伯克希尔公司打造成了一个更为知名的品牌，延续了已经有二百年历史的伯克希尔公司，使数代美国人深受其惠并牢记下了它的名字。

　　巴菲特在投资的道路上，每选择一只股票去投资的时候，从没有想着会在短时间内得到利润。他认为，如果在投资市场上东捡西挑，朝三暮四，面临的风险会更大，盈利的机会更少。

　　巴菲特的小儿子皮特曾询问他："爸爸，你认为选择长期投资的理念是什么？"

　　巴菲特立即说："如果你不愿意拥有一只股票十年，那就不要考虑拥有它十分钟。"

　　巴菲特对"有效市场"理论存有异议，也很少推崇市场的一些理论，他选股的惟一标准就是优质。在他看来，一个优秀企业的股票，没有理由不去投资。

　　巴菲特在经过深入研究并决定买入那些有前景的股票时，并不在意当时股价的多少，他总是在很长时间里不断地买入，并长期持有。他讨厌朝三暮四的投资行为，强烈反对短线投资，认为这种投机行动是于己于股票企业都不利的。他曾经说："短线投资等于就即将发生的事情进行赌博。如果你运用大量的资金进行短期投资，有可能血本无归。"

对于投资市场上层出不穷的投机者，巴菲特常常表示自己的不解。他甚至形象地比喻："你不会每年都更换房子、孩子和老婆。为什么要卖出公司（股票）呢？"

可以看出，巴菲特就是靠自己不朝三暮四的投资态度，不断积累了巨额的财富的。认认真真地把每一次投资做好，是他一贯的思想。他在《华盛顿邮报》的投资上，表现出的无限关注和深入，一直以来令人折服，也使"邮报"为有这样的合伙人深感自豪。

巴菲特是在1973年春夏之际，购入了价值一千零六十万美元的华盛顿邮报公司的股票。此时，他关注这只股票已经很多年了，而他也一直在寻找进入媒体的机会来实现自己多年来希望投资媒体的梦想。此项投资使伯克希尔成为凯瑟琳女士家族之外，《华盛顿邮报》最大的股东。

《华盛顿邮报》总裁凯瑟琳曾经说，巴菲特极富同情心，而精明投资人只是他的另一面。他与报纸很有缘分，那种渊源甚至要追溯到他的少年时代。

本来，在1972年末到1973年初，《华盛顿邮报》受"水门事件"的影响陷入最艰难的困境，除了有关政府部门的打击之外，还因为自身上市的操作失误，引起股票大幅下跌。凯瑟琳回忆说，那是她一生中难以忘怀的艰难日子，邮报的发展进入低谷，投资者失去了对她们的信心。最后她不得不亲自到华尔街的金融会议上去直接推销公司的股票。巴菲特此时决定大举投资，并在几个月内，分二十次购入邮报的股票。他后来说，在生命中，有些事情发生的速度会很快。他对《华盛顿邮报》的投资，一是因为他怀有感情，二是他相信媒体能够做终生的伙伴。巴菲特为此在伯克希尔公司内部做了很多工作，从而使这次投资活动得以顺利进行。

凯瑟琳在她获得普立策奖的个人自传一书中写道：巴菲特的伯克希尔公司，在1973年买下本公司10%的B级股票。他后来告诉我，起先他不太愿意公开这件事，但是后来觉得这未尝不是件好事。他对公司的关注已经很久，而且他一旦投入就不会三心二意。事实证明，他是那么负责和专心。

巴菲特的这笔投资，是他最好的投资之一，他在一般人还没有开始注意媒体股的前景之时，就捷足先登进行了这项投资，获得了理想的收益。巴菲特一生对媒体的偏好，就像是对金钱的追求，这股热情在购入《华盛顿邮报》股票时达到顶点。巴菲特一直对媒体事业保持着浓厚兴趣，和很多知名的记者结为了挚友。他本身也具有记者般的直觉，在寻找被低估的公司时，也融合了敏锐的生意嗅觉和记者深入调查的技巧。

1973 年至 1974 年间股市崩盘，这波震荡刚开始时，《华盛顿邮报》的股票从刚发行时的每股 6.5 美元，后来下降到 4 美元。邮报当时还面对星辰报的竞争压力，正处于内外交困的处境之中。巴菲特对这种情况大为震惊，在与邮报的管理者沟通之后，伯克希尔公司买下了一千零六十万美元的邮报股票，占该公司 B 级股的 12%。

在 1973 年，《华盛顿邮报》公司旗下的机构包括华盛顿邮报、新闻周刊、时代—前锋公司、四家电视台和一家造纸厂，后者为该公司提供了大部分的新闻用纸。但是，公司一直处于不稳定状态，相关企业之间不能够团结合作，内部矛盾重重，更为严重的是人心涣散，丧失了企业的凝聚力。

巴菲特购入邮报股票之后的两年，该股一直处于下跌的趋势，巴菲特的投资从 1973 年的一千万美元，贬为 1974 年底的八百万美元，而在 1976 年之前，邮报的股票一直无法超越巴菲特购入时的价位。

人们清晰地看到巴菲特投资《华盛顿邮报》之后，并没有在短期收到效益，甚至还遭受了严重的亏损。而巴菲特也说过，如果从盈利的角度而言，他早已经去选择另外的投资了。

《华盛顿邮报》的许多管理人都认为，巴菲特的确是有深厚的媒体情节，否则，他早已经撤离了。虽然在他最初投资《华盛顿邮报》的几年里，根本没有高额利润，但那并没有影响他高昂的投资信心。他这种永恒坚定的投资信念，彰显着一个投资家的非凡意志和高超水平。

很多人回忆，巴菲特作为一个不请自来的投资人，最初被《华盛顿邮报》公司的许多人认为是一种威胁——没有人相信他是真正的投资而不是投机。

巴菲特投资邮报公司后，写了一封信给凯瑟琳，当时凯瑟琳也对这位不甚了解但却拥有邮报大股份的人，抱着猜疑的心态，加上身边的很多人一直提醒她要对巴菲特的行为保持警惕。她常常为此着急，想不出一个好的办法。巴菲特在信中向她表白，说他绝对无意对该公司造成威胁，他也充分了解，以她持有的该公司 A 级股票，她掌握了该公司的管理权。巴菲特只是反复谈到自己对邮报的感情。

凯瑟琳在她的个人自传中表示，她和巴菲特直到 1973 年才再度碰面，地点是洛杉矶时代杂志的办公室，这是在巴菲特投资邮报之后的事情。但是，与他见过面后凯瑟琳便放心了，她感觉到了巴菲特的真诚和不凡的远见。为此，她邀请巴菲特到华盛顿共进晚餐，顺便参观一下邮报公司。之后，他们又几次见面，并且逐渐建立了深厚的友谊。多年后，凯瑟琳还无比深情地说："他对公司的事从不插手干涉，是个值得尊敬的人。"

巴菲特于 1974 年被任命为邮报公司的董事，也恰如其分地担任该公司金融委员会的主席。上任后不久，巴菲特就做出了一项令人侧目的举动，他向董事会建议，分批回购邮报公司的股票。在当时，企业界回购自家公司股份的做法可谓绝无仅有，在媒体界更为少见，所以他的建议很快遭到强烈反对。

凯瑟琳回想，她当时认为，如果花钱买进自己公司的股票，公司一定无法成长，而巴菲特仔细地用数字向她解释，无论就长期或短期来看，回购股票对公司都有好处，而且他一再强调，和公司的实际价值比起来，股价可以说是非常低；他循序渐进地阐述他的理念，经过计算，如果买回公司 1% 的股票，每个人就会增加收获，拥有更多的股份。

凯瑟琳表示，自从巴菲特开始投资邮报开始，他对公司的关注就从未间断。尤其是在公司出现内乱的时候，巴菲特夫妇就住在公司对面的饭店里，密切配合她的工作，直到事态完全平息他们才离去。不仅如此，每次在邮报出现困难之时，他都是最可信赖的朋友，密切关注和维护公司的利益。

到 1986 年，伯克希尔答应出资五亿一千七百万美元购买美国广播电视公司（巴菲特应邀担任董事）。根据联邦通讯委员会的法律规定，禁止个人同时在邮报和广播电视公司任职，他才短暂离开邮报董事会。

　　后来，巴菲特还是再次当选为邮报公司的董事，重返邮报董事会。巴菲特和凯瑟琳也一直保持挚友的情谊，从未间断。他作为邮报的第二大股东，给予凯瑟琳最大的信念和勇气，让凯瑟琳在邮报的领导岗位上发挥个人最大的潜力，带领邮报再次走上一条辉煌之路。

　　伯克希尔于1973年就拥有邮报公司10%的股份，现在已成长为17%，多年来，随着邮报公司不断回购自家公司的股份，巴菲特所持有的股份也随之持续增加。在邮报的股票大幅增长的时候，巴菲特专门写信给凯瑟琳，赞扬她的卓绝表现给投资人带来了福利。

　　无疑，巴菲特最终也成为最大的赢家。他之后这样评价，如果当时投资《时代镜报》、《纽约时报》、骑士债券，都会有不错的收益，但是，这些盈利都是无法和《华盛顿邮报》相比的。邮报已经给他带来超过10亿美元的收入，而且还在不断增长之中。

巴菲特的忠告

　　财富不会青睐于一个朝三暮四的人，而成功投资者取得的成功，有一个非常重要的因素，那就是用淡定面对投资中的得与失。

2

认识自己的愚蠢才能利用市场的愚蠢

> 股票并不知道谁是持有人。在股价上下波动时你会有各种想法，但是股票没有任何情感。
>
> ——巴菲特

生活在现实中的每个人，都不是十全十美的。一个人不但要了解自己的优点，更要知道自己的缺点。同样，每个市场也都不是完美的市场。怎样去克服自身的不足，利用市场的弱点获得收益？这个问题一直以来也困惑着皮特，以致他禁不住还是向巴菲特提出了自己的疑问。

巴菲特听了皮特的疑问后，颇有感触地说："孩子，投资者需要在实践当中认清自己的不足，并积极改正这些不足。一个看得见自身缺陷的人才可能看得见市场的缺陷，同时利用市场的不足获取利润。而投资者也只有认识自己的愚蠢才能利用市场的愚蠢获得收益。"

巴菲特在投资通用再保险公司的过程中，有过多次自我批评和检讨。通过对自己深入地剖析，他不仅充分看到了自己的不足之处，还让他反观到了市场存在的问题。

通用再保险公司的前身是挪威全球保险公司，随着它在美国的业务不断扩大，最后在美国重新筹建。到 1945 年与科隆保险公司合并，几乎垄断了整个美国的再保险市场。加上之后对国家再保险公司的收购，更是巩固了其在业界的霸主地位。通用再保险公司的业务是针对全世界的，它通过一个庞大的、遍及世界的子公司来为客户提供保险精算、索赔、投保、财务管理和投资管理等服务，使之逐渐成为世界上最有影响的再保险公司。

到 90 年代，美国保险业的大环境很不理想。过于公开透明的费率导致了行业的竞争激烈，以致一些经营多年的公司也被排挤出局（全国共 130 家再保险公司锐减为 28 家）。

巴菲特认为这个时候是进军再保险领域的最佳时刻，而他的目光依然是瞄准了再保险行业内最著名的企业——通用再保险公司。这是他的经验——找最有实力和最具品牌的企业下手。

然而，这个时候的通用再保险公司正面临一场劫难。首先，国内的分支机构科隆人寿再保险公司参与了国内的一项雇员收入再保险项目，项目实施中又出现重大失误——也就是 1 美元的保费收入却要支出 1.52 美元的索赔补偿金，导致公司支付 2.75 亿美元的未来补偿金，造成公司间接损失 10 亿美元。另外，在海外市场上，悉尼发生了前所未有的冰雹灾害、欧洲地区出现暴风雨、土耳其发生地震……这一切都使通用再保险的经营状况深陷泥潭。

在这个特殊时刻，巴菲特坚持收购通用，风险之大不可预测。虽然巴菲特自己也充分考虑到了其中的不利因素，但事实证明，他所考虑的还远远不够周全。

巴菲特在 1998 年 6 月与通用再保险公司达成协议，由伯克希尔公司收购通用，合同在当年的 12 月 21 日生效。但是没有想到，这个消息的公布，导致伯克希尔公司的股票大幅下跌，连通用再保险公司的很多股东都不愿接受伯克希尔的股票。一些基金组织甚至大量抛售通用再保险公司的股票，而且很多人抗议巴菲特的出风头行为，不满他搞个人崇拜，股评家们更是指出巴菲特高估了通用再保险公司的价值。

这些，还不是最可怕的，更可怕的事情在 1999 年才逐渐暴露出来。

原来，巴菲特认为只要能够把握住通用再保险公司以后的 2.75 亿美元的赔偿金，就不会有大的问题。事实却不是这样——随着事态的发展，这个数字在不断扩大，而伯克希尔公司虽然按照合同预留了这笔资金，可是，已经不能够解决之后带来的复杂问题。这次收购行动，通用再保险公司不但没有起死回生，而且还牵连伯克希尔的股票市值低于面值。

巴菲特由衷地感觉到：自己真是愚蠢极了。

不过，事情还远远没有走到绝境。巴菲特分析了通用再保险公司的全面情况后，再次发挥了他投资的高超技巧和能力。他不但没有退步，反而加大了投资的力度，决定全盘整合通用再保险公司，这也是他投资历史上少有的大手笔。

巴菲特通过对市场的进一步分析，感到通用再保险公司虽然在国内的发展出现了停滞，但是，其业务在海外市场还是很有影响的，并且海外市场的空白还很大。同时，与其他再保险公司比较，通用依旧拥有着先天的优势，而人们对再保险需求的潜力还在不断地增长。

因此，巴菲特没有犹豫，他将持有的伯克希尔的 A 股股份全部出售，还以合适的价格出售了公司 18% 的股份。他另外又抛售了可口可乐和吉列公司两家的部分股份。于是，接下来巴菲特进行的一项高达 220 亿美元的交易震惊了投资市场。

其实，巴菲特调整公司资本的结构，目的在于迅速实现与通用再保险公司强强联手。

也许市场的缺陷真让巴菲特捕捉到了，在收购通用再保险公司的第一年，情况发生了很大变化——通用在汽车、飞机等方面的保险业务量达到了 60 亿美元，而伯克希尔公司之后逐渐取代通用的地位，成为新的保险帝国。2000 年 6 月，通用与科隆再保险公司合并，成立了新的通用科隆再保险公司，归属于伯克希尔的下属公司。

2000 年年底，巴菲特在互联网上说：收购通用再保险公司之后，公司采用剥离措施，不但投资额度提高了两倍，而且避免了各种税收负担。每一种股票都相对为公司增加了投资。也就是说，通过对通用再保险公司的收购与合并，不仅为伯克希尔公司带来了 240 亿美元的追加投资，并使公司在全球金融市场所占份额越来越多。

巴菲特在美国航空公司这个项目上的投资，是对自己打击最深的一次。很多公开场合，他都认为，这是一个值得深省的教训。

在 1989 年，伯克希尔又购入价值 3.58 亿美元的美国航空公司优先股。

对伯克希尔而言，投资资本密集和劳力密集的航空工业，是相当不寻常的举动。巴菲特说：我们之所以乐意投资美国航空公司的优先股，是因为我们对 Ed Colodny 的管理深具信心。还有就是我看好航空公司的前景与优势。

巴菲特认为他投资的是美国航空公司的高级证券，而非一家普通的营运良好的公司。其实，巴菲特的想法是要让那些富有名声的东西来为股东们获利。

但是这一次巴菲特的策略与原先的预期背道而驰，基于种种因素，美国航空公司在动荡不安的航空界急遽萎缩，伯克希尔的这项投资在错误的跑道上无法转回。美国航空公司不断暴露出种种问题，1988 年到 1994 年，大约亏损了三十亿美元。巴菲特为此对自己的愚蠢行为进行了检讨。在给哥伦比亚大学商学院的学生演讲时，他甚至规劝大家绝对不要投资航空业，并分析说这个行业成本过高且生产过剩，应该是全世界最差的投资标的之一。

1996 年，伯克希尔宣布将退出美国航空公司，并希望该公司能够回购自家的股票，而由于事情反反复复，所以没有成功。最终，伯克希尔还是没有放弃持股。

美国航空公司在美国东部成立之初被称为 Allegheny 航空公司，谐音 Agony 航空公司。巴菲特投资美国航空公司时，该公司股价每股约五十美元。巴菲特的投资约占该公司股份的 12%，每年伯克希尔可以取得 9.25% 的优惠股息。

在巴菲特看来，优先股是一种安全的赌博方式。1991 年以后，美国航空公司可以用比当初购买价格一千美元高出一百美元的价格，赎回优先股，伯克希尔在 1999 年前就将股票加以转换，并将剩余的优先股以每股一千美元的价格卖给美国航空公司，美国航空公司在 1998 年赎回这批股票。按照常理，如果巴菲特输了，可以获得 9% 的优惠股息；如果他赢了，就可以拥有美国航空公司很大的股份。巴菲特在伯克希尔 1991 年的年会上坦率地说："这次我所犯的错误是，没有料到航空业价格竞争如此激烈，同时，对意外情况缺乏充分的论证。当然，由于中东情势紧张，成本也是个很大的问题……"

当然，巴菲特这次没有考虑周到是航空业有着太多的不确定因素。在这之前的 1989 年，航空公司飞机出事，导致了两名乘客死亡。之后的 1991 年和 1992 年，航空公司又灾难不断，相继发生撞机事件和坠毁事件，每年造成数十名乘客丧生。

美国航空公司与皮尔德蒙合并之后，情况仍未得到好转，偶尔的盈利也只是昙花一现。当然其他的航空公司也都是焦头烂额，美国航空公司的董事长柯洛德尼在 1989 年的年报上写道："……美国航空公司每况愈下，公司已经裁员七千名，相当于 14% 的员工。同时，飞机的订单也予以延后，服务内容要做到更改，班机数目也要裁减，公司甚至需要靠卖飞机来发薪水。"

1991 年，巴菲特将投资美国航空公司称为不可抗力的错误，并且声明说："我们在和一个信用不良的公司打交道。"

这次的投资教训一直影响着巴菲特，以致每每有人提到带轮子的投资时都让他难以表述。他曾经多次希望出售美国航空公司的股票，但是都没有实现。而这一直被巴菲特的朋友们认为是一次最不聪明的投资。

但是，为什么在错误之后，巴菲特还是没有出售股份？他还希望得到什么回报吗？不错，巴菲特认为，这么多年都等过了，那么，说不定在我出售了股份后，恰好股票会升值呢？

果然不假，在 1998 年，美国航空逐渐偿清负债，累积现金之后，就开始大规模回购普通股，以致巴菲特终于变成了赢家。美国航空公司情况好转，表示要赎回伯克希尔价值 3.58 亿美元的优先股，将之转换为 924 万股普通股，价值约为 6.6 亿美元。

但是，巴菲特始终承认投资美国航空公司是重大的投资失误。巴菲特先是在自己身上认识到对投资市场欠乏周密考虑所带来的影响，在检讨自身的同时，也利用市场的不足之处，化险为夷。实际上，他在反省自己的同时，也是在接近成功。他把一种教训转换成一种经验，使自己在投资市场中更加成熟、自信。

3

有时成功的投资需要按兵不动

> 在我从事投资工作的 35 年里，没有发现人们向价值投资靠拢的迹象。似乎人性中有一些消极因素，把简单的问题复杂化了。
>
> ——巴菲特

当人们把巴菲特尊崇为"股神"、"圣贤"、"投资奇才"，媒体的赞誉铺满报端的时候，巴菲特却诙谐地戏称："如果我出生在几千年前，我很有可能沦为凶猛动物口中的美餐。因为一个风光的人也是面临最大风险的人。"

然而巴菲特没有被光环击倒，他断然拒绝了几届总统请他出任政府财长的邀请，一直以来，巴菲特远离华尔街繁华的市场，住在民风淳朴的奥马哈市。他怀揣着自己永恒的恋旧情节，把生命的大部分时间都用在阅读、思考和"分配资金"上。巴菲特的这种心态的确是一个投资天才的特性，而他的冷静、平和、稳定，更适合浮躁的投资市场。

皮特在午餐的间隙询问巴菲特，是不是他的性格帮助他在投资上取得的成功。

巴菲特却反问道："可是，这个世界上像我这样性格的人很多啊。难道他们的性格就没有帮助他们成功？"

他接着强调说："投资市场犹如战场，好的性格只是成功者其中的一个因素。我觉得投资更多的是需要战术。比如说，成功的投资常常需要按兵不动。"

尽管巴菲特多次戏谑地说，投资可口可乐只是自己对这种饮料的无限钟爱，但是，所有熟悉他的人都知道，他更钟爱的是可口可乐给他带来的巨大利润。

不过，他投资可口可乐的过程并非一帆风顺，也遇到了很多的风险。而在整个市场难以把握的情况下，正是由于他一直按兵不动，所以才取得了最后的胜利。

比较明显的例子是：可口可乐在与百事可乐的竞争中，双方都拼下血本，进行大力宣传和营销，引发了股票下跌事件。可口可乐是否能够占据上风，还是未知数。很多投资人在这个时候，纷纷抛出手中持有的可口可乐公司的股票。在股价降到最低点的时候，伯克希尔公司很多管理人员认为等待是没有希望的，于是建议抛售可口可乐的股票。巴菲特听说后，一笑了之，不予理睬。

1993年4月2日，菲利普·莫里斯公司为了更好地同那些普通品牌香烟展开竞争，宣布将其万宝路牌香烟降价20%，在这个"万宝路星期五"公告发布之后，随即引起市场的反弹，包括可口可乐在内的一些著名股票的价格纷纷走低。但巴菲特的做法却与众不同，他悄悄以每份1.50美元的价钱签订了购买300万股可口可乐股票的看跌期权合约。然后，按兵不动地等待消息。根据这个合约，他需要等待八个多月的时间。这就意味着巴菲特同意以每股大约35美元的价格买入300万股的可口可乐股票。如果股票价格跌至每股35美元以下，不管到时市场价格有多么地低，他都不能以高于公开市场的价格买进可口可乐股票。由于这笔类似赌博的资金庞大，伯克希尔公司的不少高层管理人为此捏了一把冷汗。大家常常想与他探讨一下这件事情未来的应付办法。可是，巴菲特像浑然不觉一样，闭口不再谈可口可乐股票的事情了。以后的日子，一直是按兵不动，淡定超然。直到这些期权如期履行，巴菲特由此赚得了750万美元。

1998年夏天，由于受国际金融危机的影响，可口可乐公司股票暴跌。像过去一样，巴菲特坚持握住这只股票而不卖掉，并把公司庆典用的饮料指定为可口可乐。他告诉《纽约时报》(1998年11月1日)："某个国家在某一时期总会出现一些暂时性的小问题，但是，这并不能阻止你畅想10年或15年之后的事情——要让世界上所有的人都只喝可口可乐。"

巴菲特在可口可乐股票的沉浮上，一直坚持按兵不动的方略。不被市场的沉浮而左右，不被纷乱的变动所扰乱，从而获得了投资的成功。然而，当美国很多投资者突然发现可乐很受欢迎，再去跟风投资可口可乐的时候，已经不足以获取高利了。

按兵不动，以静制动，这种方法在战场、商场上经常被使用。这需要决策人有良好的心态——清醒、坚定、自信，不被外界的观点所左右。由于巴菲特做到了这一点，所以他在投资市场上取得了巨大的成功。

巴菲特的忠告

按兵不动之所以能够取得成功，都是缘于指挥者能够做到心中有数。

4

正确把握投资的时机和环境

> 商学院重视复杂的过程而忽视简单的过程，但是简单的过程却更有效。
>
> ——巴菲特

把握宏观经济环境对巴菲特来说并不是一种简单的执著，而是审慎投资的哲理。从实际情况来看，巴菲特确实能正确把握市场走向的成功者。他善于在股市中寻找突发机遇，在股市动荡的时候把握有利的投资时机，利用股票的时间差获得最大的利润。

皮特在就餐时告诉巴菲特，很多人对他当初的投资都不理解，只是在最后获利时才发现他的过人之处，而且皮特还表示他不理解巴菲特为什么能投资成功。巴菲特对他说："孩子，其实那很简单，正确把握投资的时机和环境就可以。"

巴菲特强调，市场的主流偏向越厉害，市场的动荡也会越厉害，而其影响也会越大，时间也会越长，如果投资者能够很好地把握市场盛衰转变的时机，按照计划去认真地选择投资，那么，动荡的市场也会带给你很好的机遇。

巴菲特在回答投资者的询问时诚恳地告诉他们："对于我们投资人来讲，任何股票都是没有好坏之分的。是否赚钱完全在于我们购买的时机，甚至可以说，那些下跌中的股票并不都是不能够投资的股票，有很多股票的下跌其实都是由一些外部原因造成的。如果你在适合的时机和环境下进行了投资，那么你就会获得可观的收益。"

巴菲特于 1983 年和 1984 年间，不动声色地购入价值 1.39 亿美元的华盛顿公共电力供应系统所发行的债券（Wppss）。

巴菲特在伯克希尔 1984 年的年报上透露，他买下这支债券时股东们都大吃一惊，因为在过去的几年里，这家位于华盛顿州的核电子发电厂营建公司麻烦不断，名誉低下。

当时，Wppss 为第四期与第五期计划集资而发行的价值 22 亿美元的债券无法履约，伯克希尔公司的股东们对如此环境下的投资显得沉重无比，巴菲特之后解释说，我也是在这时候看准以极低的价格购入这批债券，尽管从信用评定上看，它们具有高风险，但我们不能凭这些来判断事情，如果我们要穆迪或标准普尔帮我们管理资金，还不如就把钱交给他们。

但可以肯定的是巴菲特在投资之前也是经过了充分调研的。

威斯康辛州的一家投资顾问公司的老板杰克逊斯当时也关注着 WPPSS 债券，但他还是因为无法预测其前景而放弃了投资。事后他虽为此懊悔，但还是非常理解自己的行为。他说：日常生活一般不允许我们独立独行，无论从事哪一个行业，只有顺应潮流的人才会成功，抵抗潮流又不顾心理学家所谓的社会认可不符合人的本性，难怪价值投资如此困难，应用的人少之又少。像巴菲特这样逆流而进，绝大多数的人都没有这样的心理承担能力，尤其是在 WPPSS 第一、二、三次计划都已经产生负面影响的时候。巴菲特的投资经历再次告诉我们，应该选择好投资的环境和时机。"

然而，在别的投资人不敢染指 WPPSS 的时候，巴菲特却在一个合适的时机进行了投资。这笔投资为巴菲特赚进了不少利润，后来 WPPSS 的各项计划进行得都相当顺利，它可提供固定的 16.3% 免税的当期收益率，亦即每年可以带来 2700 万美元的投资利润，如果一般企业想获得相当的盈余，付出的代价可能是巴菲特买下 WPPSS 价钱的两倍。这些税后盈余，之后准时地落入伯克希尔的账户。巴菲特表示，如果换成一般公司，他或许要花两倍的代价，才能获得相当的税后盈余。

之后，华盛顿公共电力供应系统将伯克希尔购买的债券赎回，只留下了部分未到期的债券。

巴菲特也表示，对市场的分析和调查并不难，但是，要等到最佳的投资时机再进行投资却是对投资者一个很大的心理考验。虽然那些投资界的精英善于市场分析，可是他们还是难以把握住正确的投资时机。巴菲特说，面对市场，既不能盲目，又要防止犹豫不决。

巴菲特在购买一些出问题的债券时，就充分表现出了对投资时机高超的把握力。1970年，在克莱斯勒公司濒临崩溃之际，他买下了这家公司发行的债券。当时在投资者都大量抛售股票的时候，巴菲特却选择了这个时机进入，收购大量的股票。之后，克莱斯勒公司奇迹般地起死回生，而巴菲特利用该公司的特殊环境变化，在股价最低时购买其股票，成功获利。巴菲特还曾经在铁路业每况愈下时，买下了宾州中央公司的债券，价格也是市价的一半，与克莱斯勒公司的情况一样，这家公司也在经历一番磨难之后东山再起，从而也让巴菲特收益巨大。1986年，巴菲特再次看准时机，额外购买7亿美元的中期免税债券，他认为，这是股票之外的最好选择之一。

几十年来，巴菲特就是以自己犀利的眼光，正确地把握着投资的时机和环境，使自己资本无限地膨胀的。

巴菲特认为，投资市场的风向标是有不确定因素的，股票市场也兴衰无常。可是，正是这种无常的变化给市场以生机，给投资人以盈利的条件的。

那么，怎样才能够拥有掌握投资时机的能力呢？巴菲特认为，除了研究基本的经济因素和掌握本行业发展的规律，还要熟悉广阔的商业市场。巴菲特常常通过阅读大量各行各业的报刊和杂志，寻找一些有用的信息，了解更多行业的新动向。显然，这对于正确把握投资时机和环境是极为有利的。

5

成功通常是冒险者的收获

所谓冒险就是不知道自己在做什么。

——巴菲特

巴菲特的大儿子霍华德曾询问巴菲特："您是否常常冒险，投资中的冒险精神是不是都有害？"

巴菲特说："我认为投资者不能少了冒险精神，对很多的投资人来讲，成功通常是冒险的收获。"

几乎所有的人都知道股市的风险很大，这就说明一个投资者如果没有起码的冒险精神，他将会失去很多的投资机会。虽然股市有风险，但在巴菲特看来，只有具有高风险投资魄力的投资者才能够在投资市场中获得最大的利益。这一点除了巴菲特之外，著名的投资大家索罗斯的经历也可以证实。

巴菲特在接管所罗门兄弟公司的事件上更加表露了他的冒险精神，这也是他一生中最大的一次风险。他接管所罗门公司的最大受益就是从一个普通的投资者变成了全国闻名的金融家，并由此正式登上了最高商业舞台，为世界商业领域所熟悉。

所罗门成立于 1910 年，是美国获利最高的证券经纪公司之一，这家特许权遍布全球的公司，主要的业务是从事政府债券的交易。

1991 年，所罗门宣布该公司在国库券拍卖时发生了不正常与违规的行为。所罗门表示购入数量超过法定标准的国库券，国库券拍卖是金融界最重要的大事，所罗门丑闻因而如火如荼地展开。国库券是政府筹措资金用来偿还政府债务用的，由于其特殊的角色，这件丑闻产生的后果可想而知。

几天内，所罗门的股票从每股 36 美元跌到每股 25 美元，很快又降到了每股 20 美元，接着信用评比机构也对其降低了等级，因此该公司的债券直线下滑，其他方面的连锁反应更是无法收场，整个公司上下都在接受调查，就连法院也堆满了有关所罗门的诉讼。有些大投资家停止了和所罗门的业务往来，很多公司甚至转而投向所罗门的竞争对手。如果事态继续发展下去，那么世界的金融体系就会产生动荡。

面对这种严峻的局面，所罗门公司总裁固佛兰德表示他将辞职，而且他向巴菲特打去了求救电话，请他出任该公司董事长。素来遇事慎重的巴菲特，这次面对风险如此之大的挑战时并没有过多思考，而是立刻飞往纽约。可以说，从巴菲特挺身而出整顿所罗门的那一天起，他就不再默默无闻了。但是，更重要的是，巴菲特必须面对所罗门攸关存亡的危机。

固佛兰德后来回忆说，他在阅读华尔街日报上有关所罗门高级主管对违法交易知而不报的报导时感到浑身发冷，好像在读自己的讣文，他没有犹豫，很快地就考虑到了合适的接班人。他打电话给巴菲特并表示他和史劳斯都会辞职，请巴菲特出任董事长。之后，巴菲特回电话给固佛兰德，自愿担任该公司的临时董事长。巴菲特后来也说："我的确自愿担任临时董事长，这不是我想做的工作，但是我必须全力以赴，因为这关系着很多人的命运。我当时也难以保证做好，但是，我感到时局需要我来冒这次险。"

"在美国所有的公司中，除了花旗集团以外，所罗门拥有的资金最多，但往往最大的最有实力的公司最害怕突然事件的来临。因为，在你失去信任的同时意味着你也将失去一切的合作伙伴和朋友。大家都要在极短的时间内，要走他们的所得，并希望与你不再有任何经济关系。所罗门这家大银行所有的负债不超过 1500 亿美元，现在的 1500 亿美元相当于纽约证券交易所所有挂牌公司的盈余总和，而问题是，这 1500 亿美元都在几个星期内就要到期，所以我们面临着一个全球性的问题，我们的债主遍布世界各地，星期五或下个星期一就会有人要我们归还 1400 亿美元左右，这可不是件容易的事。"巴菲特说。

巴菲特接手所罗门的确面临空前的挑战，他不仅要安抚投资人与客户，同时还要应付刑事与民事调查，还担心新的"炸弹"随时可能爆炸。但事实证明，冷静而理性的巴菲特是处理危机的最佳人选。首先，他利用媒体的作用，召开新闻发布会，非常真诚地公布所罗门公司一切真实的事情，坦率承认公司存在的缺陷和问题，寻求社会的理解。其次，他召集所罗门的管理董事会成员在世界贸易中心开会，并明确表示，所罗门一向以游走于法规边缘而出名，但是这种做法已经不能继续了，他对所罗门将会面临巨额罚款与诉讼费表示担忧，但也愿意接受。1991 年 8 月 18 日巴菲特宣布：同意固兰佛德、史劳斯和梅立威勒等所罗门高管人员的辞职；开除负责政府债券交易的首席交易员莫泽和莫菲；任命东京的所罗门兄弟亚洲有限公司前任董事长莫汉为最高营运长，而巴菲特担任所罗门的最高执行长。

其实，在所罗门丑闻爆发后不久，巴菲特就开除了该公司的高级律师佛斯坦，任命由毕业于哈佛法学院的丹汉担任。

巴菲特还以真诚负责的态度，成功说服财政部长布莱第，解除数小时前才下达的暂时交易禁令，从而让所罗门得以参加国库券拍卖。

后来，所罗门公司最高执行长莫汉说，巴菲特任命他为执行长之前，他根本不知道。当时所罗门整个公司都快被卖光了，原来的最高执行长离开了，所罗门转眼间流失了许多业务和资金，甚至停止了公司自己的股票交易。然而巴菲特来冒这次风险，还是源于他骨子里对金融市场由衷地喜爱和关注。

在巴菲特艰辛的努力下，所罗门的支持力量不断加大，与政府的关系也开始逐步缓和，客户的信任度也得到了一定的恢复。当世界银行和麻州等客户开始恢复和所罗门的业务往来后，所罗门才逐渐恢复正常营运。

对于接管所罗门，巴菲特的冒险行为是值得的，而他也有着自己的理论依据。其中"与矛盾共生"理论，更适用于他这次的所罗门行动。在他看来，这次事件是很多因素作用的共同体，是众多因素推动着局势发生，新的矛盾中也有着新的变化，从这些变化中能够学到和体会到不同事情运作的方式方法。

巴菲特的忠告

　　如果你在股市中没有很好的表现，你就要以退为进，而不是去冒险。假如你真是要去冒险了，请注意细节，从细微处做起，我绝对不赞成冒没有把握的风险。

附录一

巴菲特投资年表

1930 年 8 月 30 日：沃伦·巴菲特出生于内布拉斯加州奥马哈城。

1931 年 8 月 13 日：其父霍华德·巴菲特所在的联合街道证券公司破产，霍华德失业。

1935 年：5 岁的巴菲特在其祖父欧内斯特·巴菲特的杂货店销售口香糖、柠檬水。

1936 年：6 岁时，巴菲特成功倒卖可口可乐并赚得 6 美分，其中 1 美分的所得税是由其祖父代为缴纳的。

1938 年：8 岁时，巴菲特开始在父亲的书房里翻阅大量的商业书籍。

1940 年：10 岁时，巴菲特第一次跟随父亲霍华德·巴菲特参观纽约证券交易所。

1941 年：11 岁时，巴菲特与其姐姐在农场工作时开始接触《证券分析》，并与姐姐一起购买了人生的第一只股票——三股城市设施股票，但是很快就被套住，最低跌到 27 美元。当上涨到 40 美元时，巴菲特才顺利解套。

1944 年：14 岁时，巴菲特斥资 1200 美元买下了内布拉斯加一块 40 英亩的农场。

1947 ~ 1949 年：就读于宾夕法尼亚州立大学沃顿金融学院。

1949 ~ 1950 年：转校到内布拉斯加州立大学，并获得内布拉斯加州大学颁发的学士学位。这时巴菲特的个人储蓄已达到 9800 美元。随后巴菲特进入哥伦比亚大学，并由证券分析家本杰明·格雷厄姆教授和大卫·多得为其授课。

1951 年：在华盛顿巧遇 GEICO 副总裁 Lorimer Davidson，在 4 个小时

中 Lorimer Davidson 教授了巴菲特一些保险知识。后来，巴菲特分四次购买了 GEICO350 股的股份，并将 Texaco 加油站买下作为一项副业投资。

1956 年：26 岁时，巴菲特的资产增加到了 14 万美元。他回到故乡奥马哈，并于这一年的 5 月 1 日创立了自己的合伙公司。7 个家庭成员和朋友总计投入 105 万美元，而巴菲特投资了 100 美元。

1957 年：此时，巴菲特一共拥有 5 个合伙企业，他的个人储蓄升至了 50 万美元。

1958 年：第一个合伙公司的合伙人所投资金翻倍。

1961 年：31 岁时，巴菲特投资 100 万美元于一家风车制造公司。

1962 年：巴菲特以低于每股 8 美元的价格购买纺织企业伯克希尔·哈撒韦公司的股票。在这一年里，巴菲特成为这家公司的最大股东。

1965 年：35 岁时，在会见了沃尔特·迪斯尼以后，巴菲特决定购买迪斯尼的股票。于是，他投资 400 万美元买下了迪斯尼公司 5% 的股权。然后，他迅速将美国快递公司的股票全部抛售。

1968 年：巴菲特公司的股票获得了历史性的收益——增长了 59%，远远超过了道·琼斯指数。

1970 年：40 岁时，巴菲特将合伙公司全部解散。他手中持有伯克希尔·哈撒韦公司 29% 的发行股本，于是成为了该公司的董事会主席。

1972 年：42 岁时，巴菲特以大约 2500 万美元的价格买下了喜斯糖果公司 100% 的股权。在 1991 年时，喜斯糖果的收益从 2900 万美元上升为 196 亿美元，而纳税前的收益也从 420 万美元增长到 4240 万美元。

1972 年：巴菲特开始关注报刊业。

1974 年：44 岁时，股票市场价格下跌，伯克希尔·哈撒韦公司组合投资的股票价值开始大幅下降，巴菲特遭受严重损失。

1976 年：46 岁时，政府雇员保险公司股票由最高点每股 61 美元下跌到每股 2 美元。在 1947 年的上半年时，伯克希尔·哈撒韦公司大量买进了该公司股份，随后又小幅加码。一直到 1980 年底时，巴菲特的总投资金额达到 4570 万美元，并取得了该公司 33.3% 的股权。在 1995 年时，巴菲特买下了该公司所有的股份。

1977年：伯克希尔·哈撒韦公司以3250万美元买下了《布法罗晚间新闻》，随后又将《水牛城日报》收入囊中。

1979年：巴菲特以每股290美元的价格购买了美国广播公司股票，其个人资产净值达到了14亿美元。

1981年：51岁时，巴菲特与蒙格决定创建伯克希尔·哈撒韦公司慈善基金会。

1983年：53岁时，巴菲特用6000万美元买下了内布拉斯加州的家具商业中心，并占有其80%的股权。不久后，其公司股票投资组合的收益上升为13亿美元。同时，伯克希尔·哈撒韦公司的股票交易价格增加到每股775美元。年末时，上涨至1310美元。巴菲特的个人总资产达到了62亿美元，第一次进入福布斯400强。

1985年：55岁时，巴菲特将伯克希尔·哈撒韦公司的纺织厂关闭，以315亿美元的收购价买下了斯柯特·费泽公司，这家公司的主要产品是真空吸尘器和世界知识百科全书。同时，巴菲特在美国广播公司与资本城公司之间展开兼并。他花了2300多万美元购买了NHP50%的股权，该公司的主要业务是房屋租赁发展与整合。

1987年：巴菲特57岁时，美国股票交易市场价格出现疯狂下跌，伯克希尔·哈撒韦公司的股票价格从每股4230美元下降到了每股3170美元，损失了将近25%的收益率。巴菲特斥资7亿美元买下了所罗门公司的优先股。

1988年：58岁时，巴菲特开始购买可口可乐公司的股票，最终买下可口可乐公司7%的股份，其总价值大约为102亿美元。同时，巴菲特买入了240万股联邦家庭贷款抵押公司的股票，并且以335美元的单价购买了40万股阿尔坎塔公司的股票，取得了该公司5%的股权。9月时，巴菲特发行9亿美元的零息可转换次级债券，随后在纽约的证券交易所挂牌交易，由所罗门公司承销。

1989年：59岁时，巴菲特增加了可口可乐的持股数，由1417万股增至2335万股，伯克希尔·哈撒韦公司的股票价格从每股4800美元上涨为每股8000美元。此时，巴菲特的个人总资产达到了38亿美元。7月时，巴菲特将6亿美元投资于吉列公司，买进年利率为875%的十年强制赎回的可转换特别股，并将其转换价格订为 50 美元。不久后，巴菲特将 358 亿美元投资于美国航空年利率为 925% 的十年强制赎回的可转换特别股，将其转换价格订为 60 美元。

1990 年：60 岁时，巴菲特再次增加可口可乐的持股数，增至 4670 万股，并且购买了富国银行 500 万股的股票，其持股比率大约增加到 10%。

1991 年：61 岁时，巴菲特买下了布朗鞋业。在 8 月份时，所罗门公司陷入了一场丑闻之中，因此遭受财政部制裁，面临倒闭的局面。巴菲特担任所罗门董事长出面挽救。

1992 年：62 岁时，巴菲特用 3 亿美元投资于美国运通的固定收益证券，每年的收益率为 885%。同时，巴菲特购买了中部各州保险公司 82% 的股权，至 1997 年时，该保险公司的净利润为 1000 万美元。同年，巴菲特还购买了 435 万股美国高技术国防工业公司——通用动力公司的股票。

1993 年：63 岁时，巴菲特将资本城股份的股票全部抛售，并增加可口可乐公司与美国运通的股票持有量。

1994 年：64 岁时，巴菲特运用一部分资金投资于阳光信用银行和甘奈特出版发行公司。年底时，伯克希尔·哈撒韦公司拥有 230 亿美元的资金，成为一家庞大的投资金融集团。

1995 年：65 岁时，巴菲特收购了赫尔兹伯格钻石公司和维利家具公司，并以 23 亿美元的价格买下政府雇员保险公司一半的股权。

1996 年：66 岁时，伯克希尔·哈撒韦公司收购了国际飞安公司。

1997 年：67 岁时，巴菲特买入大约 13 亿盎司的白银用作投资。此外，巴菲特还决定购买星辰家具和国际乳品皇后公司。

1998 年：68 岁时，巴菲特于 12 月份成功并购通用再保险公司。

1999 年：69 岁时，巴菲特开始关注品牌直销购物中心，并决定投资耐克公司和丹吉尔公司。

2000 年：70 岁时，巴菲特成为穆迪公司的最大股东，并在 12 月底以 18 亿美元买下 JM 公司。

2001 年：71 岁时，巴菲特相继投资于太平洋地产公司、澳拜客以及艾斯芒廷。另外，他再次增加了美国运通公司的持股数额。

2002 年：72 岁时，购买价值为 110 亿美元兑其他货币的远期合同。当债券交易市场价格急速下跌时，巴菲特买进了亚马逊公司、Level3 通讯公司等发行的 80 亿美元面值的债券。

2003 年：73 岁时，巴菲特将目光转移到了自动数据处理公司、Hca 连锁医院。巴菲特将中石油的股票持有量增至 234 亿股。4 月时，巴菲特再次出击，以每股 1.66 港元的价格买进大约 2 亿股中石油股票，并取得中石油 1.3% 的股份。

2006 年：76 岁时，巴菲特成功完成了一系列并购计划。年底时，巴菲特的伯克希尔·哈撒韦公司取得世界第三大钢铁厂——韩国浦项制铁 4% 的股权。

2007 年：77 岁时，巴菲特决定与全美最大的二手车经纪商 Car Max 合作。同时，伯克希尔·哈撒韦公司将合众银行的持股量增加为 6549 万股，巴菲特成为合众银行的最大股东；增加富国银行 8% 的持股量。另外，巴菲特还将美国银行的持股量增至 910 万股。在 12 月 25 日，巴菲特对外宣布，伯克希尔·哈撒韦公司将以 45 亿美元的价格收购马蒙控股公司 60% 的股份。

2008 年 3 月：巴菲特手中所持有的股票暴涨，身价从 100 亿美元上升为 720 亿美元，打败比尔·盖茨成为新的全球首富。

2009 年 2 月：承认在 2008 年华尔街金融危机中投资失误。

2011 年：巴菲特以净资产 500 亿美元位列福布斯榜第三名。

2011 年 3 月 26 日：《巴伦周刊》网络版评出了 2011 年度全球 30 大最佳 CEO，巴菲特排名第三。

2012 年 8 月 14 日：巴菲特公告二季度伯克希尔公司减少了对宝洁、强生、卡夫持有的股权。

2013 年 2 月 28 日：2013 胡润全球富豪榜，巴菲特排名第二。

附录二

巴菲特的子女简介

1. 长子霍华德·巴菲特

霍华德·巴菲特是巴菲特的长子，出生于 1954 年。霍华德和父亲很像，戴着一副上世纪 70 年代风格的运动型眼镜。在"股神"的三个孩子中，霍华德无疑是"对世界最友好"的一个，因为他对农业、环保、公共事业可谓倾其所有。

霍华德是一名共和党人，他曾担任过一届道格拉斯县委员会主席，任职期间积极倡导帮助穷人，并身体力行举行活动。

巴菲特曾承诺霍华德会出任伯克希尔·哈撒维公司董事长。

2. 长女苏茜·巴菲特

巴菲特的长女苏茜·巴菲特出生于 1953 年，虽然身为老大，但苏茜并没有得到父亲巴菲特的特殊关爱。

身为大女儿，苏茜很自然地关心父亲的感情生活，苏茜还为父亲主持了第二次婚礼。巴菲特的前妻苏珊·汤普森在 2004 年 7 月因心脏病突发去世，享年 72 岁。2006 年 8 月 30 日，巴菲特 76 岁生日的当天，巴菲特与女友孟克斯结婚。他们的婚礼非常简单，仅持续了 15 分钟。婚礼在苏茜家中举行，而这场非公开的婚礼的主持人就是苏茜。

苏茜是一个很低调的人，她先是在《新公众》杂志社工作过一段时间，接着很快又在华盛顿哥伦比亚特区担任《美国新闻与世界报道》栏目编辑的行政助理。虽然这份工作只有 525 美元的月薪，但她却很爱这份工作。

3. 幼子皮特·巴菲特

生于 1958 年的老三皮特·巴菲特可谓为音乐而生。7 岁时，他连乐谱都不会认，但他坐在钢琴前就可以弹奏。1991 年，皮特为凯文·科斯特纳导演的第 63 届奥斯卡最佳影片《与狼共舞》中的舞蹈场景配乐。令皮特高兴的是，该片还获得了第 63 届奥斯卡最佳音乐和最佳音响奖。